첫사랑

I.S. 투르게네프 지음 | 안정범 옮김

소담출판사

안정범

충남 천안 출생. 한성대학교 국어국문학과 졸업.
모스크바 푸슈킨 대학에서 박사과정.

sodampublishingcompany

BESTSELLERWORLDBOOK 54

첫사랑

펴낸날 | 1997년 1월 20일 초판 1쇄
       2003년 4월 10일 초판 6쇄

지은이 | 투르게네프
옮긴이 | 안정범
펴낸이 | 이태권
펴낸곳 | 소담출판사
       서울시 성북구 성북동 178-2 (우)136-020
       전화 | 745-8566~7 팩스 | 747-3238
       e-mail | sodam@dreamsodam.co.kr
       등록번호 | 제2-42호(1979년 11월 14일)

ISBN 89-7381-209-2 00890
● 책 가격은 뒤표지에 있습니다

www.dreamsodam.co.kr

The First Love

Ivan Sergeevich Turgenev

오, 잠에서 깨어난 영혼의 조용한 정감이여,
그 상냥스런 울림이여, 그 아름다움과 그윽함이여,
첫사랑의 감격, 나의 기쁨이여, 그것들은 어디 있는가.
아, 지금은 어디 있는가.

The First Love

차 례

첫사랑

손님들은 이미 다 뿔뿔이 흩어져 돌아갔다. 시계가 새벽 0시 30분을 가리키고 있었다. 방안에 남은 사람은 주인과 세르게이 니콜라예비치와 블라디미르 페트로비치뿐이었다. 주인은 벨을 눌러 하인들에게 밤참을 먹고 난 식탁을 치우라고 했다.

"자, 그렇게 하기로 정하지요." 하고 주인은 지금까지보다 더 깊숙이 안락의자에 몸을 파묻고는 담배에 불을 붙이며 말했다.

"각자 자기의 첫사랑 이야길 하는 겁니다. 그럼 세르게이 니콜라예비치 당신부터 하시죠."

뒤룩뒤룩 살찌고, 금발에 얼굴이 허연 세르게이 니콜라예비치라는 사나이는 먼저 주인의 얼굴을 흘끗 바라보더니, 눈을 들어 천장을 멀거니 쳐다보았다.

"내겐 첫사랑이라는 게 없습니다." 하고 그가 드디어 입을 열었다.

"대뜸 두 번째 사랑부터 시작했으니까요."

"어떻게 그럴 수 있지요?"

아주 간단합니다. 나는 열여덟 살 때 처음으로, 아주 귀여운 어떤 아가씨의 뒤를 쫓아다녔지요. 그러나 그 방법이라는 게, 내겐 전혀 새롭지도 신기하지도 않은 그런 식이었습니다. 그건 꼭, 뒤에 가서 다른 여자들을 설득시켰을 때와 똑같은 것이었습니다. 솔직히 말하자면, 내가 처음이자 마지막으로 사랑을 한 것은 여섯 살 때로, 우습게도 상대는 우리 유모였는데…… 어쨌든 이건 아주 옛날 일이어서 두 사람 사이에 있었던 자세한 일은 이제 내 기억에서 사라져버렸고, 또 설령 기억하고 있다 한들 그런 걸 누가 재미있다고 하겠습니까!

"그럼 어떻게 하면 좋을까요?" 하고 주인이 말을 꺼냈다.

"내 첫사랑 역시 그렇게 재미있지는 않으니까요. 나는 지금의 아내 안나 이바노브나를 만나기 전까지 그 어떤 여자와도 사랑한 기억이 없는데…… 더구나 우리 두 사람 사이는 모든 일이 순조롭게 잘 풀렸습니다. 양가의 부친들 사이에 혼담이 오가자, 우리들은 서로 좋아하게 되었고 그래서 곧 결혼했습니다. 그러니 사랑에 관한 이야기는 단 두어 마디면 끝나버립니다. 아니 여러분, 고백합니다만, 내가 첫사랑 얘기를 꺼낸 건 오히려 당신들께 기대를 걸었기 때문이었습니다. 두 분 다 노인이라곤 할 수 없지만, 그렇다고 젊다고도 할 수 없는 독신자들이니까요. 어때요, 당신은 뭔가 재미있는 이야기를 해주실 것 같은

데요, 블라디미르 페트로비치?"

"내 첫사랑은 정말 세상에 흔해빠진 그런 부류엔 속하지 않는데요." 하고 블라디미르 페트로비치는 약간 더듬거리며 입을 열었다. 그는 40대로 검은 머리에 흰 머리카락이 드문드문 섞인 사나이였다.

"야아! 더욱 좋습니다…… 이야기해 주십시오." 하고 주인과 세르게이 니콜라예비치가 동시에 말했다.

"어려운 주문은 아닙니다…… 하지만 곤란한데요. 이야기하는 건 그만둡시다. 나는 말재주가 없는데다, 멋이라곤 없어서 맥빠진 이야기가 될 테니까요. 아니면 엉뚱한 이야기가 되고 말 겁니다. 그래도 좋으시다면, 머리에 떠오르는 걸 모두 수첩에 적었다가 천천히 읽어 드릴 수는 있어요."

처음엔 친구들이 막무가내로 졸라댔으나, 결국 블라디미르 페트로비치는 자기 주장을 관철시켰다. 두 주일 뒤에 그들이 다시 모였을 때 블라디미르 페트로비치는 그 약속을 지켰다. 그의 수첩엔 다음과 같이 적혀 있었다.

1

그 해 나는 열여섯 살이었다. 그것은 1833년 여름의 일이었다. 나는 모스크바에서 부모님과 함께 살고 있었다. 부모님은 칼루가 관문(關

門) 근처 네스크치누이 공원 맞은편의 별장을 전세 내어 그곳에서 살았다. 나는 대학 입학 준비를 하고 있었지만 서두르지 않았고, 공부도 그다지 열심히 하지 않았다.

누구 한 사람 나의 자유를 속박하는 사람은 없었다. 나는 내 마음대로 행동했고, 더욱이 마지막 가정교사와 헤어지고 나서부터는 더욱 그랬다. 그 가정교사는 프랑스인으로, 자기가 마치 '폭탄처럼' 러시아에 떨어졌다는 생각에 안절부절못하고 몇 날 며칠을 줄곧 침대에서 뒹굴고 있었던 것이다.

나에 대한 아버지의 태도는 이른바 냉담한 친절에 불과했으며, 어머니는 어머니대로 나 외에는 자식이 없음에도 불구하고 별 관심이 없었다. 오히려 어머니는 다른 걱정거리에 빠져 있었다. 아버지는 아직 젊고 꽤 미남이었는데 재산 때문에 어머니와 결혼했다. 어머니는 아버지보다 10년이나 연상이었다.

우리 어머니는 슬픔 속에서 하루하루를 보내고 있었다. 다시 말해서, 흥분하든지 질투하든지 언제나 투덜거렸다. 다만 아버지 앞에서는 그러지 않았다. 어머니는 아버지를 매우 두려워했으며, 아버지는 아버지대로 차갑고 쌀쌀한 태도로 일관했다. 나는 일찍이 그처럼 세련되게 침착하고 자존심이 강하고 개인주의적인 남자는 보지 못했다.

그 별장에서 보낸 최초의 2, 3주일을 나는 결코 잊지 못할 것이다. 그때는 좋은 날씨가 계속되었다. 우리가 시내에서 별장으로 옮겨간 것은 5월 9일로, 마침 성(聖) 니콜라이 축일이었다. 나는 산책을 자주 했는데 때로는 별장의 뜰, 때로는 네스크치누이 공원, 또 때로는 관문 밖까지 발길을 옮기기도 했다. 그리고 언제나 책을 한 권―이를테면 카이다노프의 『세계통사(世界通史)』따위―을 가지고 다녔지만, 그걸 보는 일은 거의 없었다. 오히려 그 무렵 상당히 많이 암송하고 있던 시를 큰 소리로 낭독하는 경우가 많았다.

피는 몸 안에서 끓고 있었고 가슴은 벅찼으며…… 생각만 해도 근질근질할 만큼 달콤하고 우스꽝스러운 것이었다. 나는 끊임없이 뭔가를 은근히 기다리고 있었으며, 끊임없이 뭔가에 깜짝깜짝 놀랐고, 모든 보는 것, 듣는 것에 가슴이 설레이었다. 한마디로 온몸이 그야말로 대기 상태였던 것이다. 끊임없이 공상에 몰두하고 언제나 같은 환상의 둘레를 재빨리 뛰노는 모양은, 아침놀 속에 제비떼가 종루를 빙빙 날아도는 모습과 흡사했다. 나는 생각에 깊이 잠기기도 했고, 울적해하기도 했으며, 때로는 눈물까지 흘렸다. 그러나 이러한 현상은 노래하는 듯한 시구(詩句)이며 저녁 무렵의 아름다운 경치로 인하여 눈물을, 혹은 애수를 자아내기는 했지만, 그 눈물과 애수의 틈바구니에서 용솟음치는 생과 젊음의 기쁜 감정이 마치 봄날의 풀처럼 새파랗게 싹터 나오는 것을 어쩔 수는 없었다.

내게는 한 마리의 말이 있었다. 나는 그 말에 손수 안장을 얹고, 혼자서 꽤 멀리까지 몰고 나가곤 했다. 말을 갤럽(말이 한 걸음마다 네 발을 모두 땅에서 떼고 뛰는 가장 빠른 달리기)으로 몰며, 마치 자신이 무술 경기에 나오는 중세의 기사나 되는 듯이 상상하거나―아, 그때 내 귀에 스치던 바람은 얼마나 상쾌했던가!—혹은 얼굴을 하늘로 쳐들어 그 눈부신 태양과 하늘의 푸른빛을 활짝 열어젖힌 가슴으로 깊이 들이마시기도 했다.

지금 돌이켜 생각해 보면, 여자의 모습이라든지 여자의 사랑이라든지 하는 환영은 어떠한 형태로든지 해본 적이 없었던 것으로 생각된다. 그러나 내가 생각하는 모든 것, 내가 느끼는 모든 것에는 뭔지 모르게 새로운, 말할 수 없이 달콤한, 말하자면 여성적인 것에 대한 반은 무의식적인 수줍은 예감이 깃들어 있었던 것이다.

이러한 예감, 이러한 기대는 나의 머릿속 깊이까지 스며들어서 나는 그것을 호흡하였다. 또 그것은 피 한 방울 한 방울마다 깃들어서 내 혈관 속을 흐르고 있었는데, 실은 그것이 얼마 안 가서 실현될 사랑의 운명에 놓여 있었던 것이다. 우리들의 별장은 둥근 기둥이 늘어선 목조의 안채와 또 두 채의 납작한 별채로 되어 있었는데, 왼쪽의 별채는 값싼 벽지를 만드는 보잘것없는 공장으로 쓰이고 있었다. 나는 두어 번 그곳으로 구경을 갔었는데, 기름때 묻은 웃옷을 입고 볼이 야윈 얼굴을 한, 헝클어진 머리의 마른 사내 녀석 열 명 가량이 일하고 있었다. 그들은 네모난 인쇄대목(印刷臺木)을 누르는 나무 지렛대 위를 쉴새 없이 뛰어오르면서 자신들의 허약한 체중을 이용해 가지각색의 벽지 무늬를 힘겹게 찍어내고 있었다. 오른쪽 별채는 비어 있었는데, 세를 들이려고 내놓은 상태였다.

어느 날—5월 9일에서 3주일쯤 경과한 날—비어 있던 별채의 창문에 내려져 있던 덧문이 열리고 여자 얼굴이 어른거렸다. 어느 가족이 이사를 온 것이다. 지금도 생각나지만, 그날 저녁 식사 때 어머니는 하인에게 이웃에 이사 온 사람이 누구냐고 물었다. 어머니는 공작 부인 자세킨이라는 말을 듣더니, 전혀 신경 쓰지 않는 말투로 "공작 부인이라고⋯⋯." 하고는 곧 이렇게 덧붙였다.

"틀림없이 어느 가난뱅이 귀족일 거야."

"석 대의 삯 마차로 옮겨오셨습니다. 마차도 없는 모양이고, 가구도 아주 초라했습니다."

하인이 공손히 접시를 내밀면서 이렇게 말했다.

"그래?"

만족스런 표정을 지으며 어머니가 대답했다.

"하지만 없는 것보다야 낫겠지."

아버지가 싸늘한 눈길을 어머니에게 던졌으므로 어머니는 입을 다물고 말았다.

정말 자세킨 공작 부인은 유복한 가정의 부인은 아닐 것이다. 그녀가 빌려 세 든 별채는 아주 헐었고 비좁았으며, 게다가 천장이 낮아서 돈푼깨나 있는 사람이라면 웬만해선 살 기분이 들지 않을 것 같았기 때문이다. 그렇기는 하지만 나는 그 모든 것을 유의하지 않고 흘려버렸다. 공작이라는 신분도 내게는 아무런 작용도 미치지 못했다. 얼마 전에 실러의 『군도(群盜)』를 읽었기 때문이다.

2

나는 매일 저녁때가 되면 총을 들고 우리 집 뜰을 서성거리며 까마귀를 쫓는 게 습관이었다. 이 조심스럽고 탐욕스럽고 약삭빠른 새에 대해서 나는 오래전부터 증오를 품고 있었던 것이다. 조금 전에 이야기했던 그날도 나는 정원으로 나가서 양쪽에 나무가 늘어선 가로수 길을 헛되이 돌아다닌 끝에—까마귀들은 나를 빤히 알고 있어, 그저 멀리서 간간이 울어댈 뿐이었다—어쩌다 나지막한 담장 근처로 다가갔다.

그것은 오른편 별채 쪽으로 뻗어 있었으며 그 집에 속해 있는 좁다란 뜰과 우리 집 정원과의 경계를 이루는 곳이었다. 나는 고개를 숙인 채 걷고 있었다. 그런데 갑자기 떠들썩한 소리가 났다. 무의식적으로 언뜻 담 너머를 바라본 나는 그만 화석처럼 굳어버렸다. 기묘한 광경이 내 눈에 들어왔던 것이다.

나 있는 데서 대여섯 발짝 떨어진 곳—짙푸른 딸기나무로 둘러쳐진 빈터—에, 날씬하고 키가 큰 처녀가 줄무늬 진 장밋빛 옷을 입고 흰 모자를 쓴 채 서 있었다. 그 주위에는 청년 네 명이 둘러서 있었고, 처녀는 차례차례 청년들의 손등을 조그마한 잿빛 꽃다발로 때리고 있었다. 나는 그 꽃 이름을 몰랐지만 아이들에게는 매우 낯익은 꽃이었다. 그건 작은 주머니처럼 생긴 꽃으로, 그것으로 뭔가 단단한 걸 때리면 탁 하고 요란스레 터지는 것이었다. 청년들은 기쁜 듯이 다투어 손등을 내밀었다. 한편 처녀의 몸짓은—나는 옆쪽에서 보고 있었지만—뭐라 말할 수 없이 참으로 매혹적이고 고자세였다. 게다가 애교를 떠는 것 같기도 하고 비웃는 것 같기도 하면서 귀여운 데가 있었으므로, 나는 놀랍고 기쁜 나머지 하마터면 소리를 지를 뻔했다. 나도 저 천사의 손으로 손등을 얻어맞을 수 있다면 그자리에서 이 세상 모든 것을 내던져도 괜찮겠다는 그런 기분이 들었다. 까마귀를 쫓기 위해 가지고 간 총은 풀섶 위로 미끄러져 내렸고, 나는 모든 걸 잊어버린 채 그 늘씬한 몸매와 가느다란 목, 깨끗한 두 손, 흰 모자 밑으로 엿보이는 약간 헝클어진 금발 그리고 반쯤 감겨진 듯한 초롱초롱한 눈과 속눈썹, 그 밑의 윤기 흐르는 볼 등을 뚫어지게 바라보고 있었다.

"여보세요. 어이, 여봐요."

갑자기 내 옆에서 누군가의 목소리가 들렸다.

"남의 집 규수를 그렇게 훔쳐봐도 되는 거요?"

나는 깜짝 놀라 부들부들 떨며 멍하니 소리가 난 곳으로 고개를 돌렸다. 바로 옆의 담 너머에 검은 머리를 짧게 깎은 낯선 남자가 서서 비웃는 눈초리로 나를 위아래로 훑어보고 있었다. 마침 그때 처녀도 나를 돌아다보았다. 내가, 표정이 풍부하고 활기 있는 그녀의 얼굴에서 빛나는 커다란 잿빛 눈을 본 것도 잠시……, 그 얼굴 전체가 별안간 가늘게 떨리더니 웃음이 터지며 흰 이가 반짝이면서 눈썹이 야릇하게 치켜 올라갔다. 나는 얼굴을 확 붉히고 땅바닥에 떨어진 총을 움켜쥐고는, 커다란, 그러나 심술 궂지 않은 웃음소리를 뒤로한 채 그대로 내 방으로 뛰어 들어와 침대에 몸을 던지고는 두 손으로 얼굴을 감쌌다. 심장은 금세라도 터질 듯이 마구 뛰었다. 나는 부끄러우면서도 한편으로는 무척 기분이 좋았다. 내가 일찍이 느끼지 못했던 그런 흥분을 느꼈던 것이다.

"어떻게 된 거냐?"

불쑥 아버지께서 물으셨다.

"까마귀 숨통이라도 눌렀느냐?"

나는 모든 걸 아버지에게 이야기할까도 생각했지만, 꾹 참고 혼자서 빙그레 웃었다. 잠자리에 들 때는, 무엇 때문에 그러는지 자신도 모르면서 세 번이나 한쪽 발로 빙그르르 맴을 돌았다. 머리에 포마드를 처바르고는, 눕기가 바쁘게 마치 죽은 사람처럼 아침까지 푹 잤다. 새벽녘에 잠깐 눈을 떠 머리를 처들고는 환희에 넘쳐 사방을 두리번거렸으나 곧 다시 잠들어버렸다.

3

어떻게 하면 저 집 사람들과 사귈 수 있을까, 하는 것이 이튿날 아침 내가 눈을 뜨자마자 맨 먼저 머리에 떠올린 생각이었다. 나는 차를 들기 전에 뜰로 나가보았으나 담 근처에는 다가가지 않았으며, 또 아무도 눈에 띄지 않았다. 차를 든 다음에 나는 두어 번 별채 앞을 왔다갔다하며 멀리서 창문을 엿보았다. 커튼 뒤로 그녀의 얼굴이 살짝 보인 것 같아 나는 당황하여 얼른 그 앞을 지나쳐버렸다. '그러나 무슨 일이 있더라도 사귀어야지' 하고 나는 네스크치누이 공원 앞에 깔린 모래밭을 무턱대고 걸어다니면서 결심했다. '그런데 어떻게 하면 좋을까? 그게 문제야.'

나는 어제 잠깐 보았을 때의 일을 아주 세밀한 점까지 그대로 눈앞에 그려보았다. 어찌된 영문인지 그중에서도 확실하게 떠오르는 것은 그녀가 나를 보고 터뜨린 그 웃음소리였다.

그런데 내가 이렇게 애를 태우며 여러 가지로 궁리하며 계획을 세우고 있는 사이에 운명은 착실하게도 이미 나를 위해 적절한 조처를 마련해 놓고 있었던 것이다.

내가 없는 사이에 어머니는 새로 온 이웃집 사람으로부터 잿빛 종이에 쓴 편지를 받았다. 그런데 그걸 봉한 봉랍(封蠟)은, 그야말로 우체국의 통고장이나 값싼 포도주의 병마개로밖에는 쓰지 못할 그런 물건이었다. 꽤나 유치한 문장이 지저분한 필적으로 쓰여 있었다. 요컨대 공작 부인이 우리 어머니에게 자기를 보살펴주십사 하는 뜻을 적어 보낸 것이었다. 공작 부인의 말에 의하면, 그녀 자신이나 그 자녀의 운명이 달려 있는 몇몇 명사들이 우리 어머니와 절친한 사이이기 때문이라는 것이었다.

부인은 매우 중대한 소송에 연관되어 있었던 것이다. '갑작스러운 일이오나 저로서는……' 하고 시작된 편지는 '숙녀로서 숙녀인 당신께 청을 드리고자 하오며, 이런 기회를 얻게 된 것을 정말 기쁘게 생각하는 바입니다.' 하는 식이었으며, 끝으로 그녀는 어머니를 방문하고 싶으니 양해해 주기 바란다고 쓰고 있었다.

내가 돌아와 보니, 어머니는 기분이 안 좋아 보였다. 아버지가 계시지 않았으므로 상의하려 해도 상대가 없었던 것이다. 적어도 '숙녀' 였으며 게다가 공작 부인이라는 분에게 답장할 도리는 없고, 그렇다면 어떻게 하면 되느냐 하는 문제로 어머니는 난처해하고 있었다. 어머니는 답장을 프랑스어로 쓰는 건 건방져 보일 것 같고, 그렇다고 러시아어로 쓰기에는 맞춤법에 자신이 없었다. 자신이 그걸 잘 알고 있었으므로, 뻔한 일로 수모를 당하고 싶지 않았던 것이다.

어머니는 내가 돌아오자 매우 반가워하시며, 공작 부인한테 가서 직접 전하라고 했다. 어머니는, 힘 닿는 데까지 언제든지 부인의 도움이 되어드리겠다는 것과 12시가 지나서 방문하시는 것이 좋겠다고 전하라고 분부하셨다.

나의 은근한 바람이 뜻밖에도 빨리 이루어지게 되었으므로 나는 기쁘기도 하고 왠지 두렵기도 하였다. 그렇지만 나는 당황한 빛은 조금도 나타내지 않고, 먼저 내 방으로 가서 새 넥타이와 프록 코트를 입기로 했다. 집에 있을 때는 더블 칼라가 붙은 재킷을 입고 있었는데, 사실은 그것이 너무 싫었던 것이다. 갑자기 다가온 행운이 나를 들뜨게 만들었다.

4

억제할 수 없는 두려움에 몸을 떨면서 별채의 좁다랗고 좀 더러운 대기실로 들어갔을 때, 나를 맞이한 것은 백발의 늙은 하인이었다. 구릿빛으로 그을은 얼굴에 돼지같이 심술 궂은 작은 눈을 하고, 게다가 이마에서 관자놀이에 걸쳐 그어진 주름은 난생 처음 볼 정도로 깊게 패어 있었다. 그는 먹다 남은 청어 가시를 담은 접시를 가지고 나오는 중이었는데, 거실로 통하는 문을 발로 닫으면서 괴상한 목소리로 느닷없이 물었다.

"무슨 일이시오?"

"자세킨 공작 부인 계십니까?" 하고 내가 물었다.

그때 문 저쪽에서 "보니파치!" 하고 외치는 여인의 괄괄한 목소리가 들려왔다.

늙은 하인은 아무 말 없이 내게 등을 돌렸다. 그러자 가문의 문장이 새겨진 벌겋게 녹슨 단추가 딱 하나 남아 있는 몹시 닳아빠진 제복이 눈에 띄었다. 그는 접시를 마룻바닥에 내려놓더니 안으로 들어가 버렸다.

"경찰서에 갔다 왔나?"

조금 전 그 여인의 목소리가 들렸다. 늙은 하인이 뭐라고 소곤거리자, "뭐……? 누가 왔다고?"라고 되묻고는, 이어 "옆집 도련님이라고? 그럼 들어오시라고 해요."라는 소리가 들렸다.

"어서 응접실로 들어가십시오."

늙은 하인이 다시 내 앞에 나타나 접시를 집어들면서 말했다.

나는 옷매무새를 매만지고 응접실로 들어갔다.

들어가 보니, 그곳은 그다지 깨끗하다고는 할 수 없는 자그마한 방으로 초라하기 짝이 없는 가구가 진열되어 있었다. 마치 궁한 걸 면하기 위해 들여놓은 것 같았다. 창가에서 한쪽 팔걸이가 부러진 안락의자에 앉아 있는 분은 나이가 쉰쯤 돼 보이는, 맨머리에 용모가 단정치 못한 부인으로, 낡은 녹색 옷을 입고 알록달록한 털 목도리를 두르고 있었다. 그녀는 작고 검은 눈으로 갑자기 집어삼킬 듯이 내 얼굴을 뚫어지게 쳐다보았다.

나는 그녀 옆으로 다가가서 머리를 숙여 인사했다.

"실례입니다만, 자세킨 공작 부인 되십니까?"

"그래요, 내가 자세킨 공작 부인이에요. 당신은 V씨의 아드님이신가요?"

"그렇습니다. 저는 어머님 심부름으로 왔습니다."

"자, 앉으세요. 보니파치! 내 열쇠는 어디 있지? 자네, 보지 못했나?"

나는 자세킨 공작 부인에게 그 편지에 대한 어머니의 회답을 전했다. 그녀는 내 얘길 들으면서 굵고 붉은 손가락으로 창틀을 가볍게 두드리고 있었는데, 내 말이 끝나자 또 한 번 나를 가만히 눈여겨보았다.

"매우 고맙습니다. 꼭 찾아뵙도록 하겠습니다."라고 말한 그녀는 나를 잠시 쳐다보더니 말을 이었다.

"한데, 당신은 아직 젊군요! 실례입니다만, 몇 살이신가요?"

"열여섯 살입니다."

나는 더듬거리며 대답했다.

공작 부인은 호주머니를 뒤적여 뭔가 잔뜩 써 넣은 기름때 묻은 서류를 꺼내더니, 코끝에 바싹 대고 들여다보기 시작했다.

"좋은 때군요."

그녀는 의자 위에서 몸을 틀기도 하고 엉덩이를 들썩거리기도 하면서 불쑥 이렇게 말했다.

"그러지 말고 편히 좀 앉으세요. 우리 집에선 누구나 격식 없이 지내니까."

'지나치게 격식이 없군.' 하고 나는 나도 모르게 혐오하는 마음으로 그녀의 꼴사나운 모습을 아래위로 훑어보면서 생각했다. 바로 그 순간, 응접실에 붙어 있는 또 하나의 문이 활짝 열리더니 다름 아닌 어제 뜰에서 보았던 그 매혹적인 처녀가 나타났다. 그녀는 한쪽 손을 들어 올렸는데, 그 얼굴에는 엷은 웃음이 퍼져 있었다.

"얘가 제 딸이에요."

공작 부인이 팔꿈치로 딸을 가리키면서 말했다.

"지나이다, 이웃집 V씨의 아드님이시다. 실례지만 이름은?"

"블라디미르입니다."

나는 일어나서 흥분한 나머지 말끝을 더듬거리며 대답했다.

"아버님의 성은?"

"페트로비치이십니다."

"그래요! 내가 잘 아는 사람 중에 경찰서장을 지낸 분이 있었는데, 그분 이름 역시 블라디미르 페트로비치였어요. 보니파치! 열쇠는 찾지 않아도 돼요, 내 주머니 속에 있으니까."

처녀는 눈을 가늘게 뜨고 고개를 약간 갸웃한 채로, 여전히 생글생글 웃으면서 흥미롭다는 듯 나를 바라보고 있었다.

"나는 벌써 므시외 볼데마르(블라디미르의 프랑스어 발음)를 뵈었어요." 하고 그녀가 입을 열었다. 그 은구슬이 굴러가는 듯한 음성은 어딘지 달콤하면서도 차가운 느낌으로 내 등골을 스쳤다.

"그렇게 불러도 되지요?"

"그야 물론……."

나는 조금 전보다 더욱더 더듬거리며 대답했다.

"어디서 만났다는 거냐?" 하고 공작 부인이 물었다.

아가씨는 어머니의 물음에는 대꾸도 하지 않고, "혹시 지금 바쁘세요?" 하고 내게서 눈을 떼지 않고 물었다.

"아뇨, 바쁠 건 없습니다."

"그럼 털실 감는 걸 좀 도와주시겠어요? 이리 오세요, 내 방으로."

그녀는 내게 고개를 끄덕해 보이더니 얼른 응접실에서 나갔다. 나는 그녀의 뒤를 따라갔다. 뭔가에 홀린 듯했다.

우리가 들어간 방에 있는 가구는 괜찮은 편으로, 공작 부인이 있던 응접실보다 정취가 있었다. 그러나 나는 그 순간 무엇 하나 눈여겨볼 여유가 없었다. 나는 마치 꿈속에라도 있는 것처럼 몸을 부자연스럽게 움직이면서, 어쩐지 어리석을 만큼 긴장된 행복감을 뼛속까지 느끼고 있었다.

아가씨는 앉아서 붉은 털실 뭉치를 궤짝에서 꺼내더니 내게 건너편 의자에 앉으라고 하고는 열심히 털실 뭉치를 푼 다음 그것을 내 두 손에 걸었다. 그렇게 하는 동안 줄곧 그녀는 아무 말 없이, 뭔지 자못 재미있다는 듯한 야릇한 몸짓을 했으며, 살짝 열린 입술엔 여전히 짓궂은 미소를 띠고 있었다. 그녀는 반으로 꺾어 접은 카드에 털실을 감기 시작했는데, 그때 갑자기 눈을 똑바로 뜨더니 밝고 재빠른 눈길로 내 얼굴을 쏘아보았으므로 나는 나도 모르게 얼굴을 숙이고 말았다. 그녀의 반쯤 감은 듯한 눈이 이따금 크게 떠지면, 얼굴이 싹 달라지며 마치 얼굴 전체에 광채가 넘쳐흐르는 것처럼 보였다. 나는 얼굴이 후끈 달아오르는 것을 느낄 수 있었다.

"지금 내가 한 짓을 어떻게 생각하세요, 므시외 볼데마르?"

그녀가 당당한 목소리로 물었다.

"틀림없이 당신은 나를 고약한 여자라고 생각하겠지요?"

"아닙니다. 난…… 아가씨…… 난 아무것도…… 천만의 말씀을……."

나는 뭐라고 말해야 할지 도무지 갈피를 잡을 수가 없었다.

"알았어요." 하고 그녀가 말을 받았다.

"당신은 아직 나라는 여자를 모르시겠지만, 나는 꽤 묘한 여자예요.

난 말이에요, 남들이 언제나 진실된 말만 해주었으면 해요. 아까 들으니까 당신은 열여섯이라는 것 같은데, 나는 스물하나예요. 내가 더 나이가 많지요. 그러니까 당신은 내게 언제든지 진실만을 말해야 해요. 그리고 내 말을 잘 들어야 해요. 알겠죠?"

그러고 나서 그녀는 "자, 내 얼굴을 똑바로 봐요. 왜 보지 않죠?"라고 말했다.

나는 더욱 어쩔 줄 몰라 상기된 얼굴로 그녀의 얼굴을 쳐다보았다. 그녀는 방긋 웃었는데, 그건 아까와는 달리 호의가 담긴 미소였다.

"내 얼굴을 봐요."

그녀는 다시 목소리를 낮추면서 상냥하게 말했다.

"그렇게 하더라도 난 싫지 않으니까…… 난 당신이 마음에 들었어요. 당신과는 친해질 것 같은 기분이 들어요. 그런데 당신은 내가 마음에 드세요?"

그녀가 애교스럽게 물었다.

나는 그녀의 말에 자신감을 얻어 조심스럽게 말문을 열었다

"아가씨……" 하고 내가 말을 꺼내자, 그녀가 말을 가로막았다.

"우선 첫째로, 나를 지나이다 씨라고 불러주세요. 그리고 둘째로…… 어린 사람이—이렇게 말하다가 그녀는 고쳐 말했다—아니, 젊은 사람이 마음에 있는 걸 솔직히 말하지 않는 건 못써요. 그건 어른들이나 하는 짓이에요. 어때요, 당신은 내가 마음에 들었나요?"

사실 그녀가 나를 이렇게 허물없이 대해 준다는 것은 기쁜 일이었지

만, 한편으론 언짢은 생각이 들기도 했다. 그래서 나는 그렇게 호락호락한 어린애로 보일 수만은 없다는 오기가 생겼다. 그래서 되도록 태연스럽게, 게다가 점잔 빼는 표정을 지으며 이렇게 말했다.

"물론 무척 마음에 들어요, 지나이다 씨. 나는 그걸 숨기고 싶지는 않습니다."

그녀는 천천히 고개를 끄덕이고는, "당신에게 가정교사가 딸려 있나요?" 하고 물었다.

"아뇨, 내겐 오래전부터 가정교사 같은 건 없습니다."

그건 거짓말이었다. 그 프랑스인과 헤어진 지 아직 한 달도 채 안 되었던 것이다.

"오호! 알겠어요…… 당신은 이제 어른이 다 되었다 이거군요."

그녀는 살짝 내 손가락을 두드리며, "손을 똑바로 하고 있어요."라고 말하더니 부지런히 실을 감기 시작했다.

그녀가 잠시 눈을 들지 않는 틈을 타서 나는 찬찬히 그녀를 뜯어보기 시작했다. 처음에는 슬금슬금 훔쳐보던 것이 나중에는 점점 대담해져 갔다. 그녀의 얼굴은 어제보다도 한층 더 매력 있어 보였다. 눈, 코 등의 생김새가 하나에서 열까지 잘 다듬어져서 정말 수려하고 귀여웠다. 그녀는 흰 커튼이 내려진 창을 등지고 앉아 있었다. 햇살이 커튼을 통해 들어와서, 부드러운 빛을 그녀의 짙은 금발과 깨끗한 목덜미와 매끈한 어깨의 곡선과 부드럽고 아늑한 가슴 언저리를 잔잔히 비춰주고 있었다. 나는 조용히 그녀를 바라보는 동안에 그녀가 더없이 귀중

하고 사랑스럽게 여겨졌다. 나는 오래전부터 그녀를 알고 있었으며, 그녀와 알게 되기 전의 일은 아무것도 기억에 없을뿐더러 이 세상에 살고 있지도 않았던 것 같은 기분이 들었다. 오로지 그녀를 만나기 위해 이 세상에 태어난 듯한 착각에 빠질 정도였다.

그녀는 색이 바랜 짙은 청색 옷에 앞치마를 두르고 있었다. 나는 그 옷과 앞치마의 주름 하나하나를 일일이 쓰다듬어보고 싶은 기분이 들었다. 그리고 그녀의 구두 끝이 그 옷 밑으로 비쭉 나와 있었는데, 나는 가능한 한 공손히 엎드려 그 구두에 절이라도 하고 싶었다. '지금 나는 이렇게 그녀 앞에 앉아 있다'고 나는 생각했다. '드디어 나는 그녀와 사귀게 되었다……. 얼마나 행복한 일이냐, 아아!' 나는 기뻐서 하마터면 의자에서 뛰어내릴 뻔했는데, 맛있는 음식을 먹고 있는 어린애처럼 발을 좀 흔드는 것으로 꾹 참았다. 그녀와 같이 있다는 것 자체만으로도 난 충분히 행복했다.

나는 물을 만난 물고기처럼 즐거웠다. 한평생 이 방안에서 나가고 싶지 않다, 이 자리에서 꼼짝하고 싶지도 않다고 생각했다. 그녀의 눈꺼풀이 살짝 올라가며 또다시 그 맑은 눈이 나를 향해 상냥하게 빛났다. 그러고 나서 또 한 번 그녀는 놀리듯이 빙그레 웃었다.

"어째서 나를 뚫어져라 쳐다보고 있는 거예요?"

그녀는 천천히 말하며 손가락을 세우더니 나를 위협하는 시늉을 했다.

나는 얼굴을 붉혔다. '이 여자는 내가 생각하고 있는 것은 뭐든지 다

알고 있다. 뭐든지 짐작하고 있다.' 라는 생각이 뇌리를 스쳤다. '그렇지, 어찌 모르겠는가?'

별안간 옆방에서 뭔가 덜컹 하는 소리가 나더니 사벨(군인, 경관이 허리에 차던 서양풍의 칼)이 절거덩거리는 소리가 났다.

그때 "지나." 하고 응접실에서 공작 부인이 부르는 소리가 들렸다.

"베로브조로프가 고양이 새끼를 가져왔어."

"고양이!" 하고 지나이다는 외치더니, 의자에서 벌떡 일어나서 털실 뭉치를 내 무릎에 내던지고는 방에서 뛰어나갔다.

나도 일어나서 털실 뭉치를 창틀 위에 올려놓고 응접실로 향했다. 나는 순간 어리둥절해서 그자리에 우뚝 멈춰 섰다. 방 한복판에는 줄무늬의 고양이가 예쁜 다리를 길게 뻗고 엎드려 있었으며, 지나이다는 그 앞에 무릎을 꿇고 고양이 턱을 살짝 받쳐들고 있었다. 공작 부인 옆으로, 창문과 창문 사이의 벽을 거의 다 가리다시피 한 엷은 회색 곱슬머리의 건장한 청년이 서 있는 모습이 역광 속에서 점점 선명하게 보였다. 그는 경기병 사관으로 혈색 좋은 붉은 얼굴에 눈이 툭 불거져 있었다.

"아이 참, 묘하게도 생겼네!"

지나이다는 감탄하며 어쩔 줄 몰라했다.

"눈은 잿빛이 아니라 푸른빛이고, 게다가 귀는 또 어쩌면 이렇게 클까! 고마워요, 베로브조로프! 당신은 매우 친절한 분이에요!"

그 경기병은 어제 보았던 청년들 가운데 한 사람이었다. 그가 빙긋 웃으며 머리를 숙이는 순간, 박차가 짤그락거리고 사벨도 절거덕 소리를 냈다.

"당신이 어제, 줄무늬가 있고 귀가 큰 고양이를 갖고 싶다고 하시기에…… 이렇게 구해 왔습니다. 당신의 말은 곧 법이니까요."

그는 이렇게 말하고는 또 머리를 숙였다.

고양이는 가냘픈 울음소리를 내더니 마룻바닥에 코를 대고 냄새를 맡기 시작했다.

"배가 고픈 모양이군요! 보니파치, 소냐! 우유를 가져와요." 하고 지나이다가 외쳤다.

잠시 후 낡아빠진 노란 옷에 색이 바랜 수건을 목에 두른 하녀가 우유 접시를 들고 들어오더니, 그 접시를 고양이 앞에다 놓았다. 고양이는 한번 부르르 몸을 떨더니 실눈을 뜨고 날름날름 우유를 핥기 시작했다.

"정말 빨갛고 작은 혀군요."

지나이다는 머리가 응접실 바닥에 닿을 정도로 엎드려, 고양이 코끝을 들여다보면서 말했다. 고양이는 배가 부르자 교만스럽게 앞발을 교대로 움직이면서 목구멍에서 소리를 내기 시작했다.

"저리 가져가요."

지나이다는 일어나서 우유 접시를 가리키며 하녀를 향하여 쌀쌀맞게 말했다.

"고양이를 가져온 대가로…… 손을……."

경기병은 빙그레 웃더니 새로 맞춰 입은 군복에 의해 꽉 죄어진 몸을 뒤로 젖혔다.

"두 손 다예요." 하고 지나이다가 대답했다.

그녀는 그에게 손을 내밀어 경기병이 손에 키스를 하고 있는 동안 어깨너머로 나를 바라보고 있었다. 나는 그자리에 가만히 선 채 웃어야 할지 울어야 할지, 무슨 말을 해야 할지, 아니면 잠자코 있어야 할지 알 수가 없었다. 그때 응접실의 열린 출입문에서 우리 집 하인인 표트르의 모습이 눈에 띄었다. 그는 손가락으로 내게 뭔가 신호를 보냈다. 나는 기계적으로 밖으로 나갔다.

"무슨 일이에요?" 하고 나는 물었다.

"어머님께서 모셔오라고……."

그가 나직이 말했다.

"도련님께서 답장을 가지고 돌아오시지 않아 몹시 화가 나 계세요."

"하지만 내가 뭐 오래 있었나?"

"한 시간 남짓 됐습니다."

"한 시간 남짓?"

나는 나도 모르게 앵무새처럼 되받아 말했다. 시간이 그렇게 빨리 지나가다니! 나는 다시 응접실로 돌아가서는 작별 인사를 했다.

"벌써 가시는 거예요?"

지나이다가 경기병 뒤에서 얼굴을 내밀며 물었다.

"난 집으로 돌아가야 해요. 그럼 이렇게 말씀드릴까요?" 하고 노부인을 향하여 덧붙였다.

"오후 1시에 뵙겠다고······."

"그래요. 그렇게 말씀드려 줘요, 도련님."

공작 부인이 별안간 담뱃갑을 꺼내어 요란스럽게 냄새를 맡기 시작했으므로, 나는 어리둥절해졌다.

"그렇게 말씀드려 줘요." 하고 그녀는 눈물이 글썽한 눈을 깜빡거리더니 신음하듯 거듭 말했다.

나는 다시 한 번 인사를 하고 뒤돌아서 나왔는데, 멋쩍은 생각에 등이 근질거렸다. 사람들이 등뒤에서 보고 있다는 걸 깨달을 때 젊은 사람들이 흔히 느끼듯이.

"므시외 볼데마르. 그럼 또 놀러오세요." 하고 지나이다가 외치더니, 또 큰소리로 웃음을 터뜨렸다.

'저 여자는 왜 웃고만 있을까?' 하고 나는 돌아서면서 생각했다. 뒤에서는 표트르가 한마디도 말을 걸지 않고 못마땅하다는 듯이 따라왔다.

어머니는 나를 꾸짖으며, 그따위 공작 부인 집에서 그리 오래 있을 이유가 뭐냐고 어이없어하셨다. 나는 아무 대답도 하지 않고 내 방으로 들어가 버렸다. 나는 갑자기 서글퍼졌다. 그리고 울지 않으려고 애썼다. 그 경기병이 부럽고도 미웠던 것이다. 그녀의 손길이 애절하게 느껴졌다.

5

　공작 부인은 약속대로 어머니를 찾아왔으나, 어머니의 마음에 들지는 않은 듯했다. 나는 두 분이 만나는 자리에 있지 않았으나 저녁 식사때 어머니가 아버지에게 이야기한 바에 의하면, 그 자세킨 공작 부인은 몹시 저속한 여자 같다는 것이었다. 그 부인은, 제발 자기를 위하여세르게이 공작과 만날 수 있게 해달라고 끈질기게 졸라대서 어머니를무척 짜증나게 했다는 것이다. 그 부인은 늘 수상쩍은 소송이나 사건을 일으키고 있는 걸로 보아—그것도 치사한 돈 문제로—필시 고약한개살구임에 틀림없다고 어머니는 지독하게 비난했다. 그럼에도 불구하고 어머니는 그 부인을 딸과 함께 내일 저녁 식사에 초대했다고 덧붙였다. 이 '딸과 함께'라는 말에 나는 접시에 코를 박을 정도로 놀랐다. 좀 저속하기는 했지만 어쨌든 그 부인은 이웃이며 이름 있는 여자라는 것이 초대의 이유였다.

　그러자 아버지는 어머니에게, 이제야 겨우 그 부인이 어떤 사람인지생각났다고 말했다. 아버지는 젊은 나이에 고인이 된 자세킨 공작을알고 있었다. 훌륭한 교육을 받았지만 경박하고 난봉꾼인 남자로, 오랫동안 파리에 살고 있었으므로 '파리지앵'이라고 불렸다고 했다. 그는 큰 부자였는데, 노름으로 전 재산을 탕진한 후 어찌 된 영문인지—그저 돈 때문에 그렇게 되었으리라고들 말했다—어떤 하급 관리의 딸과 결혼하였다. 결혼 후 투기에 손을 댔다가 이번에는 완전히 파산하고 말았다. 고르기만 했더라면 더 좋은 상대가 있었을 텐데, 하고 아버지는 아쉬운 듯 덧붙이고는 차가운 미소를 지었다.

"제발 그 부인이 돈을 빌려달라는 말이나 꺼내지 않았으면 좋겠는데." 하고 어머니는 재빨리 말했다.

"그도 있을 법한 일이지."

아버지는 태연스럽게 말했다.

"그 부인은 프랑스어를 할 줄 알던가?"

"좀 서투르더군요."

"흥, 그런 건 어쨌든 상관없어. 당신은 방금 그분의 딸을 초대했다고 한 것 같은데, 누가 그러는데 꽤 미인인데다 교양 있는 처녀라더군."

"그래요? 그럼 그 처녀는 어머니를 닮지 않은 게로군요."

"아버지도 닮지 않았지." 하고 아버지는 냉소적으로 대답했다.

"그 사나이는 교육은 받았지만 좀 모자란 데가 있었거든."

어머니는 후유 하고 한숨을 내쉬며 생각에 잠겼다. 아버지도 입을 다물었다. 나는 이런 이야기가 오가는 동안 줄곧 멋쩍은 생각에 잠겨 있었다. 도대체 이따위 이야기가 뭐 그리 대단하지……

나는 저녁 식사가 끝난 후 뜰로 나갔는데 총은 들지 않았다. 나는 자세킨 댁의 뜰 쪽으로는 가까이 가지 않을 생각이었으나 나도 모르게 걷잡을 수 없는 힘에 이끌려 그쪽으로 발길이 옮겨졌다. 그리고 그것은 헛일이 아니었다. 내가 담 쪽으로 가자마자 지나이다의 모습이 내 눈에 들어왔던 것이다. 이번엔 그녀 혼자였다. 그녀는 책을 들고 천천히 좁은 길을 걷고 있었다. 그녀는 나를 알아보지 못하였다.

나는 하마터면 그대로 지나칠 뻔하다가 정신을 차리고 헛기침을 했다. 그녀는 돌아다보았으나 멈춰 서지 않았다. 그녀는 둥근 밀짚모자에 늘어진 폭 넓은 파란 리본을 한 손으로 젖히며 살짝 나를 바라보고는 방긋 웃더니 또다시 책으로 눈길을 떨어뜨렸다.

나는 차양이 달린 모자를 벗고 잠시 그자리에서 서성거리다가 이윽고 깊은 생각에 잠기며 그곳을 떠났다.

'나는 도대체 그 여자에게 있어 어떤 의미일까? 하고 나는 무슨 바람이 불었는지 프랑스어로 생각했다.

그때 귀에 익은 발소리가 뒤에서 들렸다. 뒤를 돌아다보니 아버지가 내 쪽으로 걸어오고 있었다.

"저 여자가 공작 부인의 딸이냐?"

"네."

"그래, 넌 저 아가씨를 알고 있니?"

"오늘 아침 공작 부인 댁에서 만났어요."

아버지는 잠시 서 있더니 급히 발뒤꿈치로 빙그르르 돌아 되돌아갔다. 그리고 담을 사이에 두고 지나이다와 어깨를 나란히 할 만큼 가까이 가더니 점잖게 그녀에게 인사했다. 그녀도 답례를 했는데, 적이 놀란 빛을 얼굴에 띠고 책을 든 손을 아래로 내렸다. 그녀는 아버지의 뒷모습에서 시선을 떼지 않고 있었다. 아버지의 복장은 언제나 품위가 있어 보였고 독특한 멋이 있었으며, 게다가 산뜻한 차림이었다. 그러나 이때처럼 내 눈에 아버지의 모습이 날씬하고 품위 있어 보인 적은 없었으며, 그 잿빛 모자가 알맞게 구불거리는 머리와 잘 어울려 보인 적도 없었다.

나는 지나이다가 있는 쪽으로 가려고 했으나, 그녀는 나를 거들떠보지도 않고 다시 책을 들어올리더니 저쪽으로 가버렸다.

6

그날 밤과 이튿날 아침 내내, 나는 왠지 울적한 기분이었다. 나는 공부하려고 카이다노프의 책을 읽기 시작했는데, 이상하게도 그 유명한 교과서의 빽빽하게 짜인 행(行)이나 페이지만이 눈앞에 어른거릴 뿐, 아무것도 머릿속에 들어오지 않았다. 나는 열 번도 더 계속해서 '율리우스 카이사르는 무용이 세상에 뛰어나' 라는 문구를 읽었으나 머리에 전혀 들어오지 않았으므로 책을 내던지고 말았다. 저녁 식사 때가 다가오자 나는 또 포마드를 바르고 프록 코트를 입고 넥타이를 맸다. 이런 내 모습을 보고 어머니가 물었다.

"그건 또 웬일이냐? 넌 아직 대학생이 아냐. 거기다 시험에 붙을지 어떨지도 모르는데 말이다. 그 재킷도 맞춘 지 얼마 되지 않았잖니?"

"손님이 오시잖아요." 라고 나는 거의 필사적으로 말했다.

'바보 같은 소리! 그들이 어디 손님이냐!'

어머니 말에 순종하는 수밖에 없었다. 나는 어머니의 이 한마디에 프록 코트를 재킷으로 바꿔 입었다. 그러나 넥타이는 풀지 않았다.

공작 부인은 딸을 데리고 식사 시간 30분 전에 왔다. 노부인은 내게는 이미 낯익은 그 파란 옷에 노란 숄을 걸치고, 불빛처럼 빨간 리본이 달린 구식 실내모를 쓰고 있었다. 그녀는 다짜고짜 어음 얘기를 꺼내더니 한숨을 쉬기도 하고 자신의 처지를 호소하기도 하며 '무리한 요구'를 하기 시작했다. 도대체 예의나 체면 따위는 전혀 생각지도 않고 요란스럽게 코담배를 맡기도 하고, 의자 위에서 멋대로 몸을 꼬기도 하며 차분하게 있지 못하는 것이었다. 자기가 공작 부인이라는 것조차 전혀 염두에 두지 않는 것 같았다.

그 대신 지나이다는 아주 점잖게, 거만할 정도로 위신을 지키는 모습이 과연 지체 있는 집안의 아가씨다웠다. 얼굴에는 근엄하고 거만한 표정이 나타나 있었으므로 내게는 아주 딴사람처럼 보였고, 어제와 같은 눈초리와 미소도 전혀 찾아볼 수 없었다. 그러나 이와 같은 새로운 모습도 내게는 역시 굉장한 아가씨로 비춰졌다. 그녀는 부드럽고 얇은, 하늘색 당초 무늬의 명주 옷을 입고 있었다. 머리는 영국식으로 길게 땋아서 양쪽 어깨 위로 늘어뜨렸는데, 그녀의 근엄한 표정과 아주 잘 어울렸다.

아버지는 식사를 하는 동안 그녀 곁에 자리를 잡고 앉아 평상시와 마찬가지로 우아하고 다정한 태도로 옆에 앉은 아가씨의 말상대를 해주고 있었다. 아버지는 이따금 흘끗 그녀의 얼굴을 쳐다보곤 했다. 그녀 쪽에서도 간간이 아버지를 쳐다보았는데, 그녀의 눈길은 정말 이상한, 적의를 품은 듯한 것이었다. 그녀는 프랑스어로 이야기를 나누었는데, 나는 지금도 기억하고 있지만, 지나이다의 발음은 거의 완벽에 가까울 정도로 깔끔했다. 나는 그녀의 프랑스어 발음에 무척 놀랐다. 공작 부인은 식사 도중임에도 불구하고 조금도 거리낌없이 마구 먹어대면서 요리 솜씨를 칭찬했다. 어머니는 공작 부인이 몹시 거추장스러운 듯 내키지 않는 표정으로 마지못해 대답만 하고 있었다. 어머니의 이런 태도에 아버지는 이따금 눈살을 찌푸렸다. 지나이다 역시 어머니의 행동이 마음에 들지 않는 표정이었다.

"어쩐지 거만스러운 처녀더군."
어머니는 이튿날 이렇게 말했다.
"좀 생각해 보렴. 거만 떨게 뭐가 있는가…… 파리의 비천한 처녀 같은 얼굴을 하고서 말이야."
"당신은 파리의 비천한 처녀들을 한번도 본 적이 없을 텐데."
아버지가 비꼬듯 말했다.
"그래요, 천만다행으로 못 봤어요!"
"물론 다행스러운 일이긴 하지만…… 그러면서도 어떻게 이러니저러니 말할 수 있는 거요?"
사실 어젯밤 지나이다는 내게 조금도 관심을 나타내지 않았다. 식사가 끝나자 공작 부인은 경박스럽게 작별 인사를 했다.

"제발 앞으로 힘이 되어주시기를 부인과 주인께 부탁드립니다."

그녀는 노래를 부르는 듯한 목소리로 어머니와 아버지에게 말했다.

"방법이 있어야죠! 좋은 시절도 있었지만, 돌이킬 수 없는 옛날 일이지요. 이래봬도 전에는 마나님으로 행세를 했었다니까요."

공작 부인은 얄궂은 웃음소리를 내면서 말했다. 그러고는 예전의 부귀를 잊지 못하겠다는 듯한 말투로 이렇게 말하는 것이었다.

"양지가 음지 된다고들 하더니."

아버지는 공작 부인에게 공손히 인사하고, 현관문까지 팔짱을 끼고 배웅해 주었다. 나는 재킷을 입은 채 말뚝처럼 그자리에 서서, 사형 선고를 받은 죄수 같은 모습으로 마룻바닥만 내려다보고 있었다. 지나이다의 냉담한 태도를 보고 완전히 기가 죽은 것이다. 그런데 아아, 이얼마나 가슴 벅찬 일이냐. 그녀는 내 앞을 지나칠 때, 예의 그 상냥한 표정을 띠고 내게 이렇게 속삭였던 것이다.

"오늘 밤 8시에 우리 집에 와요. 알았죠? 꼭……."

나는 너무나 뜻밖이어서 아무 대답도 하지 못했다. 그녀는 하얀 스카프를 머리에 쓰더니 급히 별채 쪽으로 사라져버렸다.

7

정각 8시에, 나는 매우 설레는 가슴으로 프록 코트를 입고 앞머리를 약간 높이 치켜올려 빗은 뒤 공작 부인이 살고 있는 별채의 현관으로 들어갔다. 그 늙은 하인이 불친절한 눈으로 나를 흘끗 쳐다보더니 마지못해 엉거주춤 의자에서 일어났다. 응접실로 통하는 문에 도착하자 약간 소란스러운 소리가 들려왔다. 나는 문을 열어보고 깜짝 놀라 뒤로 한 발짝 물러섰다. 의자 위에 지나이다가 올라서서 남자의 모자를 눈앞에 받쳐들고 있었고, 의자 주변에는 남자 다섯 명이 웅성거리고 있었다. 그들은 모자 속에 서로 먼저 손을 집어넣으려고 발돋움하고 있었으나, 지나이다는 그것을 자꾸 위로 들어올려 힘껏 흔들고 있었다. 내 모습을 발견한 그녀가 큰소리로 말했다.

"잠깐만 기다려요! 새로운 손님이 오셨어요. 저분에게도 표를 드려야죠."

그러고는 의자에서 폴짝 뛰어내려 내 프록 코트의 소맷자락을 붙들고는 "자, 이리 오세요." 하고 말했다.

"뭘 그렇게 멍하니 서 있어요? 여러분, 소개하겠어요. 이분은 므시외 볼데마르, 이웃집 도련님이에요. 그리고 이쪽은……." 하고 그녀는 차례로 손님들을 내게 소개해 주었다.

"마레프스키 백작, 의사 루신, 시인 마이다노프, 퇴역 대위 니르마츠키 그리고 경기병인 베로브조로프. 이분은 이미 만나보셨죠? 여러분, 부디 사이 좋게 지내시기 바랍니다."

나는 너무나 당황하여 아무에게도 인사를 하지 못했다. 의사 루신이라는 작자가 어제 뜰에서 무안을 준 바로 그 거무튀튀한 사나이였다는 것은 알았지만, 그 밖의 사람들은 초면이었다.

"백작!" 하고 지나이다는 말을 계속했다.

"므시외 볼데마르에게 표를 만들어주도록 해요."

"그건 공평하지 못한데요."

폴란드 사투리가 섞인 말로 백작이 반대했다. 그는 대단히 수려한 용모를 지니고 있었다. 옷차림은 야하고 요란스러웠으며, 밤색 머리에 표정이 풍부한 파란 눈을 하고 있었고, 가늘고 오똑한 코에, 입 위에는 짧은 콧수염을 기르고 있었다.

"이 사람은 벌금놀이에 끼지 않았으니까요."

"맞아요, 공평하지 못해요." 하고 베로브즈로프와 또 다른 한 남자가 맞장구를 쳤다. 그 다른 남자란 퇴역 대위라 불리는 인물로, 나이는 마흔 남짓 되었고, 보기 흉한 곰보 자국이 있는 얼굴에 아라비아인과 같은 곱슬머리였으며, 등이 굽고 다리마저 휘어 있었다. 그는 견장 없는 군대 예복을 입고 있었으나 단추가 풀어져 있었다.

"표를 만들어드리라니까요."

지나이다가 거듭 말했다.

"므시외 볼데마르는 처음 끼게 되었으니까, 오늘은 특별 대우를 하는 거예요. 잔소리는 그만 하고 어서 내가 하라는 대로 표를 만들어드려요."

아주 차가운 목소리였다. 백작은 어깨를 움츠렸으나, 공손히 머리 숙여 인사를 하더니 보석 반지를 낀 흰 손으로 펜을 잡고 작은 종이를 뜯어내어 거기다가 무엇인가를 적었다.

"그럼 볼데마르 씨에게 전후 상황을 설명하는 건 괜찮겠지요? 그렇지 않으면 미궁에 빠진 사람처럼 헤맬 게 분명하니까요."하고 비꼬는 투로 루신이 말했다.

" 지금 우리들은 벌금놀이를 하고 있는데, 아가씨가 벌금을 물기로 되어 있으므로, 행운의 당첨자는 아가씨의 손에 키스할 권리를 얻는 겁니다. 알겠지요, 내가 하는 말을?'

나는 그의 얼굴을 흘끗 보았을 뿐 여전히 어안이 벙벙하여 말뚝처럼 서 있었다. 그리고 내가 왜 이 자리에 있어야 하는지 혼란스러웠다. 그 사이에 지나이다는 다시 의자 위로 뛰어 올라가서 또다시 모자를 흔들어대기 시작했다. 모두들 손을 뻗어 올렸으므로 나도 그들처럼 손을 위로 뻗었다.

"마이다노프."

지나이다가 키가 큰 청년을 향해 말했다. 그는 마른 얼굴에 반짝거리는 작은 눈과 텁수룩한 검은 머리카락을 가진 사나이였다.

"당신은 시인이니까 호탕한 기상을 발휘하여 당신의 표를 므시외 볼데마르에게 양보해야 되지 않겠어요? 그렇게 하면 이분은 찬스를 두 번 갖게 될 테니까요."

그러나 마이다노프는 고개를 옆으로 흔들면서 긴 머리카락을 쓸어 올렸다. 나는 맨 마지막에 모자에 손을 넣어 표를 집었는데…… 아아! 그 순간 나는 휘청거리고 말았다. 자세히 들여다보니 그 종이에는 '키스' 라고 쓰여 있는 게 아닌가!

"키스!" 하고 나는 나도 모르게 소리를 질렀다.

"브라보! 이분이 당첨됐군요." 하고 그녀는 재빨리 말을 이었다.

"정말 기뻐요!"

그러고는 의자에서 내려서서 말할 수 없이 맑고 감미로운 눈으로 가만히 내 눈을 들여다보았으므로 내 심장은 터질 듯이 뛰기 시작했다.

"당신도 기쁘세요?" 하고 그녀가 내게 물었다.

"저 말입니까?"

나는 너무 긴장되었기 때문에 혀가 잘 움직이지 않았다.

"그 표를 내게 팔지 않겠나?"

그때 갑자기 내 귓전에 대고 베로브조로프가 거칠게 말했다.

"백 루블 내겠네."

내가 대답 대신 매우 화난 눈초리로 경기병을 흘겨보자, 지나이다는 손뼉을 쳤고, 루신은 "잘했어!" 하고 소리를 질렀다.

루신이 말을 이었다.

"그건 그렇다 치고…… 나는 사회자로서 모든 게 규정대로 진행되도록 주재하지 않으면 안 됩니다. 므시외 볼데마르, 당신은 어서 한쪽 무릎을 꿇으시오. 그건 규정으로 돼 있는 겁니다."

지나이다는 내 앞에 서서 나를 좀더 자세히 보려는 듯이 목을 약간 옆으로 기울이고는 위엄 있게 한 손을 내밀었다. 나는 눈앞이 아찔했다. 그 덕분에 한쪽 무릎을 꿇으려고 했는데 그만 털썩 두 무릎을 꿇고 말았다. 그러고는 서툰 행동으로 입술을 지나이다의 손에 갖다댔으므로, 코끝이 그녀의 손톱에 걸려 가볍게 긁히고 말았다.

"됐어요!" 하고 루신이 외치며 나를 부축해 일으켰다.

벌금놀이는 계속되었다. 지나이다는 나를 자기 옆에 앉게 했다. 그녀는 여러 가지로 방법을 바꿔 참으로 많은 벌금놀이를 생각해 냈다. 그러던 중에 그녀가 입상이 되어야 했는데, 그때 그녀는 발판이 되어줄 사람으로 추남인 니르마츠키를 지목하여 엎드려 눕도록 명령했을 뿐만 아니라 얼굴을 가슴에 틀어박고 있으라고 명령하기도 했다. 웃음소리는 쉴새없이 계속되었다.

매우 고지식한 귀족 집안에서 자랐으며, 혼자서 엄격한 교육을 받은 소년이었던 나는, 이러한 난잡한 소동이나 거의 저속하다고 할 정도로 버릇없는 들뜬 기분이나, 초면의 패거리와 가진 난생 처음의 교제로 금방 머리가 멍해졌다. 나는 술을 마신 듯이 취해 버리고 말았다. 그러다가 이내 내가 다른 누구보다도 큰소리로 웃고 지껄이기 시작했으므로, 옆방에 있던 공작 부인까지 일부러 나를 보러 나왔을 정도였다. 부인은 상의할 일 때문에 오라고 한 이베르스키 하급 관리와 뭔가 이야기를 나누고 있었던 것이다. 그러나 나는 완전히 행복감에 도취되어 있었으므로, 누가 나를 비웃거나 흘겨보든 아랑곳하지 않았다. 주변 분위기 따위는 완전히 무시했던 것이다.

지나이다는 여전히 나의 편을 들며 잠시도 내 곁에서 떠나지 않았다. 어떤 벌을 받게 되었을 때, 나는 그녀와 나란히 비단 숄을 뒤집어

써야 하는 처지가 되었다. 즉, 나는 '나의 비밀'을 그녀에게 털어놓지 않으면 안 되었던 것이다. 그때의 일은 지금도 잊혀지지 않는다.

우리 두 사람의 머리가 갑자기 반투명의 향기로운 안개에 싸여버렸다. 그 안개 속 아주 가까이에서 그녀의 눈은 부드럽게 빛나고, 방긋 벌어진 입술은 열띤 숨을 뿜으며 하얀 이를 드러내 보였고, 헝클어진 머리카락은 내 볼을 간질였다. 나는 잠자코 있었다. 그녀는 신비롭고 이상야릇한 미소를 띠고 있었는데, 이윽고 "어때요, 네?"하고 내게 속삭였다.

나는 얼굴이 새빨개진 채 킥킥거리며 웃었을 뿐, 얼굴을 돌리고 숨을 죽이고 있었다.

하지만 어느 정도 시간이 지나자 벌금놀이도 싫증이 났다. 우리는 줄 돌리기(놀이의 일종으로, 둥그렇게 줄을 매고 그 안에 술래가 앉아서 줄로 주위에 있는 사람의 손을 치면 맞은 사람이 대신 술래가 되는 놀이)를 시작하였다. 아아! 멍청히 서 있다가 지나이다에게 따끔하게 손을 얻어맞았을 때 나는 얼마나 기뻐하였던가! 나는 그 다음부터 일부러 멍청히 서 있었지만, 그녀는 나의 마음을 졸이게만 만들 뿐 내민 손을 건드리지는 않았다.

그러나 그날 밤 우리들의 놀이는 그것으로 끝난 것이 아니었다. 우리는 피아노를 치고 노래를 하였으며, 춤을 추고 집시들의 흉내도 내었다. 니르마츠키를 곰으로 꾸며 소금물까지 먹였다. 마레프스키 백작은 트럼프로 여러 가지 재주를 보이고 나서, 트럼프를 뒤섞은 다음

비스트(트럼프 놀이의 일종)의 좋은 패를 모두 자기에게 오게 하였다. 루신은 거기에 대해 '그에게 찬사를 드리는 영광'을 가졌다. 마이다노프는 자기가 지은 서사시인 '살육자'의 한 구절—무대는 로맨티시즘의 전성기를 택한 것이었다—을 낭독했다. 그는 그것을 검은 표지에 핏빛 제목을 박아서 출판할 계획을 세우고 있었다. 우리는 다음에 이베르스키 성문에서 온 관리의 무릎 위에서 모자를 훔쳐다가, 그 모자를 돌려주는 조건으로 그에게 카자흐 춤을 추게 하였으며, 보니파치 노인에게 부인용 모자를 씌우기도 하고, 지나이다는 남자 모자를 쓰기도 하였다.

우리의 놀이는 일일이 헤아릴 수 없을 정도였다. 오직 베로브조로프 한 사람만 성난 듯한 표정을 하고 줄곧 한쪽 구석에 처박혀 있었다. 그는 가끔 얼굴이 상기되고 빨갛게 충혈된 눈을 하고서는 당장에라도 우리에게 덤벼들어 모두를 나무토막처럼 이리저리 집어던질 듯한 기세였다. 그러나 지나이다가 손가락으로 위협하는 시늉을 하며 그를 흘끔 쳐다보면, 그는 다시 구석으로 몸을 숨겼다.

우리는 마침내 지쳤다. 공작 부인은, 그녀 자신의 말대로 매우 너그러운 분이어서 아무리 떠들어대도 싫은 내색을 하지 않았지만, 그래도 역시 피로를 느꼈는지 좀 누워야겠다고 말했다. 밤 11시가 지나서야 밤참이 나왔다. 밤참이라고 해야 오래되어 굳어진 치즈와 햄을 다져 넣은 식어빠진 고기만두뿐이었다. 그러나 나는 그 고기만두가 지금까지 먹어본 그 어떤 고급 만두보다 더 맛있었다. 포도주는 겨우 한 병밖에 나오지 않았다. 그나마 겉이 거무죽죽하고 병마개 있는 데가 부풀어오른 것 같았고, 병도 가득 차지 않은데다가 속에 든 포도주에서도 붉은 물감 냄새가 풍겼다. 물론 아무도 그것을 마시지 않았다. 나는 녹초가 되어 몽롱한 행복감에 젖은 채 별채에서 나왔다. 지나이다는 헤어질 때 내 손을 붙잡고 영문 모를 미소를 던졌다.

무겁고 축축한 밤공기가 상기된 나의 얼굴을 스쳐갔다. 달아올랐던 얼굴을 식혀주는 바람도 느낄 수 있었다. 마치 소나기라도 한바탕 퍼부을 듯한 날씨였다. 검은 비구름이 뭉게뭉게 피어올라 순식간에 연기처럼 변하여 하늘을 덮고 있었다. 한 줄기 바람이 우중충한 나무 사이에서 불안하게 몸부림치고, 먼 지평선 저쪽에서는 성난 듯한 천둥 소리가 혼자 투덜대듯이 으르렁거렸다.

나는 뒷문으로 해서 살며시 내 방으로 들어갔다. 나의 몸종이 마룻바닥에서 자고 있었으므로 나는 그의 몸을 타고 넘어가지 않을 수 없었다. 그는 눈을 뜨고 나를 보더니, 어머니께서 화를 내시며 나를 데리러 사람을 보내려는 것을 아버지께서 만류하셨다고 말했다. 나는 지금까지 한번도, 어머니께 밤인사를 드리고 잘 자라는 어머니의 말을 듣지 않은 채 잠자리에 든 적이 없었던 것이다. 그렇지만 그날은 하는 수 없었다. 나는 하인에게, 나 혼자 옷을 갈아입겠다고 말하고는 불을 껐다. 그러나 나는 옷도 갈아입지 않았고 자리에 눕지도 않았다.

나는 의자에 오랫동안 멍청히 걸터앉아 있었다. 내가 느낀 것은 실로 새롭고 흥분되며 감미로운 것이었다. 나는 가끔 주위를 둘러볼 뿐,

꼼짝도 하지 않은 채 앉아서 조용히 숨을 쉬고 있었다. 그리고 오늘밤의 일을 하나하나 떠올리고는 소리 없이 웃기도 하고, 때로는 '내가 사랑에 빠졌나보다, 이게 바로 연정이라는 거구나' 하는 생각을 하기도 했다. 그러자 가슴속이 섬뜩해지는 느낌이 들었다. 지나이다의 얼굴이 눈앞에 떠올랐다. 그리고 언제까지나 사라지지 않고 어둠 속에 떠돌았다. 그 입술은 뜻 모를 미소를 머금었고, 그 눈은 무엇인가 묻고 싶은 듯, 아니 깊은 생각에 잠긴 듯이 뚫어지게 나를 응시하고 있었다. 아까 그녀와 헤어지던 순간과 똑같은 그런 눈길이었다.

나는 의자에서 일어나 발끝으로 침대에 다가가서는 옷도 갈아입지 않은 채 조심스럽게 베개에 머리를 기댔다. 마치 거친 동작으로 마음속에 가득 찬 감정이 혼란스럽게 될까 봐 염려하는 것처럼…….

나는 자리에 눕고서도 눈을 감을 생각조차 하지 않았다. 곧 희미한 광선 같은 것이 나의 방을 비추는 것을 깨달았다. 나는 상반신을 일으켜 창문을 바라보았다. 창문의 창틀이 희멀건 유리 위에 신비롭게 떠올랐다. '번개구나.' 하고 나는 생각하였다. 분명히 우레는 우레였지만, 아주 먼 곳에 떨어지는지 천둥소리조차 들리지 않았다. 다만 수없이 가지가 뻗은 듯한 기다란 번개가 먼 하늘에서 쉴새없이 번쩍이고 있었다. 그것은 번쩍인다기보다 차라리 죽어가는 새의 날개가 퍼덕퍼덕 움직이면서 떨고 있는 것처럼 보였다.

나는 일어나서 창가로 다가가 아침까지 그대로 서 있었다. 번개는 잠시도 멎지 않았다. 그 밤은 흔히 말하는 '참새의 밤(7월 20일경으로 밤이 가장 짧을 때)' 이었다. 나는 침묵하고 있는 모래밭과 네스크치누이 공원의 시커먼 삼림과 번개가 번쩍일 때마다 몸을 떨고 있는 것 같은, 멀리 보이는 건물의 누르스름한 정면을 바라보고 있었다. 나는 시선을 돌릴 수 없었다. 이 소리도 없는 번갯불과 희미한 섬광은 마치 내 마음속에 남모르게 타오르고 있는 비밀스런 불꽃에 호응하는 것 같았다.

날이 밝기 시작했다. 새벽놀이 빨간 반점을 이루며 나타났다. 해가 떠오를 시간이 가까워지자 번개도 차츰 빛을 잃고 사라져갔다. 가냘픈 전율도 점점 뜸해지고, 드디어 떠오르는 아침 해의 찬란한 빛에 압도되어 모양을 감추게 되었다. 그와 동시에 내 마음속의 번갯불도 사라졌다. 나는 말할 수 없는 피로감과 정적감을 느꼈다. 그러나 지나이다의 모습만은 여전히 내 마음속에 남아 있었다. 그것은 숲 속의 연못가에서 날아오르는 백조처럼, 자기를 에워싸고 있던 보기 흉한 주위에서 떨어져나온 것 같은 느낌이었다. 그러므로 나는 잠자리에 들기 전에 다시 한 번 석별의 정과 신뢰와 감사의 마음으로 그녀의 환영에 정성껏 키스를 하였다.

오오, 불타오르는 애정이여, 부드러운 영혼의 음향이여, 감격에 넘치는 아름다움과 그윽함이여, 감미로운 첫사랑에 용해되는 듯한 기쁨이여…… 그대들은 어디에 있는가. 아아, 대체 어디로 갔는가.

다음날 아침 차를 마시러 아래층으로 내려갔을 때, 어머니는 나에게 잔소리—예상했던 것만큼 심하지는 않았지만—를 하였다. 그 대신 어젯밤에 무엇을 하며 놀았는지 말해 보라고 하셨다. 나는 자세한 것은 대부분 생략하고 전체를 매우 단순하게 보이도록 꾸며서 간단하게 대답하였다.

"어쨌든 그들은 점잖은 사람들이 아니야." 하고 어머니는 말씀하셨다.

"그러니 너는 앞으로 그런 집에 드나들지 말고 시험 준비나 열심히 하거라."

그러나 나는 내 시험 공부에 대한 어머니의 걱정이란 고작해야 이러한 몇 마디로 끝난다는 것을 알고 있었기 때문에 거기에 대해서 더 이상 대꾸할 필요도 없다고 생각하였다.

그런데 차를 마시고 나자 이번엔 아버지께서 내 팔을 붙잡고 정원으로 나오시더니, 어젯밤 자세킨 공작 부인의 집에서 본 것을 빠짐없이 털어놓으라고 하셨다.

아버지는 나에 대해 기묘한 감화력을 갖고 계셨다. 그리고 아버지와 나 사이는 보통 다른 부자(父子)들과는 달랐다. 아버지는 나의 교육에 대해서는 전혀 관여하지 않았지만, 그렇다고 나를 무시하는 일도 절대로 없었다. 어디까지나 나의 의사를 존중하고, 이러한 표현을 해도 괜찮다면, 아버지는 나에게 은근한 태도를 취하였다. 오직 나를 자기 곁에 접근하지 못하게 할 뿐이었다. 내게는 아버지가 가장 멋진 남자로 생각되었고, 나는 아버지를 좋아했다. 아니, 나는 아버지에게 반해 있었다. 만일 아버지의 손이 끊임없이 나를 경계하고 있다는 것을 느끼지 않았다면 나는 아마도 그를 열렬히 사랑하고 따랐을지 모른다. 그 대신 아버지는, 마음이 내킬 때면 불과 한두 마디 말이나 손짓 하나로 순식간에 아버지에 대한 무한한 신뢰감을 불러일으키는 힘을 가지고 있었다. 그리하여 내 마음의 문은 열리고, 나는 말이 통하는 친구나 너그러운 스승을 대하는 것처럼 아버지를 상대로 열심히 지껄이는 것이었다. 그러나 그러고 나면 아버지는 또다시 나를 버리고 만다. 아버지의 손은 다시 나를 밀어버리고 마는 것이다. 그 손길은 부드럽고 상냥하지만 나를 밀어내는 손길인 것만은 틀림없었다.

때론 아버지도 기분이 몹시 좋을 때가 있었다. 그럴 때면 아버지는 마치 소년처럼 나와 함께 장난치고 뛰놀기를 꺼리지 않았다. 아버지는 과격한 운동은 무엇이나 즐겼다. 언젠가는—딱 한 번밖에 없었다—아버지께서 그야말로 무척 다정하게 나를 쓰다듬어주셨으므로 나는 감격해서 하마터면 울음을 터뜨릴 뻔했다. 그러나 그렇게 명랑하고 인자하던 모습은 이내 흔적도 없이 사라지고……, 조금 전에 우리 둘 사이에 일어났던 일은 나에게 미래에 대한 아무런 희망도 주지 않았다. 마치 모든 것이 꿈같이 허무하게만 느껴졌다.

내겐 가끔씩 이런 일이 있었다. 아버지의 현명하고 시원스러운 모습을 물끄러미 바라보고 있노라면…… 나의 가슴은 두근거리고 몸과 마음이 송두리째 그에게 휩쓸려 들어가는 것을 느끼게 된다. 그럴 때면 아버지는 나의 마음속을 빤히 들여다보고 있기라도 한 것처럼 아무렇지도 않은 듯이 나의 뺨을 살짝 건드리고 그대로 지나치거나 혹은 무슨 일을 시작하신다. 그렇지 않으면 다른 사람은 도저히 흉내도 낼 수 없는 아버지만의 독특한 태도로 갑자기 싸늘한 표정이 되곤 하신다. 그러면 나도 곧 위축되어 아버지 가까이 가지 못하게 되는 것이다.

어쩌다 한번씩 나타나는 나에 대한 아버지의 애정의 발작은, 내가 입 밖에 내지는 않더라도 첫눈에 알아차릴 수 있는 것은 아니고, 나의 애원에 의해 불러일으켜지는 것은 절대로 아니었다. 그것은 언제나 예기치 않았을 때 갑자기 나타났다. 나중에 아버지의 성격에 대해 여러 가지로 생각해 본 끝에, 아버지는 나나 가정 생활 같은 데 신경 쓸 만한 정신적인 여유가 없었다는 결론에 도달하였다. 아버지가 사랑한 것은 색다른 것이며, 그 색다른 것을 마음껏 즐기고 있었던 것이다.

"될 수 있는 한 모든 것을 자기 것으로 만들어야지 남에게 넘겨줘서는 안 돼. 그리고 자기는 자기 자신의 것이 돼야 해. 여기에 바로 인생의 묘미가 있는 거야."

아버지는 언젠가 나에게 이렇게 말씀하셨다. 또 나는 언젠가 젊은 민주주의자의 입장에서 자유에 대하여 아버지와 토론한 적이 있었다. 그날은 아버지가 기분이 좋은 날이었는데, 그럴 때면 나는 아버지께 어떠한 이야기라도 할 수 있었다.

"자유라……."

아버지가 말문을 여셨다.

"그런데 넌 인간에게 자유를 주는 것이 무엇이라고 생각하느냐?"

"무슨 말씀이세요?"

"그것은 바로 의지다. 자기 자신의 의지란 말이야. 의지는 자유보다 귀중한 권력을 인간에게 준다. 자기가 하고 싶은 일을 마음대로 할 수 있다면 자유로운 몸이 될 수도 있을 것이고, 또한 명령을 내릴 수도 있을 것이다."

아버지는 무엇보다도 삶을 즐기려고 하였다. 그리고 실제로 삶을 즐겼다. 어쩌면 아버지는 자신이 인생의 묘미를 오랫동안 맛볼 수 없다는 것을 그때 이미 알고 있었는지도 모른다. 아버지는 불과 마흔둘이라는 나이에 세상을 떠났던 것이다.

나는 자세킨 공작 부인의 집에서 있었던 이야기를 아버지께 자세히 말씀드렸다. 아버지는 벤치에 앉아서 채찍 끝으로 모래 위에 무엇인가를 쓰면서 귀를 기울이는 듯하기도 하고, 한편 무관심한 듯한 태도로 나의 이야기를 듣고 있었다. 아버지는 때때로 웃음을 지으며 매우 유쾌하고 즐거운 듯한 표정으로 나의 얼굴을 바라보면서 짤막한 질문을 던지기도 하고 대꾸도 하며 내 얘기를 부추겼다. 처음에 나는 지나이다의 이름을 입 밖에 낼 용기가 없었지만, 끝내 참을 수가 없어서 그녀에 대한 칭찬을 늘어놓기 시작하였다. 아버지는 여전히 입가에 웃음을 띠고 있었다. 그러다가 잠깐 생각에 잠기더니 기지개를 켜며 일어섰다.

나는 집을 나올 때 아버지께서 말에 안장을 얹으라고 말씀하신 것을 생각해 냈다. 아버지는 훌륭한 승마 선수여서 레리(미국의 말 조련사. 사납고 난폭한 말들을 길들이는 방법을 소개했음) 씨보다도 훨씬 일찍부터 사나운 말을 다루는 데 익숙해 있었다.

"아버지, 저도 따라가면 안 되나요?"

"안 돼."

아버지는 간단히 대답했다. 그 표정은 여느 때와 마찬가지로 상냥하기는 했지만 무관심한 것이었다.

"가고 싶거든 너 혼자 가거라. 그리고 나는 말을 타지 않고 나갈 거라고 마부에게 일러라."

아버지는 나에게 등을 돌리더니 빠른 걸음으로 가버렸다. 나는 아버지의 뒷모습을 물끄러미 바라보았다. 아버지의 모자가 담을 따라 움직이는 것이 보였다. 아버지는 자세킨 공작 부인의 집으로 들어갔다. 아버지는 그 집에서 한 시간 이상은 머무르지 않았다. 아버지는 곧 시내에 갔다가 저녁때 집으로 돌아왔다.

나도 점심을 먹고 나서 자세킨 공작 부인의 집으로 갔다. 응접실에는 늙은 공작 부인 혼자 앉아 있었다. 내가 들어서자 공작 부인은 뜨개바늘 끝으로 모자 밑의 머리를 긁적거리면서 진정서 한 장을 대신 써줄 수 없겠느냐고 물었다.

"써드리지요."

나는 대답하면서 의자 끝에 걸터앉았다.

"될 수 있는 대로 글씨를 큼직하게 써주세요."

공작 부인은 몹시 더러운 종이 한 장을 나에게 내밀면서 말했다.

"오늘 안으로 써줄 수는 없을까요, 도련님?"

"오늘 안으로 써드리지요."

그때 옆방 문이 빠끔히 열리더니, 그 틈으로 지나이다가 머리를 아무렇게나 뒤로 쓸어넘긴 채 창백한 얼굴에 수심을 띠고 들여다보았다. 그녀는 크고 싸늘한 눈으로 나를 흘끔 바라보는가 싶더니 그대로 문을 닫아버리는 것이었다.

"지나이다, 지나이다!"

공작 부인이 불렀지만 지나이다는 아무 대답도 하지 않았다. 나는 노부인의 진정서를 가지고 돌아와서 그것을 쓰느라고 밤을 꼬박 새웠다.

9

사실 나의 '열정'은 그날부터 시작되었다고 할 수 있다. 지금도 생생하게 기억하고 있지만, 그때 나는 처음 직장에 들어간 사람이 느끼는 것과 비슷한 기분을 느꼈다. 나는 이제 어린 소년이 아니라 사랑에 빠진 사나이가 된 것이다. 나의 열정이 그날부터 시작되었다고 하였지만, 나의 괴로움도 역시 바로 그날부터 시작되었다고 말할 수 있을 것이다.

지나이다가 곁에 없으면 나는 풀이 죽어 슬픔에 잠기는 것이었다. 그리하여 나는 아무것도 손에 잡히지 않고 무엇을 해도 제대로 되지 않았으며, 하루 종일 오직 그녀만을 생각하게 되었다. 나는 비애에 잠기고 말았다. 그러나 그녀 옆에 있다고 해서 결코 편안한 것은 아니었다. 질투를 하거나, 아니면 나 자신이 보잘것없는 존재임을 스스로 느끼게 되어 공연히 화가 나기도 했으며, 때로는 비겁하게 굽실거리기도 하였다. 그러면서도 참을 수 없는 힘이 나를 그녀에게로 끌고 가는 것이었다. 그리고 나는 언제나 무의식중에 행복의 전율을 느끼며 그녀의 방문턱을 넘어서는 것이었다.

지나이다는 내가 자기를 사랑한다는 것을 곧 눈치챘다. 나 역시 그것을 숨기려 하지 않았다. 그녀는 나의 연정을 재미있게 여기고, 나를 희롱하기도 하고 달래기도 하고 또 괴롭히기도 하였다. 자기가 다른 사람에게 최대의 환희와 깊은 비애의 원인을 제공하고도 아무런 책임이 없는 절대적인 힘의 근원이 된다는 것은 기분좋은 일일 것이다. 어느새 나는 그녀의 손아귀에서 벗어날 수 없는, 마치 말랑말랑한 밀랍과 같은 존재가 되어 있었다.

그런데 나 혼자만 그녀를 사랑하고 있는 것은 아니었다. 그녀의 집을 드나드는 남성들은 누구나 그녀에게 반해 있었다. 그녀는 그들을 모조리 밧줄로 묶어서 자기 발밑에 꿇어 엎드리게 하였다. 그녀는 그들의 마음속에 희망을 안겨주기도 하고 때로는 불안감을 드리우기도 하여 그들을 자기 마음대로 조롱하는 것을—그것을 그녀는 자기들끼리 맞붙어 싸우게 하는 것이라고 했다—즐거움으로 삼고 있었다. 그러나 그들은 이러한 상황을 조금도 싫어하지 않았고, 오히려 그녀에 대한 복종심만 더해졌다.

싱싱하고 아름다운 그녀의 몸 전체에서는 교활함과 무관심, 기교와 단순함, 조용함과 활발함이 뒤섞여 있어 일종의 독특한 매력이 넘쳐흘렀다. 그녀의 일거일동이나 이야기하는 것, 또는 그 밖에 아무리 사소한 움직임에도 무어라고 말할 수 없는 경쾌한 아름다움이 넘쳐흘렀다. 모든 점에 있어서 다른 사람으로서는 흉내도 낼 수 없는, 생동하는 생명력이 느껴졌다. 그녀의 얼굴 역시 쉴새없이 변화하여 언제나 활기가 넘쳐흘렀다. 그리고 그 표정은 냉소와 수심과 정열을 동시에 나타내고 있었다. 바람이 기분좋게 부는 맑게 갠 날의 구름처럼, 온갖 감정이 가볍고 재빠르게 그녀의 눈과 입가를 끊임없이 스쳐가는 것이었다.

지나이다를 숭배하는 사람들은 한 사람 한 사람 모두가 그녀에게 필요한 존재였다. 그녀가 '나의 맹수'라고 부르기도 하고 때로는 '나의 사람'이라고도 부르는 베로브조로프는 그녀를 위해서라면 불 속에라도 뛰어들 만한 사람이었다. 자기의 지력이나 그 밖의 재능에 자신이 없는 그는 끊임없이 그녀에게 구혼을 하면서, 다른 남성들은 말로만 애정을 표시한다고 은근히 투정하는 것이었다.

마이다노프는 그녀의 영혼을 시적(詩的) 감성으로 울리려고 하였다. 그는 문학을 하는 대부분의 사람들이 그렇듯이 상당히 냉정한 성격이었지만, 그녀를 사랑하는 면에서는 다른 남자들과 다를 바 없었다. 입버릇처럼 그녀를 사랑한다고 맹세하였을 뿐만 아니라 자기 자신도 마음속으로 그처럼 다짐하고 있는 것 같았다. 그는 수없이 많은 시로써 그녀를 찬미하였는데, 그것은 어쩐지 자연스럽지 못하면서도 감격적인 어조로 낭독하여 그녀에게 들려주는 방법이었다. 그녀는 그를 별로 인정하지 않았으므로, 정성 어린 작품을 실컷 듣고 나서는 분위기를 바꿔야 한다면서 다시 푸슈킨의 시를 낭독하게 하는 변덕을 보였다.

루신은 빈정거리기도 잘하고 노골적인 말을 예사로 지껄이는 의사였지만, 그녀의 사람됨을 누구보다도 잘 알고 있었다. 그는 그녀가 있건 없건 그녀를 마구 욕하면서도 어느 누구보다도 그녀를 사랑하고 있었다. 그녀는 그를 존경하였지만, 그렇다고 그에게 특별히 관심을 보이지는 않았다. 그리고 때때로, 그도 자기의 손아귀에 있다는 것을 은근히 나타내고는 일종의 심술 궂은 쾌감을 느끼곤 했다.

"나는 애정 따위는 모르는 경박한 여자예요. 아마 배우의 소질을 타고난 모양이지요."

그녀는 언젠가 내 앞에서 그에게 이렇게 말한 적이 있다.

"아, 좋은 수가 있군요. 손을 잠깐 내놓으세요. 바늘로 찔러드릴 테니까. 이 젊은 분 앞에서 부끄럽게 생각하고 아파할 테지요. 그래도 당신은 성실한 분이니까 아파도 참고 아무렇지도 않게 웃겠지요."

루신은 얼굴을 붉히고 고개를 옆으로 돌리고는 입술을 깨물었지만, 결국 손을 내밀었다. 그녀가 바늘로 꾹 찌르자 그는 과연 웃기 시작했다. 그녀는 바늘을 꽤 깊이 찌르고는, 공연히 이리저리 시선을 피하고 있는 사나이의 눈을 빤히 들여다보면서 깔깔거리고 웃어대는 것이었다.

　내가 가장 알기 어려운 것은 지나이다와 마레프스키 백작과의 관계였다. 그는 잘생기고 재주 있고 영리한 사람이었지만, 불과 열여섯 살밖에 되지 않은 나의 눈에도 어딘가 사기꾼 같은 데가 여러 군데 엿보였다. 나는 지나이다가 그것을 깨닫지 못하는 데 놀라지 않을 수 없었다. 그러나 그녀는 어쩌면 그 엉터리를 눈치채고서도 그러한 점을 별로 싫어하지 않는 것인지도 몰랐다. 불규칙한 교육과 기묘한 교우 관계나 습관 그리고 언제나 곁에 붙어 있는 어머니, 가난한 생활과 무질서, 게다가 젊은 처녀에게 주어진 자유, 주위의 사람들보다도 한층 뛰어나다는 우월감 등에서 비롯되는 모든 조건이 그녀에게 거의 경멸하는 듯한 무관심한 태도와 괴팍스러운 성격을 조장한 것이다. 어떤 일이 생겨도, 예컨대 보니파치가 와서 설탕이 떨어졌다는 말을 하거나 어떤 좋지 못한 소문이 들려와도, 또는 손님들이 서로 다투는 일이 있더라도 그녀는 단지 곱슬곱슬한 머리를 흔들면서, "하찮은 일을 가지고!"라고 말할 뿐 별로 신경을 쓰지 않았다.

　반면에 나는 피가 한꺼번에 머리로 몰려오는 것 같은 느낌을 강하게 받을 때가 종종 있었다. 마레프스키가 마치 여우처럼 교활하게 몸을 건들거리며 그녀에게로 다가가서 경쾌한 포즈를 취하거나 그녀의 의자 뒤에 기대서서는 자못 흐뭇한 듯이 미소를 띠고서 그녀의 귀에 무슨 말인가를 소곤거리고, 그녀는 그녀대로 팔짱을 끼고 그를 바라보면서 미소를 짓거나 고개를 저을 때면 정말 견딜 수가 없었다.

"마레프스키 같은 사람을 집에 드나들게 하다니, 당신도 이상하군요."

나는 언젠가 그녀에게 이렇게 말하였다.

"뭐가 어때서요? 그분의 수염이 근사하지 않아요?" 하고 그녀는 대답하였다.

"그리고 그런 것은 당신이 참견할 일이 아니에요. 혹시 당신은 내가 그분을 사랑하고 있다고 생각하실지 모르지만……." 하고 그녀는 언젠가 나에게 말한 적이 있다.

"천만의 말씀이에요. 나는 내가 놓인 위치에서 내려다보아야 하는 그런 사람은 사랑할 수 없어요. 나에게는 나를 꼼짝 못하게 하는 그런 사람이라야 하니까요. 그렇지만 그런 사람은 아무래도 만날 수 있을 것 같지가 않아요. 나는 결코 누구의 손에도 잡히지 않을 거예요."

"그렇다면 당신은 끝내 사랑을 할 수가 없겠군요?"

"그렇다고 당신까지도? 내가 당신마저도 사랑하지 않는다고요?" 라고 말하면서 그녀는 장갑 끝으로 내 콧잔등을 툭 쳤다.

지나이다는 나를 마음대로 가지고 놀았다. 3주일 동안 날마다 그녀를 만났는데, 그녀는 만날 때마다 다른 방법으로 나를 골려주었다. 그녀가 우리 집에 놀러오는 일은 별로 없었지만, 나는 그것을 섭섭하게 생각하진 않았다. 그녀는 우리 집에 오면 의젓한 아가씨, 즉 공작의 따님으로 변하는 것이었다. 게다가 나도 우리 집으로 그녀가 오는 기회를 될 수 있는 대로 만들려고 하지 않았다. 어머니가 눈치챌까 봐 겁이 났던 것이다. 어머니는 지나이다에 대하여 매우 좋지 못한 감정을 갖고 있을 뿐 아니라 우리를 경계하는 눈초리로 감시하고 있었다. 아버지는 별로 두렵지 않았다. 아버지는 아무 눈치도 채지 못한 듯이 대해 주었으며, 지나이다와는 많은 이야기를 하지 않았지만, 아버지의 말에는 어딘지 모르게 특별히 재치 있고 무엇인가 의미 심장한 것이 있었다.

나는 공부도 독서도 중단해 버렸다. 가까운 곳을 산책하거나 말을 타고 멀리 가는 것도 그만두었다. 그리고 마치 발이 묶인 딱정벌레처럼 조그만 별채 주위를 끊임없이 맴돌고 있었다.

나는 언제까지나 그곳을 떠나고 싶지 않았지만, 그러나 그럴 수는 없는 일이었다. 어머니의 잔소리가 점점 심해졌고, 어떤 때는 지나이다마저 나를 쫓아냈기 때문이었다. 그럴 때면 나는 내 방에 처박혀 있거나, 혹은 정원 끝의 높은 석조(石造) 온실의 허물어진 곳에 기어올라가 한길로 향한 벽에다 발을 늘어뜨리고 앉아서는, 몇 시간이고 움직이지 않고 어느 무엇에도 눈을 돌리지 않은 채 멍하니 앞만 바라보고 있었다.

먼지를 흠뻑 뒤집어쓴 쐐기풀 위에 하얀 나비 몇 마리가 날개를 팔랑거리며 이리저리 날아다니고 있었다. 날쌔 보이는 참새 한 마리가 바로 곁에 있는 깨진 붉은 벽돌 위에 앉아서, 계속해서 온몸을 앞뒤로 돌리며 꽁지를 부챗살 모양으로 펴고서 신경을 곤두세우는 소리로 짹 짹거리고 있었다. 여전히 나를 경계하는 까마귀들은 벌거숭이가 된, 키가 큰 자작나무 꼭대기에 앉아서 가끔 생각난 듯이 까옥거리고 있었다. 그 엉성한 나뭇가지를 태양과 바람이 조용히 희롱하고, 돈스코이 수도원의 종소리는 때때로 바람을 타고 은은하고 서글프게 들려왔다.

나는 가만히 앉아서 주위를 둘러보고 또 귀를 기울였다. 그러자 나의 마음엔 무어라 형용하기 어려운 감회가 넘쳐흘렀다. 그리고 그 감회에는 우수도, 희열도, 미래에 대한 예감도, 희망도 그리고 삶의 공포도 나의 마음속에서 발효하고 있는 것 중 어느 한 가지에도 분명히 이름 붙일 수 없었던 것이다. 그렇지 않다면 나는 이와 같은 모든 것을 통틀어 하나의 이름, 즉 지나이다라는 이름으로 불렀어야 했을지도 모른다.

한편 지나이다는 여전히 고양이가 마치 쥐를 놀리듯이 나를 놀리고 있었다. 그녀가 나에게 아양을 떨면 나는 곧 흥분하여 녹아나는 듯한 기분이 되고, 그러다가 갑자기 나를 밀어버리면 나는 그녀의 곁에 다가가지도 못하고 감히 그녀의 얼굴을 쳐다볼 수도 없었다.

아직도 기억하고 있지만, 그녀는 며칠 동안 나에게 몹시 쌀쌀하게 대한 적이 있다. 나는 두려움에 떠는 겁쟁이가 되어 벌벌 떨면서 별채로 달려가서는 되도록 늙은 공작 부인의 곁에 붙어 있으려고 했다. 공교롭게도 그 무렵 부인은 몹시 화가 나서 나 따위는 전혀 관심이 없었다. 수표 사건이 불리하게 되어서 부인은 두 번이나 경찰관과 시비를 벌였던 것이다.

어느 날, 나는 담 옆의 뜰 안을 걷고 있다가 지나이다의 모습을 발견하였다. 그녀는 두 손으로 땅을 짚고 파란 잔디 위에 앉아서 꼼짝도 하지 않고 있었다. 내가 소리 없이 지나치려고 하자 그녀는 갑자기 얼굴을 들더니 무엇인가 명령하듯이 내게 손짓을 했다.

나는 그자리에 멈춰 섰지만, 처음에는 무슨 뜻인지 알아차리지 못했다. 그녀는 다시 한 번 손짓을 되풀이하였다. 나는 곧 담을 뛰어넘어 재빠르게 그녀에게로 달려갔다. 그러나 그녀는 눈짓으로 나를 제지하고 손가락으로 두어 발짝 떨어진 좁은 길을 가리켰다. 나는 어찌해야 좋을지 어리둥절한 나머지 길가에 무릎을 꿇었다. 그녀의 얼굴은 너무도 창백하고, 눈이며 코며 얼굴 윤곽 하나하나에 깊은 비애와 피로의 빛이 넘쳐흘렀으므로, 나는 가슴이 터질 것만 같았다. 나는 나도 모르는 사이에 중얼거렸다.

"무슨 일이 있었나요?"

지나이다는 손을 뻗어 풀잎을 뽑아서 이로 씹어보고는 저쪽으로 휙 던져버렸다.

"당신은 나를 사랑하고 있죠?" 하고는 그녀는 덧붙였다.

"그렇죠?"

나는 아무 대답도 하지 못했다. 이제 와서 새삼스럽게 무슨 대답이 필요하겠는가.

"그렇죠?"

그녀는 여전히 나를 바라보며 같은 말을 되풀이해서 물었다.

"물론 그렇겠죠. 눈이 똑같아요."

그녀는 덧붙여 말한 후 생각에 잠기더니 두 손으로 얼굴을 가렸다.

"난 모든 게 다 싫어졌어. 이 세상 끝까지라도 가버렸으면 좋으련만. 난 정말 견딜 수 없어. 나는 이런 일을 감당할 수 없어…… 그런데 내 앞날은 어떻게 될 것인지! 아아, 괴로워. 정말 괴로워 죽겠어!"

"왜 그러시죠?"

나는 겁먹은 표정으로 물었다.

지나이다는 아무 대답도 없이 단지 어깨만 움찔해 보였다. 나는 여전히 무릎을 꿇고 비통한 마음으로 그녀를 바라보았다. 그녀의 한마디 한마디는 내 가슴속에 깊이깊이 파고들었다. 그때의 나는, 그녀를 즐겁게 하기 위해서라면 기꺼이 내 생명이라도 바칠 수 있을 것 같았다. 그리고 무엇 때문에 그녀가 그처럼 괴로워하고 있는지 그 까닭을 알 수 없었지만, 그녀가 견딜 수 없는 슬픔의 발작에 못 이겨 뜰에 나오자 갑자기 발목이라도 부러진 듯 땅 위에 쓰러진 광경을 머릿속에 똑똑히 그려볼 수 있었다.

주위는 온통 햇빛을 받아 밝고 푸르렀다. 바람은 산들산들 나뭇잎을 스치고, 이따금 지나이다의 머리 위로 뻗은 기다란 딸기나무 가지를 흔들고 있었다. 어디선가 구구구 비둘기 울음소리가 처량하게 들려왔다. 꿀벌은 드문드문 나 있는 풀 위를 낮게 날아다니며 붕붕거렸다. 눈을 들면 푸른 하늘이 부드럽게 펼쳐져 있었다. 나는 말할 수 없는 슬픔에 휩싸였다.

"나에게 어떤 시든지 들려주세요."

지나이다가 작은 소리로 말했다.

"나는 당신이 시를 낭독하는 것이 무척 좋아요. 마치 노래를 부르는 듯하지만, 그래도 상관없어요. 그것은 젊다는 증거니까요. 푸슈킨의 '그루지야의 언덕에서'를 들려주세요. 그렇지만 우선은 내 옆에 앉으세요."

나는 지나이다의 명령대로 앉아서 '그루지야의 언덕에서'를 낭송하였다.

"사랑하지 않을 수 없기 때문에……."라고 지나이다는 중얼거렸다.

"그래서 이 시가 좋다는 거죠. 이 세상에 없는 것을 들려주니까. 그리고 실제로 있는 것보다 더 훌륭할뿐더러 진실에 훨씬 더 가까우니까요. 사랑하지 않을 수 없기 때문에……, 사랑하지 않으려 해도 그렇게 되지가 않는군요!"

그녀는 다시 입을 다물더니 갑자기 벌떡 일어섰다.

"자, 그만 가요. 집에 마이다노프가 와 있어요. 그는 자기가 지은 장편 시를 갖고 왔는데, 그대로 두고 나왔어요. 그이도 역시 괴로워할 거예요. 그렇지만 어쩔 수 없지요. 당신도 언젠가는 알게 되겠지만……제발 나에게 화는 내지 말아요!"

지나이다는 재빨리 나의 손을 잡고 별채를 향해 뛰어갔다. 마이다노프는 방금 출판되어 나온 그의 작품 '살육자'를 낭독하기 시작했지만, 나는 귀담아들으려 하지 않았다. 그는 목청을 높여 사운각(四韻脚) 장단조(長短調)의 시를 노래하듯이 낭독하였다. 운각은 뒤죽박죽되어, 마치 여러 개의 작은 방울이 한꺼번에 울리듯이 공연히 큰소리만 내고 있었다. 나는 여전히 지나이다의 얼굴만 쳐다보면서 그녀가 마지막으로 나에게 한 말의 뜻을 풀어보려고 애썼다.

"혹시 남모르는 연적이 있어 선수를 쳐서 당신의 마음을 사로잡은 것이 아닐까?"

그때 갑자기 마이다노프가 콧소리로 이렇게 외쳤다. 순간 나의 눈이 지나이다의 눈과 부딪치자 그녀는 시선을 떨구고 얼굴을 약간 붉혔다.

나는 그녀가 얼굴을 붉히는 것을 보고 놀란 나머지 등골이 싸늘해졌다. 나는 이미 전부터 질투하고 있었지만, 그 순간 그녀는 사랑에 빠졌구나, 하는 생각이 비로소 번개처럼 나의 머릿속에 번쩍였다. '아아, 어찌해야 좋담! 그녀는 누군가를 사랑하고 있다!'

10

나의 본격적인 번민은 그 순간부터 시작되었다. 나는 이 생각 저 생각을 하고 궁리에 궁리를 거듭했다. 그리고 될 수 있는 대로 그런 내색을 하지 않으면서 지나이다의 행동을 끊임없이 감시했다. 그녀의 마음에 어떤 알 수 없는 변화가 생긴 것이 분명했다. 그녀는 혼자 산책하러 나가서는 오랜 시간 헤매고 돌아다녔고, 어떤 때는 손님이 와도 나타나지 않고 몇 시간씩 자기 방에 틀어박혀 있는 일도 있었다. 이제껏 한번도 없던 일이었다. 나는 갑자기 뛰어난 통찰력을 갖게 되었다. 아니, 적어도 그렇게 된 것 같았다.

'저 사나이가 아닐까? 아니, 혹시 이 사나이일지도 몰라!' 하고 나는 그녀를 사모하고 있는 사나이들을 하나하나 꼽아보며 마음속으로 이렇게 자문하는 것이었다. 마레프스키 백작─이렇게 가정한다는 것은 지나이다를 위해서는 수치스러운 일이었지만─이 다른 누구보다도 가장 위험한 인물이라고 마음속으로 단정하자 나는 화가 치밀어올랐다.

그러나 나의 관찰력은 내 코앞까지밖에는 미치지 못했으며, 또 나의 비밀스러운 정탐은 누구의 눈도 속이지 못한 것 같았다. 적어도 의사 루신은 나의 마음속을 빤히 들여다보는 것 같았던 것이다. 하긴 루신 자신도 요즘에는 전혀 태도가 달라졌다. 그는 얼굴이 야위고, 전처럼 곧잘 웃기는 하였지만 그 웃음소리는 어쩐지 공허하고 가시가 돋친 듯하였으며 솔직하지 못하였다. 자기로서도 어찌할 수 없이, 이전의 가벼운 풍자와 꾸민 듯한 냉소는 일종의 신경질적인 발작으로 바뀌어버렸다.

"여보게, 자네는 무엇 하러 이런 곳을 바쁘게 드나드는가?"

어느 날 그는 자세킨 공작 부인의 집 응접실에서 나와 단둘이 있을 때 나에게 이렇게 물었다. 지나이다는 산책을 나가서 아직 돌아오지 않았고, 공작 부인은 하녀에게 잔소리를 퍼붓느라 2층에서 버럭버럭 소리를 지르고 있었다.

"젊은 시절엔 공부도 하고 일도 해야 할 게 아닌가? 그런데 자네는 대체 무엇을 하고 있는 건가?"

"내가 집에서 공부를 하는지 안 하는지 당신이 어떻게 아시죠?"

나는 이렇게 반박하기는 했지만 그 말에는 허세가 깃들어 있었고 당황하는 빛을 숨길 수가 없었다.

"공부를 한다고? 딴 데 정신이 팔려 있는 주제에…… 그러나 자네와 시비를 벌이고 싶진 않네. 자네만한 나이에는 그것이 오히려 당연하니까. 그런데 자네는 상대를 완전히 잘못 선택했어. 자네는 이 집이 대체 어떤 집인지 알고 있나?"

"무슨 말씀을 하시는 건지 이해가 되지 않는군요."

"이해가 되지 않는다고? 그렇다면 더욱 안 되지. 나는 자네에게 충고를 할 의무가 있다고 생각하네. 우리처럼 나이 먹은 독신자야 이런 데 드나들어도 상관없지. 우리들은 별일이 없을 테니까. 우리는 지금까지 살아오는 동안 온갖 일을 다 겪은 사람들이니까 어떤 일이 있더라도 흔들리지 않네. 그러나 자네처럼 살가죽이 얇은 사람에겐 이 집 공기는 해롭단 말일세. 전염될지도 모르니까. 내 말을 명심해 두는 게 좋을 걸세."

"그건 또 무슨 말이지요?"

"사실 그대로가 아닌가? 지금 자네의 행동이 옳다고 생각하나? 자네는 지금 자신이 정상적인 상태라고 말할 수 있나? 자네의 그 감정이 과연 자네에게 이롭다고 생각하느냔 말일세."

"나의 감정이 어떻다는 것이지요?"

나는 말은 그렇게 했지만, 속으로는 루신의 말이 옳다고 생각했다.

"아아, 젊은이, 젊은이."

루신은 이 말 속에 몹시 모욕적인 뜻이 들어 있는 듯한 표정을 하고서 말을 이었다.

"자네가 그런 연극을 할 수 있으리라고 생각하나? 자네에겐 안 될 말이야. 미안하지만, 자네 마음속에 있는 것들이 그대로 얼굴에 나타나 있네. 하긴 나 역시 자네에게 이러니저러니 할 수도 없지. 말하는 나 자신부터가 만일—그는 여기서 이를 악물었다—자네처럼 미친 사람이 아니라면 이런 곳에 드나들 리가 없을 테니까. 다만 내가 이상하게 생각하는 것은, 자네처럼 똑똑한 사람이 왜 바로 자기 옆에서 일어나고 있는 일을 모르는가 하는 걸세."

"대체 어떤 일이 일어나고 있다는 겁니까?"

나는 루신에게 되물으면서 신경을 곤두세웠다.

루신은 동정과 조소가 뒤섞인 표정으로 나의 얼굴을 물끄러미 바라보았다.

"그렇지만 나도 좋은 사람이 못 돼."

그는 혼자말을 하듯이 중얼거렸다.

"하기야 그런 이야기를 한들 무슨 소용이 있담. 요컨대……." 하고 그는 소리를 높여 덧붙여 말하였다.

"다시 한 번 말하지만 여기 분위기는 자네에게 좋지 못해. 지금이야 재미있을지는 모르지. 그러나 사실은 그런 게 아닐세! 온실 속에서도 기분좋은 향기는 나게 마련이네. 그렇다고 해서 그 속에서 살 수는 없단 말일세. 알겠나? 내 말을 잘 새겨듣고 카이다노프의 책이나 읽어보게!"

그때 공작 부인이 들어와서 루신에게 이가 아프다고 하소연을 했다. 조금 후에 지나이다도 얼굴을 내밀었다.

"이봐요, 의사 선생." 하고 공작 부인이 말하였다.

"저 애를 좀 나무라주세요. 온종일 얼음물만 마시고 있으니, 그렇지 않아도 심장이 나쁜데 몸이 견뎌내겠어요?"

"왜 그런 짓을 하십니까?" 하고 루신이 지나이다에게 물었다.

"그게 어떻다는 거죠?"

"어떠냐고요? 감기에 걸려 죽을 수도 있어요."

"정말요? 그렇지만 상관없어요. 그런 팔자라도 되면 좋겠어요."

"원, 저런!" 하고 루신이 중얼거렸다.

잠시 후 공작 부인이 밖으로 나갔다.

"원, 저런!"

지나이다가 루신의 흉내를 냈다.

"산다는 것이 그렇게 재미있을까요? 주위를 한번 둘러보세요. 신통한 것이 뭐가 있어요? 당신은 나를 아무것도 모르고 또 아무 생각도 없는 사람으로 아시는군요. 나는 얼음물을 마시는 게 무척 즐거워요. 당신은 순간적인 만족을 위해 일생을 망쳐서는 안 된다고 설교할 수도 있겠지만, 나는 이제 행복이니 뭐니 하는 것은 입 밖에도 내기 싫어졌어요."

"말하자면……." 하고 루신이 입을 열었다.

"변덕과 고집…… 당신은 이 두 마디 말로 족하지요. 당신의 성격은 이 두 마디에 전부 포함되어 있으니까요."

지나이다는 신경질적으로 웃어댔다.

"당신의 판단은 틀렸어요, 의사 선생님. 미안하지만 좀 늦었어요. 시대에 뒤떨어졌군요. 안경이라도 쓰셔야겠네요. 난 지금 변덕을 부릴 여유도 없답니다. 당신들을 놀려주거나 자기 자신을 우롱한다고 해서 그게 무슨 재미가 있겠어요? 그리고 내가 고집을 부리다니요!"

그러고는 갑자기 나를 돌아보면서 쿵 하고 발을 굴렀다.

"그렇게 우울한 표정을 하지 마세요. 나는 동정받는 것이 제일 싫으니까요."

이렇게 말하고 그녀는 총총걸음으로 나가버렸다.

지나이다의 뒷모습을 보며 루신은 "해로워, 이런 분위기는 자네에게는 해롭단 말이야, 젊은이." 라고 다시 한 번 나에게 말하였다.

11

그날 저녁 자세킨 공작 부인의 집에는 여느 때와 마찬가지로 손님들이 모여들었다. 물론 나도 그 속에 끼어 있었다.

화제는 마이다노프의 장편 시로 옮겨졌다. 지나이다는 진심으로 그 시를 찬양했다. 그리고 마이다노프에게 말하였다.

"만일 내가 시인이라면 좀더 색다른 주제를 선택할 수 있을 것 같아요. 어리석은 이야기일지 모르지만, 나는 가끔 이상한 생각이 머리에 떠오를 때가 있어요. 이를테면 이른 새벽에, 하늘이 장밋빛이나 잿빛으로 물들어가고 있을 때, 또는 잠을 이루지 못할 때면 말이에요. 예를 들어 나의 경우라면……, 그런데 내가 이런 말을 한다고 비웃지는 않겠지요?"

"비웃다니요!"

우리는 모두 똑같이 외쳤다.

"나라면……."

그녀는 두 손을 가슴에 얹고 옆으로 조용히 눈길을 돌리면서 말을 이었다.

"밤중에 커다란 배를 타고…… 고요한 강 위에 나와 있는 젊은 처녀들을 주제로 시를 지을 거예요. 달빛이 은은하게 비치는 가운데, 처녀들 모두가 흰옷에 흰 화환을 쓰고 노래를 부르지요. 그래요, 찬송가 같은 노래 말이에요."

"알겠습니다, 알고말고요. 어서 말씀을 계속하세요."

마이다노프가 꿈꾸는 듯한 어조로 재촉했다.

"그러다가 갑자기 강기슭에서 왁자지껄하는 소리와 웃음소리에 이어 횃불이 나타나고 탬버린 소리가 들려오지요. 그것은 바쿠스 신의 여종들이 소리 높여 노래를 부르며 떼를 지어 달려오고 있는 장면이에요. 이런 광경을 묘사하는 것은 시인인 당신이 해야 할 일이지요. 다만 내가 바라는 것은, 횃불이 연기를 내며 무섭게 타오를 것과 머리에 쓴 화환 밑의 여종들의 눈이 반짝반짝 빛나고, 화환도 거무죽죽한 빛을 띠어야 한다는 것이지요. 그리고 호랑이 가죽이나 술잔을 잊어서도 안 돼요. 게다가 금(金)도 많이 써야겠지요."

"대체 금은 어디에 쓴단 말이에요?"

밋밋한 머리카락을 뒤로 젖히고 콧구멍을 벌름거리면서 마이다노프가 물었다.

"어디다 쓰느냐고요? 어깨나 손이나 발, 어느 곳에나요. 옛날에는 여인들이 발목에다 금 고리 같은 것을 차고 다녔다지 않아요? 바쿠스의 여종들은 배에 있는 처녀들을 부르죠. 처녀들은 찬송가를 부르다가 그만둡니다. 노래를 계속할 수가 없기 때문이죠. 그러나 처녀들은 꼼짝도 않고 서 있습니다. 물결은 배를 강기슭으로 밀고 나가지요. 그때 그중의 한 처녀가 조용히 일어서는 거예요. 여기 이 장면을 잘 묘사해야 해요. 달빛을 받으며 조용히 일어서는 모양이라든지 다른 친구들이 깜짝 놀라는 모습 말이에요. 그 처녀가 뱃전을 넘어서자 바쿠스의 여종들은 처녀를 둘러싸고 어둠 속으로 재빨리 사라지는 거예요. 여기서 갑자기 연기가 솟아오르고, 모든 것이 연기 속에 뒤범벅이 되어버리는 광경을 묘사해야지요. 그리고 나서는 처녀들의 비명 소리만이 들려오고, 강기슭에는 끌려간 처녀의 화환 하나가 외로이 떨어져 있는……."

여기까지 말하고 지나이다는 입을 다물었다.

'아아, 그녀는 사랑에 빠졌구나!' 하고 나는 생각하였다.

"그것뿐입니까?"

마이다노프가 물었다.

"네, 이게 다예요."

"그것만으로는 완전한 서사시의 테마는 될 수 없지만……." 하고 마이다노프가 아는 척했다.

"서정시의 소재로서는 괜찮을 듯하니 당신의 아이디어를 한번 살려보기로 하지요."

"로맨틱한 시가 되겠지요?"

마레프스키가 물었다.

"물론 그렇겠지요. 바이런의 시처럼."

"그러나 내 생각에는 위고가 바이런보다 좋은 것 같은데요."

젊은 백작이 무뚝뚝하게 말하였다.

"훨씬 재미있으니까요."

"위고로 말하자면 일류에 속하는 작가지요."

마이다노프가 대꾸했다.

"나의 친구인 톤코세예프도 스페인을 무대로 한 본인의 작품 『엘 트로바도르』라는 소설에서……."

"아아, 그 의문부가 거꾸로 된 책 말이지요?" 하고 지나이다가 마이다노프의 말을 가로챘다.

"그렇지요. 스페인 사람들은 그게 몸에 밴 모양이더군요. 그런데 내가 말하고자 하는 것은 그 톤코세예프가……."

"어머나! 당신들은 또 고전주의니 낭만주의니 하는 것을 가지고 말다툼을 하려는군요."

또다시 지나이다가 그들의 말을 가로챘다.

"그보다는 뭔가 놀이를 하는 게 어때요?"

"벌금놀이를 할까요?" 하고 루신이 지나이다의 말을 받았다.

"아니, 이제 벌금놀이는 재미없어요. 비유(比喩) 놀이를 하는 게 어때요?"

비유놀이는 지나이다가 만든 것으로, 무엇이든 하나의 제목을 내놓고 모두들 그것을 다른 것과 비유를 해서 그중 제일 훌륭한 비유를 생각해 낸 사람이 상을 받는 것이다.

지나이다는 창가로 다가갔다. 방금 해가 진 뒤여서 하늘에는 붉고 가느다란 구름이 높이 떠 있었다.

"저 구름은 무엇과 비슷할까요?"

지나이다가 물었다. 그리고 우리들의 답변은 기다리지도 않고 그녀가 입을 열었다.

"나는 저 구름이, 클레오파트라가 안토니우스를 맞이하러 갈 때 타고 간 황금 배의 진홍빛 돛과 비슷하다고 생각해요. 그렇죠? 마이다노프, 당신은 저번에 그런 얘기를 들려주었었지요?"

우리는 모두 『햄릿』 속의 폴로니어스처럼, 저 구름은 바로 그때의 돛과 흡사하다, 그보다 더 근사한 비유는 어느 누구도 생각해 내지 못할 것이라고 단정지었다.

"그때 안토니우스는 몇 살이었을까요?"

지나이다가 물었다.

"분명히 젊었을 거예요." 하고 마레프스키가 한마디 거들었다.

"그래요, 젊었어요."

마이다노프가 자신 있게 말했다. 그때 루신이 큰소리로 외쳤다.

"실례지만, 안토니우스는 마흔이 넘었었어요."

"마흔이 넘었다고요?"

지나이다가 의외라는 듯이 그를 흘끗 쳐다보며 물었다.

비유놀이에 그다지 흥미가 없었던 나는 그들의 대화를 가만히 듣고 있다가 살며시 빠져나와 집으로 돌아왔다.

"그녀는 사랑에 빠졌어."

나의 입에서는 무의식중에 이런 말이 새어나왔다.

'그런데 대체 누구를 사랑하는 것일까?'

나는 허무감에 휩싸였다.

12

그러는 사이에 며칠이 지났다. 그런데 며칠만에 지나이다는 점점 더 이상하게 변해 갔다. 어느 날 내가 그녀의 방으로 들어갔을 때 그녀는 의자에 걸터앉아 뾰족한 책상 모서리에 머리를 기대고 있었는데, 갑자기 몸을 일으키는 것이었다. 그런데 그녀의 얼굴은 온통 눈물로 뒤범벅이 되어 있었다.

"아! 당신이었군요."

그녀는 억지로 미소를 지으며 말하였다.

"이리로 와요."

나는 그녀 옆으로 다가갔다. 그녀는 나의 머리 위에 손을 얹더니, 느닷없이 머리카락을 움켜쥐고 비틀기 시작하였다.

"아야!"

나는 그녀의 갑작스런 행동에 비명을 질렀다.

"그래요, 아파요! 그럼 난 아프지 않은 줄 아세요? 아프지 않은 줄로 아느냐고요. 네?"

순간 나는 그녀가 마치 딴 사람같이 느껴졌다. 그러다 갑자기 그녀는 내 머리에서 뽑힌 머리카락을 보고는 이렇게 외치는 것이었다.

"어머나! 내가 무슨 짓을 한 거야? 가엾은 므시외 볼데마르!"

그녀는 뽑힌 머리카락을 조심스럽게 가지런히 모아서 반지처럼 손가락에 감았다.

"미안해요. 나도 모르게, 대신 당신의 머리카락을 로켓(여성용 장신구의 일종)에 넣어 언제나 가지고 다닐게요."

이렇게 말하는 그녀의 눈에는 여전히 눈물이 반짝이고 있었다.

"그러면 당신의 노여움은 어느 정도 풀리겠지요? 그럼 오늘은 이만 돌아가주세요."

나는 집으로 돌아왔지만, 집에서는 별로 유쾌하지 않은 일이 나를 기다리고 있었다. 마침 어머니와 아버지가 말다툼을 하고 있었던 것이다. 어머니는 아버지에게 무언가를 따지고 있었지만, 아버지는 여느 때와 마찬가지로 냉정하고 점잖은 태도로 침묵을 지키고 있다가 곧 밖으로 나가버렸다. 나는 어머니가 무슨 말을 하는지 잘 알아들을 수 없었다. 게다가 나로서는 두 분의 싸움에 귀를 기울일 여유가 없었다. 단지 지금도 기억하고 있는 것은, 말다툼이 끝나자 어머니는 나를 당신 방으로 불러들여, 내가 자세킨 공작 부인의 집에 너무 자주 간다면서 매우 못마땅한 표정을 짓고는, 공작 부인은 무슨 짓이든지 다 할 수 있는 여자이니 주의하라고 말했다.

나는 어머니의 손에 키스하고―이것은 내가 어머니의 이야기를 중단시키려고 할 때 쓰는 술책이었다―내 방으로 돌아왔다. 지나이다의 눈물은 내 마음을 걷잡을 수 없는 혼란에 빠뜨렸다. 나는 무엇을 어떻게 생각해야 할지 몰라 울고만 싶었다.

나는 열여섯 살이긴 하지만 역시 어린애에 지나지 않았다. 베로브조로프는 마치 늑대가 양을 노리듯이 날이 갈수록 더욱 험악한 표정으로 그 엉큼한 백작을 노려보고 있었지만, 나는 이미 마레프스키 따위는 염두에도 없었다. 뿐만 아니라 나는 아무것도 그리고 어느 누구에 대해서도 생각하지 않았다.

나는 공상에 사로잡혀 끊임없이 한적한 곳만 찾아다녔다. 내 마음에 드는 곳은 반쯤 허물어진 그 온실이었다. 나는 곧잘 그 높은 담 위에 올라가서 가장 불행하고 고독하고 슬픔에 잠겨 있는 청년처럼 가만히 앉아 있곤 했는데, 그러노라면 내 딴에도 나 자신이 측은하게 여겨지는 것이었다. 그리고 그 슬픔에 넘치는 감정은 나의 마음속에 만족스럽게, 또한 아주 깊이 스며들었다.

그런데 하루는 내가 담 위에 앉아서 물끄러미 먼 산을 바라보며 종소리에 귀를 기울이고 있으려니 갑자기 무엇이 내 몸을 스치고 지나가는 것이었다. 미풍 같으면서도 미풍은 아니고 떨림도 아닌, 그러니까 숨결과 같은 것이라고나 할까. 누군가가 내게 가까이 오는 직감 같은 그런 것이었다. 나는 시선을 아래로 떨어뜨렸다. 그러자 발밑의 길에 연회색 옷을 입고 장밋빛 양산을 어깨에 걸친 지나이다가 총총걸음으로 다가오는 것이 보였다. 그녀는 나를 보자 걸음을 멈추고 밀짚모자 챙을 치켜올리면서 비로드 같은 눈으로 나를 쳐다보았다.

"대체 그렇게 높은 데서 무얼 하고 있어요?"

그녀는 알 수 없는 미소를 지으며 이렇게 물었다.

"아, 그렇지."

그녀는 뭔가 생각났다는 듯 말을 이었다.

"당신은 언제나 나를 사랑한다고 입버릇처럼 말하는데, 정말 나를 사랑한다면 어디 내 옆으로, 이 한길로 뛰어내려 봐요."

지나이다의 말이 채 끝나기도 전에 나는, 마치 뒤에서 누군가가 등을 밀기라도 한 것처럼 이미 아래로 뛰어내리고 있었다. 담의 높이는 어림잡아 2미터 이상 되었다. 나는 발부터 땅에 닿았지만, 충격이 심한 탓에 몸의 중심을 잡을 수가 없었다. 나는 길 위에 쓰러진 채 정신을 잃고 말았다.

잠시 후에 정신을 차렸을 때 나는 눈을 뜨지 않고도 지나이다가 곁에 있다는 것을 느낄 수 있었다.

"귀여운 나의 도련님."

지나이다는 나에게 몸을 굽히며 말했다. 그 목소리는 상냥하면서도 한편으로는 근심스러운 듯하였다.

"어쩌려고 그런 짓을 했지요? 내 말을 그대로 곧이듣다니요. 나도 역시 당신을 사랑하고 있는데…… 자, 일어나세요."

그녀의 가슴은 바로 내 가슴 가까이에서 숨을 쉬고, 그녀의 손은 내 머리를 쓰다듬었다. 그러다가 갑자기―그때의 내 심정이 어떠했겠는가!―그녀의 부드럽고 싱싱한 입술이 내 얼굴 전체에 키스를 퍼붓기 시작했다. 그 입술은 내 입술에도 닿았다. 그런데 그때 지나이다는 내가 눈을 뜨지 않았는데도, 내 얼굴 표정으로 보아 내가 의식을 회복했다는 것을 알아차린 듯 재빨리 몸을 일으키며 쌀쌀한 투로 이렇게 말했다.

"자, 일어나요, 장난꾸러기. 당신은 철부지로군요. 어쩌자고 먼지 속에 이렇게 누워 있지요?"

그녀의 말에 나는 벌떡 일어났다.

"양산을 집어줘요."

지나이다가 말하였다.

"아니, 어쩌자고 저런 곳에 내동댕이쳐버렸을까……. 나를 그렇게 바라보지 말아요. 그리고 그런 어리석은 짓이 어디 있어요! 혹시 다치지는 않았어요? 아마 쐐기풀에 찔린 정도겠지요? 아니, 나를 그렇게 보지 말라니까요……. 안 들리나 보지요? 아무것도 알아듣지 못하나 보군. 대답도 하지 않고……."

그녀는 혼잣말처럼 덧붙였다.

"자, 어서 집으로 돌아가서 몸이나 깨끗이 씻어요. 그리고 내 뒤를 따라오면 못써요. 만약 그랬다가는 화를 낼 거예요. 그리고 절대로……."

그녀는 말을 끝맺기도 전에 재빨리 저쪽으로 가버렸다. 나는 길 한가운데 쭈그리고 앉았다. 다리가 말을 듣지 않았기 때문이었다. 쐐기풀에 찔린 두 손은 따끔거리고 등은 쑤셨으며 머리는 빙빙 돌았다. 그러나 그때 내가 경험한 행복감은 내 평생에 두 번 다시 느껴볼 수 없는 환희 그 자체였다. 그것은 짜릿한 아픔이 되어 내 온몸에 퍼져나갔고, 환희에 찬 도약과 부르짖음이 되어 용솟음쳐 올랐다. 참으로 나는 아직 어린애였던 것이다.

13

나는 그날 온종일 즐겁고 뿌듯한 기분이었다. 그녀의 입술의 감촉이 내 얼굴에 생생하게 남아 있었기 때문이었다. 나는 환희의 전율 속에서 그녀의 말 한마디 한마디를 되새겨보았다. 나는 이 뜻하지 않은 행복을 가슴속 깊이 간직하고 있었으므로 새로운 행복의 원인인 그녀를 보는 것조차 두려운 생각이 들었다. 아니, 그녀가 보고 싶지도 않을 지경이었다. 이젠 더 이상 운명 따위에게 요구할 게 없었다. 오직 지금은 마지막 숨이나 실컷 쉬고 그대로 죽어버렸으면 하는 심정이었다.

이튿날 나는 별채로 가면서 몹시 당황했다. 비밀을 지킬 수 있다는 것을 다른 사람에게 알리고 싶어하는 사람처럼, 점잖고 거리낌없는 듯한 가면을 쓰고 나의 마음을 숨기려고 했지만, 내 노력은 허사가 되었다. 지나이다는 조금도 동요의 빛을 띠지 않고 지극히 태연하게 나를 맞았다. 다만 손가락으로 위협하는 듯한 시늉을 해 보이고는, 어디 다친 데는 없느냐고 물었을 뿐이었다. 점잖고도 거리낌없는 듯한 태도나 신비스런 기분도 순식간에 사라지고, 동시에 당황하는 마음도 사라져버렸다. 물론 나는 지나이다에게 어떤 특별한 것을 기대하고 있진 않았지만, 그녀의 침착한 태도는 마치 머리 위에서부터 냉수를 끼얹은 것 같은 기분이 들게 했다. 나는 그녀의 눈에서 나 같은 사람은 아직 어린아이에 불과해 보인다는 사실을 깨달았다. 나는 괴로워서 견딜 수가 없었다. 지나이다는 방안을 이리저리 거닐면서 내 얼굴을 볼 때마다 생긋 웃었다. 그러나 그녀의 생각은 먼 곳을 헤매고 있었다. 그것은 나도 분명히 알 수 있었다.

'내가 먼저 어제 이야기를 해볼까.' 하고 나는 생각했다. '어제 어디를 그렇게 바쁘게 갔었는지 꼬치꼬치 캐물어볼까.'

그러나 나는 곧 그만두기로 하고 구석으로 가 조용히 앉았다. 그때 베로브조로프가 들어왔다. 나는 그가 나타난 것이 정말 반가웠다.

"온순한 말은 구할 수가 없군요."

그는 들어오자마자 입을 열었다.

"프라이타크가 틀림없이 한 마리 구해 준다고 했지만 믿을 수가 있어야지요. 걱정이군요."

"뭐가 걱정이에요?" 하고 지나이다가 물었다.

"이야기나 들려주세요."

"뭐가 걱정이냐고요? 당신은 말을 탈 줄 모르잖아요. 무슨 일이라도 생기면 어떡하죠? 그건 그렇고, 또 어째서 갑자기 그런 생각을 하게 되었죠?"

"그런 것까지 알 필요는 없어요, 나의 맹수님. 그렇다면 V씨에게 부탁하겠어요."

나는 그녀가 마치 아버지가 그런 청을 당연히 들어주리라고 믿고 있는 듯한 말투로 서슴지 않고 아버지의 이름을 부르는 데 놀라지 않을 수가 없었다.

"그렇습니까?" 하고 베로브조로프가 말을 받았다.

"그렇다면 당신은 그분과 함께 말을 타러 가려는 거로군요?"

"그분과 함께 가거나 다른 사람과 함께 가거나 당신에겐 마찬가지 결과죠. 당신과 함께 가지 않는다는 것만은 분명하니까요."

"나와 함께 가지 않는다고요?"

베로브조로프가 어이없다는 듯 물었다.

"마음대로 하십시오. 할 수 없지요. 그건 당신 마음이니까. 그러나 말은 구해 드리지요."

"소 같은 말은 필요 없어요. 미리 말씀드리지만, 나는 마음껏 달려보고 싶으니까요."

"틀림없이 잘 달릴 겁니다. 그런데 대체 누구와 함께 가는 거지요? 혹시 마레프스키 아닙니까?"

"왜, 그분과 함께 가면 안 되나요? 그렇지만 염려는 놓으세요." 하고 그녀는 덧붙여 말하였다.

"그처럼 눈을 번득일 필요는 없잖아요. 당신도 데리고 갈 테니까. 당신도 잘 아시면서…… 마레프스키 같은 사람은 나의 안중에도 없다는 것을."

이렇게 말하면서 그녀는 고개를 저었다.

"나를 안심시키려고 그러는 거겠죠." 하고 베로브조로프가 투덜거렸다. 그러자 지나이다가 눈을 가늘게 뜨며 말했다.

"그런 말로 안심이 되나요? 아이 참, 딱하기도 하셔라!"

그녀는 달리 변명할 말이 없었는지 이렇게 말하였다.

"므시외 볼데마르, 당신도 우리와 함께 가지 않겠어요?"

"나는 사람이 많은 곳엔 가기 싫어요."

나는 눈을 내리깐 채 중얼거렸다.

"당신은 둘이 마주앉아 있는 편을 훨씬 좋아하는군요? 자유를 원하는 자에게는 자유를 주고 구원을 얻는 자에게는 천국을 주라는 말이 있으니까……."

지나이다는 한숨을 내쉬며 이렇게 말했다.

"베로브조로프 씨, 어쨌든 어서 좀 알아봐주세요. 저는 내일까지 말이 필요하니까요."

"그렇지만 돈은 어디서 난단 말이냐?"

옆에서 세 사람의 대화를 듣고 있던 공작 부인이 말참견을 하였다. 지나이다는 눈살을 찌푸렸다.

"어머니더러 내놓으라는 건 아니에요. 베로브조로프가 나를 믿고 빌려줄 테니까 걱정하지 마세요."

"빌려준다, 빌려준다……."

공작 부인은 혼자 중얼거리다가 별안간 큰소리로 외쳤다.

"두냐시카!"

"어머니, 제가 전화하지 않았던가요?" 하고 딸이 어머니를 책망하였다.

"두냐시카!"

노파가 다시 외쳤다.

베로브조로프와 나는 인사를 하고 함께 밖으로 나왔다. 지나이다는 나를 붙들지 않았다.

14

이튿날 아침, 나는 일찍 일어나서 지팡이 하나를 만들어서 성문 밖으로 나갔다. 멀리 나가서 우울한 기분을 풀어볼 작정이었다. 하늘은 맑게 갰지만 별로 덥지 않은 날씨였다. 마음을 들뜨게 하듯, 상쾌한 바람이 조용히 불어왔다.

나는 오랫동안 숲 속을 헤맸다. 나는 나 자신이 몹시 불행하다고 생각되어 지금까지의 일을 잊어버리기 위해 집을 나온 것이다.

그러나 결국 젊음, 쾌청한 날씨, 맑은 공기, 경쾌한 발걸음, 푹신한 풀 위에서 혼자 누워 뒹구는 즐거움…… 이런 것들이 승리를 거두었다. 나의 마음속에는 잊을 수 없는 지나이다의 키스가 다시금 되살아났다. 어쨌든 지나이다는 나의 결단력이나 영웅적인 행위를 매우 높게 평가하지 않을 수 없을 것이라고 생각하자 마음이 한결 가벼워졌다.

'그녀의 눈에는 다른 사람이 나보다 훌륭하게 보이겠지만……' 하고 나는 생각하였다. '그러나 염려할 건 없어. 다른 사나이들은 단지 입으로만 큰소리치는 것을 나는 실제로 보여주지 않았는가! 그녀를 위해서라면 어떤 일이라도 할 수 있어!

나의 상상력은 또다시 꿈틀거리기 시작했다. 나는 그녀를 나의 적에 게서 구해 내는 광경이라든지 온몸이 피투성이가 되어 그녀를 감옥에 서 구출하는 모습, 끝내는 그녀의 발밑에서 숨을 거두는 상상을 머릿 속에 그려보았다.

나는 우리 집 응접실에 걸려 있는, 마틸다를 말 위에 태우고 달리는 명기수(名騎手) 말레크 아델의 그림을 생각하였다. 그러나 그 순간 가 느다란 자작나무 줄기를 타고 기어올라가는, 커다랗고 얼룩덜룩한 딱 따구리에 정신이 팔리고 말았다. 딱따구리는 마치 콘트라베이스의 손 잡이 뒤에서 얼굴을 내미는 악사처럼, 쉴새없이 나무 줄기 뒤에서 불 안한 듯이 오른쪽 왼쪽으로 주둥이를 내미는 것이었다.

그리고 나는 '흰눈은 아닐지라도'라는 노래를 부르기 시작했는데, 어느새 그것은 당시에 널리 유행하던 '산들바람 불어올 때 그대를 기 다리면'이라는 노래로 바뀌어버렸다.

그 다음에 나는 호미야코프의 비극 속에 나오는 엘마크의 별에 부치 는 구절을 큰소리로 낭송했다. 그리고 어떤 감상적인 시를 지어보려고 마지막 구절까지 생각했다. 그것은 '오오, 지나이다! 지나이다!'라는 구절이었지만, 결국 완성하지 못하고 말았다. 그러는 동안에 점심때가 되었다.

나는 골짜기를 내려왔다. 좁다란 모래밭 길이 골짜기를 따라서 시내 로 통해 있었다. 나는 이 좁은 길을 따라서 걸었다. 그런데 문득 등뒤 에서 말발굽 소리가 들려왔다. 나는 뒤를 돌아보다 나도 모르게 발걸음을 멈추고 모자를 벗어 들었다. 아버지와 지나이다의 모습을 발견했기 때문이다. 두 사람은 말머리를 나란히 한 채 오고 있었다. 아버지는 몸을 그녀 쪽으로 돌리고 한 손으로 말의 목덜미를 누르면서 무슨 이야기인가를 하고 있었다. 아버지의 얼굴에는 미소가 감돌고 있었다. 지나이다는 엄숙한 표정으로 눈을 내리뜨고 입을 꼭 다문 채 잠자코 듣고만 있었다. 처음에 내가 본 것은 두 사람뿐이었지만, 잠시 후에 골짜기 저쪽 모퉁이에서 제복을 입은 베로브조로프가 입에 거품을 문 검정 말을 타고 나타났다. 보기에도 근사한 그 말은 머리를 좌우로 흔들며 코를 벌름거리면서 이리저리 날뛰었다. 베로브조로프는 고삐를 당기기도 하고 박차를 가하기도 하였다.

나는 한쪽으로 몸을 피했다. 아버지는 말고삐를 고쳐 쥐며 지나이다에게 기울였던 몸을 바로했다. 그녀는 살며시 눈을 들어 아버지를 쳐다보았다. 그리고 그들은 말을 달려 사라졌다. 베로브조로프는 사벨을 절그렁거리면서 그들의 뒤를 쫓아갔다.

'베로브조로프의 얼굴이 새우처럼 새빨갛군.' 하고 나는 생각하였다. '저 여자는, 어찌하여 저 여자는 저렇게 얼굴이 창백할까? 아침부터 사뭇 말을 달렸을 텐데도 얼굴이 창백하다니, 웬일일까?'

나는 걸음을 재촉하여 점심 식사 시간 바로 전에 집으로 돌아왔다. 아버지는 이미 말쑥하게 옷을 갈아입고 세수를 하고 어머니의 안락의자 옆에 앉아서 부드럽고 맑은 목소리로 평론 잡지의 풍자 기사를 어머니에게 읽어주고 있었다. 그러나 어머니는 별로 귀담아듣지 않는 표정이었다. 나를 보자 어머니는 하루 종일 어디 갔었느냐고 묻고는, 정체를 알 수 없는 사람과 함께 아무데나 돌아다니지 말라고 덧붙여 말하였다.

나는 '혼자 산책하고 왔어요.' 라는 대답이 목구멍까지 나왔지만, 무슨 이유에서였는지 아버지의 얼굴을 보자 입을 열 수가 없었다.

15

그 후 5, 6일 동안 나는 거의 지나이다를 만나지 못했다. 그녀는 몸이 아프다고 했지만, 별채를 드나드는 사내들은 여전히—그들의 말에 의하면—당직을 하러 오고 있었다. 다만 마이다노프만은 예외였다. 그는 감격할 기회가 사라지자, 풀이 죽어서 침통한 모습을 하고 있었다.

베로브조로프는 상의 단추를 모조리 채우고, 상기된 얼굴로 시무룩해서 한쪽 구석에 앉아 있었다. 마레프스키 백작의 갸름한 얼굴에는 언제나 얄궂은 미소가 떠돌고 있었다. 그는 지나이다의 총애를 확실히 잃게 되자, 이제는 특별히 신경 써서 공작 부인의 비위를 맞추기에 정신이 없었다. 그리하여 부인과 함께 마차를 타고 모스크바 총독한테까지 다녀온 적도 있었다. 그러나 그 여행은 실패하고 마레프스키는 좋지 않은 일까지 당했던 것이다. 총독이 백작과 토목 기사 사이에 말썽을 일으켰던 어떤 사건을 새삼스럽게 끄집어냈기 때문이었다. 그래서 그는, 당시에는 아직 경험이 없어서 그렇게 되었다고 변명하지 않을 수 없었던 것이다.

루신은 하루에 두 번씩 찾아오긴 했지만 오래 머무르지는 않았다. 나는 얼마 전에 그와 말씨름을 하고 난 후로는 그를 다소 경계했지만, 한편으로는 진심으로 그를 따르게 되었다. 하루는 그와 함께 네스크치 누이 공원으로 산책을 간 일이 있는데, 그는 매우 친절하고 다정하게 대해 줬으며 여러 가지 풀이나 꽃의 이름이라든지 성질에 대하여 설명해 주었다. 그러다가 불쑥 자기 이마를 치며 이렇게 외치는 것이었다.

"아아, 나는 바보였어. 그 여자를 바람둥이라고만 생각하고 있었으니! 아마 사람에 따라서는 자기를 희생하는 데서 쾌감을 느낄 수도 있는 모양이야."

"그게 대체 무슨 뜻입니까?"

"자네에겐 아무 말도 하고 싶지 않네." 하고 루신은 무뚝뚝하게 대답했다.

지나이다는 나를 피하고 있었다. 나를 보기만 하면—나도 그것을 눈치채지 못한 것은 아니지만—그녀는 불쾌한 느낌을 받게 되는 것 같았다. 그녀는 무의식중에 얼굴을 돌리곤 했던 것이다. 그렇다. 무의식중이었다.

나는 괴로웠고 안타까웠다. 그러나 어찌할 방법이 없었다. 그리하여 나는 될 수 있는 대로 그녀의 눈에 띄지 않도록 그저 먼발치에서 은근히 지켜보려고 했지만, 그것도 반드시 성공을 거두는 것은 아니었다.

그녀에게는 여전히 까닭을 알 수 없는 어떤 변화가 일어나고 있었다. 얼굴이 달라지고, 모든 면에서 전혀 딴사람이 된 것 같았다.

그녀의 이와 같은 변화는 나를 놀라게 하였는데, 어느 따뜻하고 조용한 밤에 있었던 일은 특히 그러했다. 나는 가지가 무성한 접골목(接骨木) 그늘 아래 있는 낮은 벤치에 앉아 있었다. 나는 그 장소를 즐겨 찾았는데, 그곳에선 지나이다의 방 창문이 보였기 때문이다.

그날 나는 꼼짝도 하지 않고 앉아 있었다. 머리 위의 거의 시커멓게 보이는 나무 그늘에서 새 한 마리가 바쁘게 바스락거리고 있었다. 그때 잿빛 고양이가 허리를 길게 펴면서 뜰 안으로 기어 들어왔다. 그리고 올 들어 처음으로 나타난 딱정벌레가, 밝지는 않지만 투명한 공기 속에서 윙윙거리고 있었다. 나는 가만히 앉은 채 지나이다의 방을 바라보며 창문이 열리기를 조마조마한 마음으로 기다리고 있었다. 그러자 드디어 창문이 열리고 지나이다가 나타났다.

그녀는 하얀 옷을 입고 있었다. 그런데 그녀의 얼굴은 물론, 어깨며 손 할 것 없이 백지장처럼 창백해 보였다. 그녀는 꼼짝도 않고 한참 동안 서 있었다. 그리고 찌푸린 눈썹 밑의 눈은 똑바로 한 곳을 바라보고 있었다.

나는 그때까지 그녀의 그러한 눈길을 본 적이 없었다. 그녀는 두 손을 불끈 쥐더니 그것을 입술과 이마에 가져갔다. 그러고는 갑자기 손가락을 쭉 펴더니 귀를 덮은 머리카락을 뒤로 넘기며 고개를 홱 저었다. 그리고 어떤 결심이라도 한 듯한 태도로 고개를 아래위로 끄덕이더니 창문을 탁 닫아버렸다.

사흘쯤 지난 후 정원에서 나는 다시 그녀와 마주쳤다. 내가 옆으로 피하려고 하자 그녀가 나를 불러 세웠다.

그녀는 "손 좀 잡아줘요."라며 전과 같이 상냥하게 말했다.

"당신과는 꽤 오랫동안 이야기를 못했군요."

나는 그녀의 얼굴을 흘끗 바라보았다. 그 눈은 잔잔하게 빛나고, 얼굴에는 아지랑이가 피어오르는 듯한 아늑한 미소가 어려 있었다.

"아직도 몸이 안 좋은가요?" 하고 내가 물었다.

"아뇨, 이젠 다 나았어요."

그녀는 이렇게 대답하면서 작은 장미꽃을 한 송이 꺾었다.

"좀 피곤하지만 곧 괜찮아질 거예요."

"그럼…… 저에게 전처럼 대해 주실 건가요?" 하고 내가 물었다.

지나이다는 장미꽃을 얼굴로 가져갔다. 그러자 타는 듯한 붉은 꽃잎이 그녀의 뺨을 물들인 듯한 느낌이 들었다.

"내가 그렇게 변했어요?" 하고 그녀가 물었다.

"네, 변하고말고요."

나는 작은 소리로 대답하였다.

"그동안 내가 당신에게 너무 쌀쌀맞게 굴었지요? 나도 알고 있어요. 그렇지만 그런 일에 신경 쓰지 말아요. 나도 도무지 어찌 할 도리가 없으니까요. 그러나 이제 와서 새삼스럽게 이런 말을 하면 뭐하겠어요!"

"내가 당신을 사랑하는 것이 싫다……는 말이겠죠!"

나는 나도 모르는 사이에 우울한 어조로 이렇게 소리쳤다.

"아뇨, 나를 사랑해 줘요. 그러나 전처럼은 말고요."

"그럼 어떻게요?"

"친구가 되는 거예요. 그렇게 하지 않으면 안 돼요!"

지나이다는 내 앞으로 장미꽃을 내밀더니 향기를 맡도록 했다.

"알겠죠? 나는 당신보다 나이가 훨씬 많잖아요. 당신의 아주머니뻘은 되니까. 정말이에요. 아주머니가 못 된다면 누님 정도는 될 수 있겠죠. 그런데 당신은……."

"당신 눈에는 내가 어린애로 보일 테지요." 하고 나는 그녀의 말을 잘랐다.

"그럼, 어린애지요. 그렇지만 귀엽고 영리하고 착한 아이라 난 정말 좋아요. 그럼 이렇게 해요. 나는 오늘부터 당신을 시종(侍從)으로 삼을 테니, 그렇게 알아요. 시종은 언제나 주인 곁을 떠나서는 안 된다는 것을 명심해야 해요. 그럼 당신에게 새로운 직위를 드린 표시로……."

그녀는 이렇게 말한 후에 장미꽃을 나의 윗옷 단춧구멍에 꽂아주었다.

"나의 사랑을 받는다는 증거예요."

"난 전에는 당신에게 다른 종류의 총애를 받아왔지요." 하고 나는 중얼거렸다.

"어머나!"

지나이다는 말하면서 곁눈질로 나를 흘겨보았다.

"정말 기억력이 좋군요! 좋아요, 지금도 기꺼이……."

그녀는 이렇게 말하며 몸을 굽히더니 내 이마에 살짝 키스를 하였다. 나는 가만히 그녀의 얼굴을 바라보았다. 그러자 그녀는 재빨리 얼굴을 돌리며, "자, 우리 시종 도령, 내 뒤를 따라와요."라고 말한 후 별채로 걸어갔다. 나는 그녀의 뒤를 따라갔지만 마음속에서는 이상한 생각이 떠나지 않고 있었다.

'과연.' 하고 나는 생각하였다. '이 의젓한 처녀가 내가 알고 있는 지나이다와 같은 사람일까?' 그리고 보니 그녀의 걸음걸이까지도 전보다 훨씬 얌전해진 것 같았다. 그리고 그녀의 모습 전체가 전보다 더 의젓하고 더욱 세련된 것처럼 보였다. 그런데, 아아! 이때 내 마음속에는 새로운 사랑의 불길이 얼마나 절실하고 강렬하게 타오르고 있었던가!

16

식사가 끝난 후 다시 별채로 손님들이 모여들었다. 그리고 지나이다도 모습을 나타냈다.

거기에는 내가 좀처럼 잊을 수 없는 그 첫날 저녁에 모였던 사람들이 모두 와 있었다. 니르마츠키까지도 어슬렁어슬렁 나타났다. 마이다노프는 이날 누구보다 먼저 나타났다. 새로 지은 시를 들고 또 벌금놀이가 시작되었지만, 전처럼 이상한 방법이나 어리석은 장난이나 떠들썩한 소리는 찾아볼 수가 없었다. 즉, 집시들과 같은 소란스러움이 사라지고 안정감이 찾아들었다.

지나이다는 사람들에게 새로운 분위기를 조성시켰다. 나는 시종격으로 그녀의 곁에 앉아 있었다. 그녀는 놀이를 하는 중에 제비를 뽑은 사람에게 꿈 이야기를 시키자고 말했다. 그러나 그것은 별 성과를 거두지 못했다. 꿈 이야기는 대개가 재미도 없거니와—베로브조로프는 말에게 잉어를 먹였더니 말의 목이 나무통처럼 변하는 꿈을 꾸었다고 했다—자연스럽지 못한 것이 아니면 마치 꾸며낸 것 같은 어색한 이야기뿐이었다.

그러나 마이다노프는 꿈 이야기를 한 편의 소설과 같이 들려주었다. 이야기 속에는 무덤이 나오고, 하프를 켜는 천사가 나오며, 말을 하는 꽃이 나오는가 하면, 멀리서 이상한 음악이 들려오는 대목도 있었다. 지나이다는 이야기 중간에 그의 말을 가로막았다.

"꿈이 아니라 멋진 소설 얘기를 해주고 있네요." 하고 그녀는 말하였다.

"이번에는 멋대로 꾸며낸 이야기를 하기로 해요. 그렇지만 반드시 자기가 생각해 낸 이야기여야 해요."

이번에도 베로브조로프가 제일 먼저 이야기하게 되었다. 젊은 경기병은 당황스러워했다.

"아무것도 생각나지 않아요!" 하고 그는 고함을 쳤다.

"바보 같은 소리 하지 말아요! 예컨대, 당신에게 아내가 있다고 상상해 보세요. 그리고 당신은 아내와 어떤 생활을 할 것인지, 그것을 우리에게 들려주면 되잖아요. 당신은 필경 아내를 집에 가둬놓겠지요?"

"그렇겠지요."

"그리고 당신도 그 곁에 붙어 있겠지요?"

"반드시 붙어 있을 겁니다."

"좋아요. 그렇지만 만약 당신의 아내가 싫증이 나서 당신을 배반한다면?"

"아마 죽여버릴 거요."

"당신 몰래 아내가 달아난다면?"

"쫓아가서 역시 죽여버리겠지요."

"그래요. 만일 내가 당신의 아내라면 그때는 어떻게 하시겠어요?"

지나이다의 질문에 베로브조로프는 잠시 입을 다물고 있다가, "내가 자살해 버리겠지요!" 하고 말했다.

지나이다는 웃음을 터뜨렸다.

"역시 당신다운 대답이군요."

두 번째 제비는 지나이다가 뽑았다. 그녀는 천장을 바라보며 잠시 생각에 잠겼다.

"자, 들어보세요." 하고 드디어 그녀가 입을 열었다.

"나는 이런 생각을 했어요. 아주 근사한 살롱을 상상해 보세요. 여름밤에 호화로운 무도회가 열렸어요. 그 무도회는 젊은 여왕이 베풀었어요. 어디에나 황금과 대리석, 수정, 비단 그리고 등불, 다이아몬드, 꽃,

향불…… 모두가 사치스러운 것들로 가득 차 있어요."

"당신은 사치스러운 걸 좋아하시는군요?' 하고 루신이 말을 가로챘다.

"사치란 때로는 아름다운 것이니까요. 나는 아름다운 것이라면 무엇이든지 다 좋아해요."

"근사한 미남보다 더 좋단 말입니까?' 하고 루신이 다시 물었다.

"빈정대는 말 같군요. 그런 건 생각해 보지 않았어요. 내 이야기를 방해하지 마세요. 어쨌든 호화찬란한 무도회예요. 많은 손님들이 모였는데, 모두가 젊고 아름답고 씩씩하며, 여왕을 열렬히 사모하고 있어요."

"손님 중에 여자는 없습니까?' 하고 마레프스키가 불쑥 물었다.

"없어요. 아니…… 있기는 있어요."

"그러면 모두 추녀들뿐이겠군요?"

"아름다운 미인들이지요. 그렇지만 남자들은 모두 여왕에게 반해 다른 여자들은 거들떠보지도 않아요. 여왕은 키가 크고 날씬하며, 검은 머리에는 금관을 쓰고 있어요."

나는 지나이다를 바라보았다. 그러자 그 순간 그녀가 우리들보다 훨씬 고상하게 생각되었다. 그녀의 하얀 이마와 미동도 하지 않는 눈썹에서는 그야말로 빛나는 예지와 위엄이 깃들어 있었으므로 나는 부지중에 '여왕이란 바로 당신이군요!' 하고 마음속으로 생각할 정도였다.

"모두가 여왕을 둘러싸고……."

지나이다는 잠시 머뭇거리다가 말을 이었다.

"제각기 있는 지혜를 다 짜서 여왕에게 잘 보이려고 말재주를 부리고⋯⋯."

"그렇다면 여왕은 아침을 좋아하는군요?" 하고 루신이 물었다.

"당신은 정말 짓궂으시군요! 번번이 남의 말을 가로채고⋯⋯. 아침을 싫어하는 사람이 있나요?"

"마지막으로 한 가지만 더 물어봅시다." 하고 마레프스키가 끼어들었다.

"여왕에게는 남편이 있습니까?"

"거기까진 생각해 보지 않았어요. 남편이 무슨 필요가 있어요?"

"그럼요." 하고 마레프스키가 맞장구쳤다.

"남편은 두어서 무엇합니까?"

"조용히!"

프랑스 말이 서툰 마이다노프가 외쳤다.

"감사합니다."

지나이다가 그에게 고마움을 표하고는 계속했다.

"그래서 여왕은 그런 말을 듣기도 하고 음악에 귀를 기울이기도 하지요. 그러나 어느 손님에게도 관심을 주지는 않아요. 천장에서 마룻바닥까지 여섯 개의 커다란 창문이 있는데, 모두 열려 있어요. 창 밖에는 커다란 별들이 반짝이는 밤하늘과 큰 나무들이 무성한 어두운 정원이 보이지요. 여왕은 물끄러미 뜰을 내다보고 있어요. 정원의 나무들 옆에는 분수가 있어서 어둠 속에 희미하게, 마치 유령처럼 기다랗게 흐느적거리는 것처럼 보여요. 여왕은 사람들의 이야기와 음악 소리 속에서 조용히 위로 뻗는 물소리를 듣고 있어요. 그녀는 그것을 물끄러미 바라보며 이런 생각을 하고 있지요. '여러분, 당신들은 모두 고상하고 똑똑하고 부자들이에요. 여러분은 나를 에워싸고 나의 말 한마디 한마디에 벌벌 떨면서, 누구나 내 발밑에서 죽어도 좋다고 생각하지요. 이처럼 나는 여러분 위에 군림하고 있어요. 그런데 저 분수 옆에, 저 살랑거리는 물 옆에 내가 사랑하는, 나를 지배하고 있는 사람이 내가 오기를 기다리고 있어요. 그 사람은 좋은 옷도 입지 알았을뿐더러 값진 보석도 갖지 않았어요. 어느 누구도 그분을 아는 사람이 없어요. 그러나 그분은 내가 나오리라는 것을 굳게 믿고 기다리고 있어요. 그래요. 나는 꼭 가겠어요. 내가 그분에게 가려고 하면 그 어떠한 것도 나를 막을 수는 없지요. 나는 그분의 품속으로 뛰어들어 그분과 함께 정원의 어둠 속으로, 살랑거리는 나뭇잎 소리와 분수의 물소리 그늘 아래로 자취를 감추고 말 거예요……."

지나이다는 여기서 그만 입을 다물었다.

"그것은 지어낸 이야기입니까?" 하고 마레프스키가 빈정거리는 투로 물었다.

지나이다는 그의 말에 대꾸조차 하지 않았다.

"그러나 여러분." 하고 루신이 불쑥 입을 열었다.

"만일 우리가 그 손님들 가운데 끼어 있다가 분수 가까이에 있는 그

행운아에 대해 알았다면, 대체 우리들은 어떻게 했겠습니까?"

"잠깐 기다리세요." 하고 지나이다가 루신의 말을 가로막았다.

"여러분이 그런 경우에 어떻게 하실 건지, 한 사람 한 사람 내가 말씀드리지요. 베로브조로프 씨는 그에게 결투를 신청할 테고, 마이다노프 씨는 풍자시를 쓰겠지요. 아니에요, 당신은 풍자시를 쓰지 못하니 필경 바르비에(19세기 프랑스의 시인) 식으로 장단격(長短格)의 긴 시를 써서 《텔레그라프》에 싣겠지요. 니르마츠키, 당신은 그에게 돈을 빌릴 거예요. 아니, 당신이 그에게 돈을 빌려주고 이자를 받겠지요. 그리고 의사 선생님……."

그녀는 잠깐 멈췄다가 말을 이었다.

"글쎄요, 당신은 어떻게 행동할지 전혀 알 수가 없군요."

그러자 루신이 말했다.

"나는 시의(侍醫)로서의 직책상 손님을 접대할 마음의 여유가 없을 때에는 무도회를 열어서는 안 된다고 여왕에게 충고하겠어요!"

"아마 당신의 말씀이 옳을지도 모르겠어요. 그런데 백작께서는?"

"나 말이오?" 하고 마레프스키가 능글맞은 미소를 띠며 반문했다.

"당신은 반드시 그 사람에게 독이 든 과자를 권하시겠지요?"

지나이다의 말에 마레프스키의 얼굴이 약간 일그러지며 순간 표독스런 표정을 지었지만, 곧 그는 껄껄 웃어댔다.

"그리고 볼데마르, 당신은 아마도……."

지나이다가 말을 이었다.

"이젠 그만하기로 하고 다른 놀이를 하죠."

"제가 말하죠. 므시외 볼데마르는 시종으로서, 여왕이 정원으로 달려나갈 때 기다란 치맛자락을 잡아드리겠지요."

마레프스키가 가시 돋친 어조로 말했다.

나는 온몸의 피가 머리로 치솟는 것 같았다. 그러자 지나이다가 재빨리 내 어깨에 손을 얹고 의자에서 몸을 일으키며 떨리는 목소리로 말했다.

"백작, 나는 당신에게 버릇없는 말을 함부로 하라는 권리를 준 적이 절대로 없어요. 그러므로 이곳에서 당장 나가주세요." 하고 말하며 그녀는 손가락으로 문 쪽을 가리켰다.

"미안합니다, 아가씨."

마레프스키는 새파랗게 질려서는 우물쭈물 중얼거렸다.

그날 밤 나는 오래도록 잠을 이룰 수가 없었다. 지나이다의 이야기에 큰 충격을 받았기 때문이다.

'과연 그 이야기 속에 암시 같은 것이 내포되어 있었던가?' 하고 나는 자문해 보았다. '만일 그렇다면, 대체 누구를 그리고 무엇을 암시한 것일까? 그러나 가령 분명히 암시할 만한 근거가 있다고 하더라도…… 왜 모든 사람들 앞에서 거침없이 그런 말을 했을까? 아니, 아니, 그럴 리가 없어.'

나는 베개에 얼굴을 묻고 몸을 뒤척이며 혼자 중얼거렸다. 그러나 그 이야기를 하고 있을 때의 지나이다의 표정이 눈앞에 떠올랐다. 그리고 문득 네스크치누이 공원에서 루신이 부지중에 부르짖었던 말과 나에 대한 그녀의 급격한 변화를 생각했다. 그러자 나는 더욱 영문을 알 수 없게 되었다.

'대체 상대방은 누구일까?

이 한마디가 마치 어둠 속에 쓰여 있는 것처럼 내 눈앞에서 어른거렸고, 불길한 구름이 낮게 내 머리 위를 뒤덮고 있는 것 같은 기분이 들었다. 그리고 나는 그것이 곧 폭풍으로 변하지 않을까 하는 중압감을 느끼며 기다리고 있었다.

그 무렵 나는 여러 가지 일에 익숙해졌다. 공작 부인의 집에서 많은 것을 보고 들었기 때문이었다. 그 무질서한 생활, 값싼 촛불, 부러진 나이프나 포크, 침울한 하인 보니파치, 몰골이 엉망인 하녀들, 공작 부인의 언행, 그들의 모든 기묘한 생활에도 나는 그다지 놀라지 않게 되었다. 그러나 지금 어렴풋이 느끼고 있는 지나이다의 변화에 대해서는, 나는 아무래도 익숙해질 수 없었다. 언젠가 어머니는 그녀를 말괄량이라고 부르셨다. 말괄량이. 그녀는 바로 나의 우상이며 나의 신이 아닌가! 어머니의 이 한마디가 나의 가슴을 콱 찔렀다. 나는 그 상념에서 벗어나려고 베개에 얼굴을 파묻고 분노로 온몸을 불태우고 있었다. 그러면서도 한편, 오직 분수 옆의 행운아가 될 수만 있다면 나는 무슨 짓이라도 할 수 있을 것 같았다. 그리고 어떠한 희생도 절대로 두려워하지 않을 것이라고 생각했다.

온몸의 피가 들끓었다. 정원, 분수⋯⋯. 그러다 나는 생각했다. '정원에 나가봐야지.' 나는 재빨리 옷을 걸치고 조용히 집을 빠져나갔다. 캄캄한 밤이었다. 나무들은 산들바람에 흔들리고 하늘에서는 조용히 냉기가 내리고, 채소밭에서는 참깨 냄새가 풍겨왔다. 나는 정원의 오솔길을 거닐었다. 나는 나의 발소리에 놀라기도 하고 다시 용기를 얻기도 했다. 그러다 가끔 걸음을 멈추고 무엇인가를 기다리면서 내 심장의 고동에 귀를 기울이기도 했다.

나는 마침내 담 가까이 다가가서 가느다란 말뚝에 몸을 기대었다. 별안간—아니, 그저 그렇게 생각되었을 뿐인지—내게서 몇 발짝 떨어진 곳으로 언뜻 여인의 모습 같은 것이 지나갔다. 나는 눈을 부릅뜨고 어둠 속을 노려보았다. 나는 숨을 죽였다. 저게 무얼까? 나의 귀에 들려온 것은 발소리인가? 그렇지 않으면 혹시 내 심장의 고동 소리란 말인가?

"거기 누구 있어요?" 하고 나는 기어 들어가는 목소리로 말했다.

'아니, 저건 또 무슨 소린가? 소리를 죽인 웃음소리가 아닌가? 아니면 살랑거리는 나뭇잎 소린가? 그렇지 않으면 누군가가 내뿜는 귓가를 스치는 한숨 소린가?

나는 더럭 겁이 났다.

"거기 있는 사람 누구야?" 하고 나는 조금 전보다 더 낮은 소리로 되풀이해서 물었다. 순간 공기가 흔들렸다. 그리고 하늘에서 불줄기 같은 것이 번쩍거렸다. 유성이 떨어진 것이다.

나는 '지나이다?' 하고 소리를 지르려고 했지만, 그 말은 나의 입술

위에서 얼어붙고 말았다. 한밤중이면 가끔 그렇듯이, 갑자기 주위는 쥐죽은듯이 고요해졌다. 숲 속의 귀뚜라미까지도 울음소리를 멈추고, 단지 어디선가 창문 닫는 소리만이 들려왔을 뿐이었다. 나는 잠시 꼼짝 않고 서 있다가, 드디어 내 방으로, 싸늘한 침대로 돌아왔다. 나는 이상한 흥분을 느꼈다. 그것은 마치 애인을 만나려고 나갔다가 만나지 못하고, 남의 행복을 곁눈질하며 바라보다 쓸쓸하게 되돌아온 기분과 비슷했다.

17

이튿날, 나는 지나이다의 모습을 언뜻 보았을 뿐이었다. 그녀는 공작 부인과 함께 마차를 타고 어디론가 가고 있었다. 그녀 대신 나는 루신과 마레프스키를 만났다. 루신은 나를 보고도 인사를 하는 둥 마는 둥 했다. 젊은 백작은 일부러 웃음을 띠면서 친한 척 다정하게 말을 걸어왔다. 별채에 드나드는 수많은 손님들 중에서 그만은 용케 우리 집에 드나들었고, 어머니의 호감까지 사게 되었다. 아버지는 그에게 호의적이지 않았으므로 실례가 될 정도로 지나치게 정중한 태도를 취했다.

"아, 시종 양반이군!" 하고 마레프스키가 입을 열었다.

"자넬 만나니 반갑군. 그런데 자네가 모시고 있는 아름다운 여왕님

께선 안녕하신가?"

그의 말쑥한 용모도 그 순간 나에겐 역겹게만 생각되었다. 게다가 그의 눈은 경멸하는 듯한 조롱의 빛을 띠고 있었으므로, 난 아무 대꾸도 하지 않았다.

"자네 또 화를 내고 있나?" 하고 그는 말을 이었다.

"그럴 게 뭔가? 자네에게 시종이란 별명을 붙인 것은 내가 아닐세. 여왕에겐 시종이 있게 마련 아닌가? 이렇게 말하면 실례가 될지 모르지만, 자네에게 충고 하나 해야겠네. 자넨 아무래도 직무에 태만한 것 같아."

"어째서요?"

나는 따지듯 물었다.

"시종이란 언제나 여왕님 곁에 붙어 있어야 하네. 시종은 주인이 하는 일을 무엇이나 다 알고 있어야 하고, 때로는 주인의 거동까지도 감시하지 않으면 안 되네."

그러면서 그는 낮은 목소리로 이렇게 덧붙였다.

"낮이나 밤이나 말일세."

"그건 무슨 뜻이죠?"

"무슨 뜻이냐고? 내가 알아듣게 말한 것 같은데…… 낮이나 밤이나 말일세. 낮에야 무슨 일이 생기겠나. 낮에는 밝고 사람의 눈도 많으니 말이야. 그렇지만 밤에는…… 어떻든 탈이 나기 쉽단 말일세. 그러니까 자네는 밤마다 자지 말고 지나이다를 잘 살펴야 한단 말일세. 그야말로 힘을 다해서 말일세. 자네도 기억하고 있겠지? 정원이나 분숫가 같은…… 그런 곳을 지키고 있어야 하네. 그러면 자네는 반드시 나중에 나에게 사례를 하게 될 걸세."

마레프스키는 껄껄거리며 웃고 나서 나에게 등을 돌렸다. 그는 아마도 특별한 의미를 두고 한 말은 아닌 것 같았다. 그는 본래 속임수를 잘 쓰는 사람으로 이름이 나서, 가장 무도회 같은 데서도 사람을 골려주는 수완가로 평판이 높은 사람이지만, 그것은 그에게 배어 있는, 자기 자신도 깨닫지 못하는 허위성에서 오는 것이었다. 그는 단지 나를 골려주기 위해 한 말이지만 그의 한마디 한마디는 무서운 독이 되어 내 혈관 속으로 깊숙이 흘러들었다. 나는 온몸의 피가 한꺼번에 머리로 치솟는 것 같았다.

"아아! 그랬던가!" 하고 나는 나도 모르게 중얼거렸다.

"그렇지! 그러고 보니 내가 어제 저녁 정원에 마음이 끌린 것도 우연한 일이 아니었구나! 그럴 수가 있는가!" 하고 나는 큰소리로 외치면서 주먹으로 가슴을 쳤다. 그렇지만 도대체 무엇이 못 견디겠다는 건지 나 자신도 알 수 없었다.

'그런 말을 하는 마레프스키 자신이 정원으로 찾아오는지도 모르지.' 하고 나는 생각했다. '그가 무의식중에 그런 말을 했다고 생각할 수도 있지. 그는 그런 짓쯤은 충분히 하고도 남을 철면피니까.'

우리 집 뜰의 담은 무척 낮았기 때문에 그것을 뛰어넘는 것쯤은 문제가 아니었다.

'어쨌든 어느 놈이나 내 눈에 띄기만 해봐라, 무사하지 못할걸. 누구든지 내 눈에 띄지 않도록 조심하는 게 좋을 거야! 나는 온 세상 사람에게 그리고 그 배신자—나는 이미 그녀를 배신자로 낙인 찍었다—에게 복수할 수 있다는 것을 보여줘야지!

나는 내 방으로 돌아와서 책상 서랍에서 최근에 구입한 영국제 나이프를 꺼내 칼날을 시험해 보았다. 그리고 양미간을 찌푸리며 싸늘하게 굳어진 표정을 하고 그것을 호주머니 속에 넣었다. 그런 짓을 하는 것이 어색하지도 않고 처음 하는 짓도 아닌 것 같은 기분이었다. 내 가슴은 적의에 불타 눈에 보이는 것이 없었다.

나는 밤중까지 찌푸린 눈살을 잠시도 펴지 않았고, 다문 입술을 벌리지도 않았다. 그리고 끊임없이 왔다갔다하면서, 한 손을 호주머니에 살짝 넣어 따뜻해진 나이프를 움켜쥐고 닥쳐올 어떤 끔찍한 일에 대하여 미리 마음의 준비를 하는 것이었다. 이와 같은 새로운, 지금까지 맛보지 못한 감각에 정신을 잃고 오히려 유쾌하고 즐거운 심정이 된 나는 가장 소중하게 여겨온 지나이다의 일은 별로 생각하지 않았다.

내 눈에는 끊임없이 '젊은 집시 알레코(푸슈킨의 장시 '집시'의 주인공)'의 모습이 떠오를 뿐이었다.

'어디로 가나, 아름다운 젊은이여! 누워서 잠들라…….' 그리고 '온몸이 피투성이가 되어 있지 않나! 도대체 너는 무엇을 하고 있었느냐? 아무것도 하지 않았어요!'

나는 잔인한 웃음을 지으면서 이 '아무것도 하지 않았어요!' 라는 구절을 얼마나 되풀이했던가!

아버지는 마침 집을 비우고 없었다. 그러나 요즘 들어 언제나 불안감과 초조감에 사로잡혀 있는 어머니는 나의 심상치 않은 태도를 눈치채고 저녁 먹을 때 이렇게 말씀하셨다.

"너는 무엇 때문에 보릿자루를 노리는 새앙쥐처럼 그렇게 뾰로통한거니?"

나는 대답 대신에 그저 미소를 지어 보였을 뿐, '모두들 내 속마음을 안다면…….' 하고 생각했다.

시계가 11시를 가리켰다. 나는 내 방으로 돌아왔으나 옷은 벗지 않았다. 이윽고 기다리던, 12시를 알리는 종소리가 들려왔다.

'바로 이때다.' 하고 나는 이를 악물고 이렇게 중얼거리며 양복저고리의 단추를 턱 밑까지 채우고 팔소매를 걷어붙인 다음 정원으로 나갔다.

나는 미리부터 지키고 서 있을 장소를 생각해 두었다. 정원 한쪽 끝, 우리 집과 자세킨 공작 부인의 집 뜰 안을 가로막고 있는 담 옆에 전나무 한 그루가 있었다. 그 낮고 무성한 나뭇가지 아래 서 있으면, 어둠이 허락하는 한 주위에서 일어나는 모든 것을 다 볼 수가 있었다. 그곳에는 언제나 신비롭게 보이는 한 갈래 좁다란 길이 담을 따라 구불구불 뱀처럼 굽이져서—이 부근에는 담을 넘나든 것 같은 발자국이 있었다—순전히 아카시아 나무로만 지은 정자가 있는 쪽으로 뻗어 있었다. 나는 전나무 밑에 가서 그 나무 줄기에 몸을 기대고 망을 보기 시작했다. 오늘 밤도 어제와 마찬가지로 조용했다. 그러나 하늘에는 구름이 훨씬 적어, 나무 덤불뿐만 아니라 키가 큰 화초의 윤곽까지도 어제보다 분명하게 보였다. 처음에는 몹시 긴장됐다. 아니, 무서울 지경이었다. 나는 어떠한 사태가 벌어지더라도 해결할 각오를 하고 있었다. 그리고 다만, 어떻게 해치우느냐 하는 방법을 여러 가지로 궁리하고 있었다.

'기다려! 어디로 가는 거야? 바른 대로 말해! 안 그러면 죽여버릴 테다!' 하고 호통을 쳐야 할 것인가, 아니면 군말 없이 푹 찔러버리고 말 것인가. 바스락, 나뭇잎이 흔들리는 소리에도 심상치 않은 어떤 일이 숨겨져 있는 것만 같았다. 나는 정신을 바짝 차리고 몸을 앞으로 구부렸다.

그러나 30분이 지나고 한 시간이 지나는 동안에 끓어오르던 피는 점점 식어가기 시작했다. '이런 짓을 해본들 무슨 소용이 있나, 이건 내가 생각해도 좀 우스꽝스럽다, 나는 마레프스키의 놀림감이 된 것이다.' 라는 의식이 점점 내 머릿속에 스며들게 되었다.

나는 기다리고 있던 장소에서 벗어나 뜰을 한 바퀴 돌았다. 마치 일부러 그러는 것처럼 어디서 바스락거리는 소리 하나 들려오지 않았다. 모든 것이 조용하기만 하고, 삽살개까지도 싸리문 옆에 웅크린 채 잠들어 있었다. 나는 무너진 온실 벽에 기어올라가 멀리 눈앞에 펼쳐져 있는 들판을 내다보고, 지나이다와 만났던 일을 회상하며 깊은 상념에 잠겨 있었다.

얼마 후 나는 무슨 소리에 흠칫 놀랐다. 삐걱 하고 문이 열리는 소리가 나고, 뒤이어 나뭇가지가 딱 부러지는 소리가 들린 것 같았다. 나는 껑충껑충 두 번 만에 온실에서 아래로 뛰어내려 숨을 죽이고 그자리에 얼어붙은 듯이 서 있었다. 가볍고 빠르면서도 조심스러운 발소리가 분명히 뜰에서 들려왔다. 그 발소리는 점점 내 쪽으로 가까이 다가왔다.

'왔다, 드디어 나타났군! 하는 생각이 내 머리에 퍼뜩 떠올랐다. 나는 경련을 일으킨 듯 떨리는 손으로 호주머니에서 나이프를 꺼내 그것을 펼쳤다. 무슨 붉은 불꽃 같은 것이 눈 속에서 빙그르르 돌며 공포와 증오로 인하여 머리카락이 쭈뼛 서는 것 같았다. 발소리는 곧장 내 쪽을 향해 다가왔다. 나는 몸을 굽히고 발소리가 나는 쪽으로 향했다. 드디어 사나이가 나타났다. 그런데 앗, 이게 웬일인가! 그것은, 바로 아버지가 아닌가!

검은 망토로 온몸을 감고 모자를 깊이 눌러쓰고 있었으나, 나는 그가 아버지라는 것을 금방 알아차렸다. 아버지는 발뒤꿈치를 들고 가만가만 내 옆을 지나갔다. 아무것도 내 몸을 감춰주지는 않았지만, 몸을 땅바닥에 바싹 대고 있었으므로 아버지는 나를 보지 못했던 것이다.

질투에 불탄 나머지 살인까지 각오하고 있던 오셀로는 순식간에 초등학교 학생으로 변해 버렸다. 나는 뜻밖에도 아버지가 나타나자 그만 소스라치게 놀라서, 처음에는 아버지가 어디서 와서 어디로 갔는지조차 전혀 알 수 없을 정도였다. 내가 몸을 일으켜, '대체 무엇 때문에 아버지는 한밤중에 뜰을 거닐고 있었을까? 하고 생각하게 된 것은, 주위가 다시 조용해진 뒤의 일이었다. 나는 뭔지 모르게 두려운 나머지 나이프를 풀더미 속에 떨어뜨려 버렸고, 그것을 주우려고도 하지 않았다.

나는 부끄러워 견딜 수가 없었다. 그러자 갑자기 제정신이 들었다. 그러나 집으로 돌아가는 도중에 전나무 밑에 있는 그 벤치로 가서 지나이다의 침실 창문을 쳐다보는 것만은 잊지 않았다. 약간 밖으로 굽은 유리창은 하늘에서 내비치는 흐릿한 광선을 받아 푸르스름한 빛을 띠고 있었다. 그러자 갑자기 유리의 빛이 변하였다. 그리고 들창 안쪽에서―나는 보았다. 분명히 내 눈으로 보았다―하얀 커튼이 조심스럽게 살며시 내려와 창턱까지 가리더니 다시는 꼼짝도 하지 않았다.

"어떻게 된 것일까?"

나는 내 방으로 들어서자마자 나도 모르게 이렇게 소리 내어 중얼거렸다.

"꿈인가, 우연인가, 아니면……"

갑자기 내 머리에 떠오른 상상은 너무나 새롭고 또 괴이했으므로 나는 잠을 자는 것조차 두려웠다.

18

이튿날, 자리에서 일어났을 때 나는 몹시 머리가 아팠다. 어젯밤의 홍분은 사라지고 없었다. 그 대신 무서운 의혹과 일찍이 경험해 보지 못한 이상한 슬픔에 사로잡혔다. 마치 내 내부 세계에서 어떤 무엇이 죽어가고 있는 듯한 느낌이었다.

"무엇 때문에 자네는 그렇게 뇌수를 절반쯤 제거해 버린 토끼 같은 눈초리로 사람의 얼굴을 바라보고 있나?"

루신이 나를 보자마자 이렇게 말했다.

아침 식사 때 나는 아버지와 어머니의 모습을 번갈아가며 슬쩍 훔쳐 보았다. 그러나 아버지는 여느 때와 마찬가지로 침착한 모습이었으며, 어머니도 전과 같이 얼굴에 나타내지는 않았지만 어딘가 초조한 빛이 엿보였다. 가끔 하는 버릇대로 혹시 아버지가 나한테 상냥스럽게 말을 걸어오지 않을까 해서 나는 아버지의 눈치를 살폈다. 그러나 아버지는 날마다 보내주던 싸늘한 애정마저 보여주지 않았다.

'지나이다에게 모든 것을 다 말해 버릴까?' 하고 나는 생각했다. '이제 와서 어차피 마찬가지가 아닌가. 두 사람 사이는 완전히 끝장이 나 버린 것이다.'

그날 나는 그녀를 찾아갔으나 그런 일에 대해서는 한마디도 하지 못했다. 뿐만 아니라 그녀와 일반적인 이야기를 주고받는 것조차도 어색하기만 했다.

마침 공작 부인의 열두 살 난 아들인 유년학교 학생이 방학이 되어 페테르부르크에서 돌아와 있었기 때문에 더욱 그랬다. 지나이다는 곧 자기 동생을 나한테 떠맡겨버렸다.

"볼로자 씨." 하고 그녀가 말했다. 그녀가 이런 애칭으로 나를 부른 것은 처음이었다.

"좋은 친구가 생겼어요. 애 이름도 볼로자예요. 사이좋게 지내도록 하세요. 애는 아직 철이 없지만 마음은 착하니까요. 네스크치누이 공원도 좀 구경시켜 주고 함께 산책도 다니면서 애를 돌봐주세요. 그렇게 해주시겠죠? 당신은 친절한 분이니까!"

그녀는 다정스럽게 두 손을 내 어깨에 얹었다. 나는 어리둥절했다. 이 소년의 출현이 나를 완전히 어린애로 만들어버렸다. 나는 가만히 그 유년학교 학생을 바라보았다. 상대방도 내 얼굴을 빤히 쳐다보고 있었다. 지나이다는 깔깔 웃으면서 우리 두 사람의 몸을 끌어다 마주 보게 했다.

"자, 친구끼리 만나면 서로 껴안는 거예요!"

우리는 지나이다가 시키는 대로 서로 껴안았다.

"뜰에 나가볼까?" 하고 나는 유년학교 학생에게 물었다.

"네, 감사합니다."

그는 학생답게 약간 거친 목소리로 대답했다. 지나이다는 다시 소리 내어 깔깔 웃었다. 그녀의 얼굴이 이처럼 아름다운 홍조를 띤 적은 한 번도 없었다고 나는 생각했다. 나는 유년학교 학생과 함께 밖으로 나갔다.

뜰에는 낡은 그네가 있었다. 나는 그를 그네의 좁다란 판자 위에 앉혀놓고 밀어주었다. 그는 두꺼운 나사 천으로 만든 옷깃에 널따란 금빛 테두리를 두른 새 제복을 입고 있었는데, 꼼짝도 하지 않고 앉아서 그네 줄을 단단히 붙잡았다.

"목의 호크라도 풀어야지."

"괜찮아요. 습관이 돼서요."

그는 대답하고 나서 헛기침을 했다. 그는 자기 누이를 닮았다. 특히 눈은 그녀와 똑같았다. 나는 그를 돌봐주는 것이 즐거웠지만 동시에 알 수 없는 슬픔이 심장을 콱콱 찌르는 것만 같았다.

'지금은 나도 어린애와 똑같군.' 하고 나는 생각했다. '그런데 어제 는……'

나는 어젯밤에 나이프를 떨어뜨린 것을 생각하고 그것을 찾아냈다. 유년학교 학생은 나를 졸라서 나이프를 받아가지고 굵다란 두릅 가지를 잘라서 피리를 만들어 불기 시작했다.

오셀로도 함께 피리를 불었다.

그러나 그날 저녁에, 바로 이 오셀로가 지나이다의 품에 안겨 얼마나 슬프게 흐느껴 울었는지 모른다. 그녀는 나를 정원 한구석에서 찾아내고, 무엇 때문에 그렇게 슬픈 얼굴을 하고 있느냐고 물었다. 순간 내 눈에서 눈물이 왈칵 쏟아졌으므로 그녀는 무척 당황해했다.

"웬일이에요, 네? 어떻게 된 거죠, 볼로자?"

그녀는 불안한 표정을 지으며 거듭 물었다.

내가 대꾸도 하지 않고 또 눈물도 그치지 않자, 그녀는 내 축축한 뺨에 키스를 하려고 했다. 그러나 나는 얼굴을 돌리고 흐느껴 울면서 중얼거렸다.

"나는 다 알고 있어요. 무엇 때문에 당신은 나를 노리개로 삼았지요? 대관절 무엇 때문에 내 사랑이 당신에게 필요했던 겁니까?"

"내가 잘못했어요, 볼로자…… 아, 정말 내가 잘못했어요."라고 말하면서 그녀는 두 손을 꼭 쥐었다.

"정말 내 몸속에는 매우 좋지 못한, 어둡고 악한 마음이 깃들어 있는 모양이에요. 그렇지만 이제는 나도 당신을 장난감으로 취급하지 않아요. 나는 당신을 사랑하고 있어요. 왜, 어째서인지 당신은 꿈에도 상상하지 못하겠지만……. 그건 그렇고, 당신은 대체 무엇을 알고 있다는 거예요?"

그러나 이 상황에서 내가 그녀에게 무슨 말을 할 수 있었겠는가. 그녀는 내 앞에 서서 나를 빤히 쳐다보고 있었다. 그녀가 내 얼굴을 바라보고 있으면 나는 머리끝에서 발끝까지 완전히 그녀의 것이 되어버렸다.

15분 가량이 지났을 때 나는 어느새 유년학교 학생과 지나이다와 함께 달음박질을 하고 있었다. 나는 이미 울음을 그치고 활짝 웃고 있었다. 그렇지만 웃을 때마다, 부어오른 눈에서는 눈물이 한 방울씩 떨어졌다.

나는 목에 넥타이 대신 지나이다의 리본을 매고 있었다. 그리고 그녀의 허리를 붙잡을 수 있었을 때 나는 너무나 기뻐 고함을 지르기까지 했다. 이를테면 그녀는 마음대로 나를 가지고 놀았던 것이다.

19

실패로 돌아간 그날 밤의 염탐 이후 일주일 동안 내 마음속에 일어난 일을 상세히 이야기하라고 하면 나는 매우 난처할 것이다.

그것은 열병의 시작이었으며 지극히 모순된 감정과 사상, 의혹, 희망 그리고 기쁨과 괴로움이 회오리바람처럼 불어닥친 일종의 혼돈 상태였다. 나는 내 마음을 들여다보는 것이 두려웠다.

나는 다만 하루 해를 한시바삐 보내려고 안달을 할 뿐이었다. 그 대신 밤엔 잘 잘 수 있었다. 어린애다운 단순한 생각이 나를 도와주었던 것이다.

나는 내가 사랑을 받고 있는지 어떤지 알려고 하지 않았지만, 또 사랑받지 못하고 있다고 단정하고 싶지도 않았다. 나는 아버지와 얼굴을 마주치는 것을 피할 수는 없었다. 그녀 앞에 나서면, 나는 온몸이 불타오르는 심정이었다. 그러나 나를 불사르고 녹여버리는 그 불이 과연 무엇인지 알 필요는 더욱 없었다. 나로서는 불타서 녹아버리는 그 자체로 말할 수 없이 달콤한 행복을 느꼈으니까.

나는 모든 감상에 몸을 맡기고 자신에게 간계를 부리며, 추억을 외면하고, 앞으로 일어날 일에 대하여 더 이상 생각하지 않았다. 하긴 이와 같은 고뇌도 아마 오래 계속되지는 않았을 테지만……. 그러나 청천벽력 같은 사건이 삽시간에 모든 것을 결말 짓고 순식간에 나를 새로운 궤도에 올려놓았던 것이다.

하루는 상당히 오랫동안 산책을 하다가 식사 시간이 되어 집에 돌아왔을 때, 나 혼자 식사를 해야 했다. 아버지는 집에 없었으며, 어머니는 기분이 내키지 않아 아무것도 먹고 싶지 않다고 하면서 침실로 들어가버렸던 것이다. 나는 하인들의 표정으로 봐서 무슨 심상치 않은 일이 일어난 것이 분명하다고 생각했다. 그러나 그들에게 물어볼 용기는 없었다. 그런데 내게는 식당에서 일하는 필립이라는 젊은 친구가 있었다. 이 친구는 시를 매우 좋아했고 기타를 무척 잘 쳤다. 나는 그에게 물어보았다.

그의 말에 의하면, 아버지와 어머니 사이에 한바탕 큰 싸움이 벌어졌다는 것이다. 하인들은 두 사람이 싸우는 소리를 가정부 방에서 한마디도 빼놓지 않고 모조리 들을 수가 있었다. 프랑스 말로 이야기한 대목도 많기는 하지만, 마사라는 가정부는 파리의 양복점에서 7년 동안이나 일하다 온 여자였으므로 프랑스 말을 어느 정도 알아들을 수 있었다.

어머니는 아버지의 행실이 나쁘다고 공격하며, 이웃집 딸과의 교제를 집중적으로 물고 늘어졌다. 아버지는 처음엔 변명을 했으나 나중에는 벌컥 화를 내며 퉁명스럽게 대꾸했으므로 어머니는 울음을 터뜨렸고, 공작 부인에게 준 수표 이야기를 꺼내며 부인뿐만 아니라 그 딸에 대해서도 몹시 좋지 않은 소리를 했다는 것이다. 그러자 아버지는 어머니에게 협박 비슷한 말을 했다고 한다.

"이와 같은 소동이 일어난 동기는⋯⋯." 하고 필립은 말을 이었다.

"발신자의 이름이 적혀 있지 않은 편지 때문이에요. 누가 그런 편지를 보냈는지 모르지만, 그런 것만 날아들지 않았던들 이런 일은 일어나지 않았을 텐데. 그럴 이유가 없으니까요."

"그럼…… 이웃집 딸과 아버지 사이에 무슨 일이 있긴 있었던 모양이군." 하고 나는 겨우 입을 열었다. 나는 손발이 싸늘해지며 온몸이 이상하게 와들와들 떨리기 시작했다.

필립은 의미심장하게 눈을 깜빡이며 말했다.

"있고말고요. 그런 일을 숨길 수는 없지요. 그 방면에 대해서는 주인님도 꽤 조심성이 있으신 편이지만, 예컨대 마차 같은 것을 빌릴 때는 아무래도 남의 손을 빌리지 않고는 안 되거든요."

나는 필립을 돌려보내고 침대 위에 쓰러졌다. 나는 소리를 내어 울지도 않았고 절망에 빠지지도 않았다.

그리고 '언제, 어떻게 해서 이런 일이 생겼는가' 하고 자문해 보지도 않고, 왜 진작 이것을 눈치채지 못했을까 하고 이상하게 생각하지도 않았다.

또한 나는 아버지를 원망하고 싶지도 않았다. 내가 알게 된 이 사실은 도저히 내 힘으로는 어쩌지 못하는 일이었다. 나는 이 뜻하지 않은 사실에 모든 것을 잃어버렸다. 모든 것이 끝났다. 내 꽃은 한꺼번에 모조리 꺾여, 내 주위에 산산이 흩어진 채 짓밟혀버렸던 것이다.

20

다음날, 어머니는 시내로 이사를 갈 거라고 말했다. 그러나 아침에 아버지는 어머니의 침실로 찾아가 오랫동안 단둘이서 이야기를 했다. 아버지가 무슨 말을 했는지 듣지는 못했지만, 어머니는 더 이상 울지 않았다.

어머니는 마음을 가라앉히고 식사를 가져오라고 일렀다. 그러나 방에서 나오지는 않고, 이사한다는 결심도 바꾸지 않았다. 그때 일은 지금도 잘 기억하고 있지만, 나는 그날 하루 종일 밖에서 쓸데없이 돌아다니며 시간을 보내고 있었다. 뜰 안에 발을 들여놓지 않았고, 한번도 별채 쪽을 바라보지도 않았다. 그런데 그날 밤에 나는 실로 놀라운 일을 목격했다. 아버지가 마레프스키 백작의 팔을 잡고 살롱에서 현관으로 끌고 가더니 하인이 보는 앞에서 싸늘한 목소리로 이렇게 말하는 것이었다.

"2, 3일 전에 당신은 어떤 집에서 문 밖으로 나가달라는 말을 들었다지요? 백작, 난 당신과 이렇게 실랑이하고 싶지는 않소. 다만 한마디만 확실히 말해 두겠는데, 만일 또다시 우리 집에 오면 그때는 창문 밖으로 내던지고 말 거요. 나는 당신의 필체가 도대체 마음에 들지 않아요!"

백작은 말없이 고개를 숙이고 이를 갈면서 몸을 움츠리더니 자취를 감추어버렸다.

집에서는 모스크바로 이사 갈 채비를 하기 시작했다. 우리 집은 아르바트 가(街)에 있었던 것이다. 아버지도 이제는 별장에 대한 미련이 없어진 모양이었다. 또한 아버지는 어머니에게 소동을 일으키지 않도록 간곡히 부탁을 했다. 모든 일이 조용히 그리고 천천히 진행되었다.

어머니는 일부러 공작 부인에게 사람을 보내, 건강이 좋지 않아 출발하기 전에 뵙지 못해 유감스럽게 생각한다는 인사를 전했다. 나는 미친 듯이 쏘다녔다. 한시 바삐 이런 소동이 끝났으면 하고 그것만 간절히 바라고 있었다.

나는 왜 그녀가, 그 젊은 여자가, 어쨌든 공작 딸이라는 사람이 아버지가 독신이 아니라는 것을 잘 알고 있으면서도, 게다가 저 베로브조로프든 누구든 이상적인 결혼 상대를 고를 수 있는데도 불구하고 왜 그런 터무니없는 짓을 했을까 너무나 궁금했다. 대관절 아버지에게 무엇을 바랐던 것일까? 자신의 장래를 망쳐버리는 것이 조금도 두렵지 않았단 말인가? 나는 생각했다. 이것이 사랑이다. 이것이 사랑이라는 것이다. 이것이 몸도 마음도 바친다는 사랑이라는 것이다. 나는 언젠가 루신이 한 말이 생각났다.

'자기를 희생하는 것을 즐겁게 생각하는 사람도 있다네.'

때마침 별채의 들창으로 희미한 그림자가 보였다. '지나이다의 얼굴이 아닐까?' 하고 나는 언뜻 생각했다. 과연 내가 짐작한 대로 그것은 그녀의 얼굴이었다. 나는 더 이상 참을 수 없었다. 그녀에게 마지막 인사도 하지 않고 이대로 헤어질 수는 없었다. 나는 기회를 보아 별채로 찾아갔다.

응접실에 들어서자 공작 부인이 여느 때처럼 무뚝뚝한 태도로 나를 맞이했다.

"어떻게 된 거예요, 도련님? 왜 그렇게 급하게 이사를 가지요?" 하고 부인은 양쪽 콧구멍으로 담배 냄새를 맡으면서 말했다.

나는 부인의 얼굴을 살펴보면서 한결 마음이 가벼워짐을 느꼈다. 필립에게서 들은 수표라는 말이 마음에 몹시 걸렸던 것이다. 그런데 그녀는 그런 일은 조금도 개의치 않는 모양이었다. 적어도 나에게는 그렇게 보였다. 지나이다가 옆방에서 나타났다. 검은 옷을 걸친 그녀는 머리가 부스스한 채 창백한 얼굴을 하고 있었다. 그녀는 말없이 내 손을 잡고 자기 방으로 데리고 갔다.

"당신의 목소리가 들려서…… 곧 달려나왔지요. 당신은 아무렇지 않게 우리를 버리고 가버리는군요. 무정도 하지!"

"작별 인사를 하러 왔어요. 아마 다시는 만나지 못할 겁니다. 이야기를 들었을 테지만, 우리는 이사를 가요."

"네, 들었어요. 와주어서 고마워요. 저도 이제 다시는 만나뵐 수 없을 거라고 생각하고 있었어요. 나에 대해 나쁘게 생각하지 마세요. 가끔 당신을 골려주긴 했지만, 그래도 당신이 생각하고 있는 것처럼 고약한 여자는 아니에요."

그녀는 나를 쳐다보지 못하고 창가에 몸을 기대고 섰다.

"정말 난 그런 여자가 아니에요. 당신이 나를 나쁘게 생각하고 있다는 것도 알고 있어요."

"내가요?"

"그래요, 당신이…… 당신이 말이에요."

"내가 말인가요?"

나는 비통한 목소리로 거듭 물었다. 내 심장은 이겨낼 수 없는, 뭐라고 말하기 곤란한 힘에 몰입되어 떨리기 시작했다.

"내가? 믿어줘요, 지나이다 알렉산드로브나. 당신이 설사 무슨 짓을 하든 간에, 내가 아무리 당신에게 들볶였다고 하더라도 나는 평생 당신을 사랑하고 또 숭배할 것입니다."

그녀는 몸을 홱 돌리더니 두 팔을 크게 벌려 내 머리를 끌어안고 뜨겁게 키스를 했다. 그 오랜 작별의 키스가 누구를 마음속에 그리고 한 것인지 신이 아닌 나로선 알 수 없지만, 나는 굶주린 듯이 그 달콤한 맛에 취해 버렸다.

"안녕, 안녕히." 하고 나는 되풀이했다.

그녀는 나를 돌아보지도 않고 나가버렸다. 나도 밖으로 나왔다. 그때 내 가슴속에 서려 있던 감정을 글로 표현할 만한 힘이 나에게는 없었다. 그리고 나는 그것이 언젠가 되풀이되는 것을 바라지 않았다. 그러나 만일 내 생애에 한번도 그것을 경험하지 못했다면, 나는 나 자신을 상당히 불행한 사람이라고 생각하게 되었을 것이다.

우리는 시내로 이사했다. 그러나 나는 쉽사리 과거와의 인연을 끊을 수 없었으며, 따라서 제대로 공부를 시작할 수도 없었다. 마음의 상처가 다 나을 때까지는 많은 시간이 필요했다.

그러나 아버지에 대해서는 조금도 나쁜 감정을 갖고 있지 않았다. 오히려 아버지는 내 눈에 더욱 큰 인물로 보이기까지 했다. 이 모순된 감정에 대해 심리학자들이 멋대로 해석해도 좋다.

어느 날, 나는 가로수 길을 거닐다가 우연히 루신을 만났다. 나는 반가워서 어쩔 줄을 몰랐다. 나는 그의 솔직하고 거짓 없는 성품을 좋아했다. 게다가 오랜만에 만나 내 마음속의 추억을 되살려준 점에서 내게는 더없이 반가운 사람이었다. 나는 그에게 달려갔다.

"야, 이게 누구야!"라고 말하고 나서 그는 눈살을 살짝 찌푸렸다.

"자네로군 그래! 어디 얼굴이나 좀 보세. 여전히 얼굴은 좀 누렇지만, 눈 속에는 그전처럼 먼지가 끼어 있진 않군. 이젠 방안에서 기르는 애완견 같은 애송이 티는 찾아볼 수 없고, 제법 의젓한 사내로 보이는군. 그래 어떤가, 공부는 잘하나?"

나는 대답 대신에 한숨을 내쉬었다. 거짓말을 하기는 싫고, 그렇다고 사실대로 말한다는 것은 부끄러운 일이었다.

"어쨌든 좋아!" 하고 루신은 말을 이었다.

"기가 죽을 필요는 없어. 중요한 것은, 쓸데없는 데 정신을 팔지 않고 정상적인 생활을 하는 거야. 공연히 정열에 휩쓸려봤자 무슨 소용이 있겠나? 물결이란 어느 쪽으로 몰려가든 결코 좋은 일은 없으니까. 인간이란 설사 바위 위에 서 있더라도 역시 버티고 서 있게 하는 것은 자기의 두 다리라네. 나는 요새 이렇게 쿨룩쿨룩 기침을 하고 있네. 그

런데 자네, 베로브조로프 소식은 좀 들었나?'

"어떻게 되었나요? 나는 전혀 듣지 못하고 있어요."

"행방 불명이야. 카프카스로 갔다는 이야기가 있긴 한데…… 자네처럼 젊은 친구에겐 좋은 교훈이 될 걸세. 요컨대, 적당한 시기에 단념을 하고 빠져나와야 하는데 그 친구는 그러질 못했어. 자네는 그래도 용케 빠져나온 모양인데, 또다시 걸리지 않도록 조심하게. 그럼 안녕."

'이젠 걸려들지 않을 자신이 있지.' 하고 나는 생각했다. '다시는 그녀를 만나지 않을 테니까.' 그러나 나는 다시 한 번 더 지나이다와 만날 운명을 지니고 있었다.

21

아버지는 날마다 말을 타고 밖으로 나갔다. 아버지는 혈통이 매우 좋은 영국산 갈색 말을 가지고 있었다. 목이 가늘고 다리가 늘씬하며, 지칠 줄 모르는 사나운 말이었다. 이름은 '일렉트릭(번개)'이라고 불렀으며, 아버지 외에는 그 누구도 그 말을 탈 수가 없었다.

하루는 아버지가 오랜만에 기분좋은 얼굴을 하고 내 방에 들어왔다. 아버지는 외출할 채비를 하고 장화에는 박차까지 달고 있었다. 나는 나도 함께 데리고 가달라고 아버지를 졸랐다.

"그보다는 말을 타며 노는 게 좋을 거야. 너의 그 독일종(種) 말로는 나를 쫓아오지 못할 테니까."

"쫓아갈 수 있어요. 저도 박차를 달면 되잖아요."

"그럼 마음대로 해라."

우리는 집을 나섰다. 내 말은 복슬복슬한 새까만 망아지였는데, 다리가 튼튼하여 제법 잘 달렸다. 하긴 일렉트릭이 갤럽으로 뛸 때에는 있는 힘을 다해서 다리를 자주 놀려야 했지만, 그러나 어쨌든 뒤떨어지지 않고 용케 아버지를 쫓아갈 수 있었다.

나는 아버지만큼 말을 잘 타는 사람을 본 적이 없다. 말에 올라탄 아버지의 모습은 아주 멋있고, 또 말 다루는 솜씨도 대단했다. 그리하여 아버지를 태운 말까지도 그를 알아차리고 자랑스럽게 여기는 듯이 보였다. 우리는 가로수 길을 하나도 빼놓지 않고 모두 돌고 나서 제비치예 들판을 이리저리 쏘다니면서 몇 번이나 울타리를 뛰어넘었다. 처음에 나는 뛰어넘는 것이 무서웠지만, 아버지는 겁쟁이를 무시했으므로 겁을 내지 않았다. 우리는 모스크바 강을 두 번이나 건너갔다. 그래서 내 말이 지쳤다는 것을 알아차렸다.

그러나 아버지는 갑자기 내 곁을 떠나 크리미아 여울 근처에서 방향을 옆으로 돌리더니 강변을 따라 자꾸만 달리는 것이었다. 나도 그 뒤를 따라 말을 몰았다. 아버지는 낡은 통나무를 높다랗게 쌓아올린 곳까지 와서 날쌔게 말에서 내리더니 나에게도 내리라고 했다. 그리고 아버지는 자기의 말고삐를 나한테 넘겨주면서, 이 통나무 옆에서 잠깐 기다리라고 하고는 혼자서 좁은 골목길로 들어갔다.

　나는 말 두 필을 끌고, 일렉트릭을 줄곧 나무라면서 강변을 이리저리 쏘다녔다. 일렉트릭은 걸으면서도 연신 머리를 내저으며 몸을 부르르 떨기도 하고, 코를 킁킁거리다가 으흥 하고 큰소리를 지르기도 했다. 그리고 내가 멈춰 서면 두 발로 번갈아 땅을 파헤치며 히힝거리다가 내 말의 목을 물려고 덤비는 것이었다. 이를테면 귀염둥이로 자란 순종답게 구는 것이었다.

　한참을 기다렸으나 아버지는 좀처럼 돌아오지 않았다. 강에서는 퀴퀴하고 축축한 바람이 불어왔다. 가랑비가 소리 없이 내리기 시작하여 볼품없는 잿빛 통나무에 거무튀튀한 무늬가 그려졌다. 나는 그 통나무 옆을 왔다갔다하고 있다가 갑자기 슬프고 외로운 생각이 들었다. 그러나 아버지는 그때까지 돌아오지 않고 있었다.

　그때 핀란드 출신처럼 보이는 교통 경찰관이 아래위에 회색 옷을 걸치고 항아리 모양의 낡은 헬멧을 쓰고는 기다란 몽둥이를 들고 내게로 다가왔다. '교통 경찰관이 왜 이런 모스크바 강변에 와 있을까.' 그는 노파 같은 주름투성이의 얼굴을 들이대며 내게 물었다.

　"넌 웬 말을 두 필씩이나 끌고 여기서 무얼 하고 있는 거냐? 이리 줘, 내가 좀 붙잡아줄 테니까."

　나는 아무 대꾸도 하지 않았다. 그는 나한테 담배가 있으면 한 대 달라고 했다. 나는 이 성가신 경찰을 피하기 위해, 더구나 아버지를 기다리느라고 답답해서 견딜 수 없었으므로 아버지가 사라진 쪽으로 돌아

섰다. 그러다가 나는 그만 걸음을 멈추고 말았다. 내가 있는 데서 40보쯤 되는 한길가 목조 건물의 열린 창문 앞에 아버지가 이쪽으로 등을 돌리고 서 있었던 것이다. 아버지는 창틀에 가슴을 대고 안을 들여다보고 있었다. 집안에서는 검은 옷을 입은 여자가 커튼에 반쯤 몸을 가리고 앉아 아버지와 이야기를 나누고 있었다. 그 여자는 다름 아닌 지나이다였다.

나는 그만 심장이 멎는 것 같았다. 이것은 나로서는 전혀 뜻밖의 일이었다. 나는 그 자리에서 도망치고 싶었다. '혹시 아버지가 뒤돌아보면……' 하고 나는 생각했다. 그렇게 되면 모든 것이 끝나는 것이다. 그러나 이상한 감정이, 호기심보다도 강하고 질투보다도 억세며, 공포보다도 더 강한 감정이 내 발을 묶어놓았다. 아버지는 이야기에 열을 올리고 있는 것 같았다. 그리고 지나이다는 아버지의 의견에 따르려고 하지 않는 눈치였다.

나는 그녀의 얼굴을 지금도 눈앞에서 보는 것만 같다. 서글프고도 진지한 그녀의 아름다운 얼굴에는 진심에서 우러나오는 헌신과 한탄과 사랑과 일종의 절망이 뒤섞인, 뭐라고 말하기 어려운 그림자가 깃들어 있었다. 나는 이 밖의 다른 말을 찾아낼 수가 없다. 그녀는 '네'라거나 '아니오'라고 짤막한 말로 답변을 하면서, 눈을 내리깐 채 온순하면서도 완고한, 결의에 찬 미소를 짓고 있었다. 나는 그 미소에서 이전의 지나이다를 발견할 수 없었다.

아버지는 어깨를 흠칫해 보이면서 모자를 고쳐 썼다. 그것은 아버지가 초조할 때면 나오는 버릇이었다. 이윽고, "당신은 떠나야만 해요. 이런……."하는 말소리가 들려왔다. 지나이다는 몸을 꼿꼿이 세우고 한 손을 내밀었다. 순간 도저히 있을 수 없는 일이 내 눈앞에서 벌어졌다. 아버지가 자기 소매의 먼지를 털던 채찍을 들어올리더니 느닷없이 그녀의 팔꿈치를 그 채찍으로 때리는 것이었다. 나는 '악' 하는 소리가 터져나오려는 것을 간신히 참았다. 지나이다는 꿈틀 하고 몸을 떨고 나서 묵묵히 아버지를 쳐다보고 손을 조용히 입으로 가져가더니 빨갛게 된 채찍 자국에 입을 맞추는 것이었다. 아버지는 채찍을 내던지고 재빨리 현관 층계를 뛰어 올라가 집안으로 들어갔다. 지나이다는 몸을 휙 돌리더니 재빨리 두 손을 벌리고 머리를 뒤로 젖히면서 역시 창문에서 사라져버렸다.

　나는 놀라 정신이 얼떨떨한 채, 의혹에 찬 두려운 마음을 안고 되돌아 나왔다. 나는 하마터면 일렉트릭을 놓칠 뻔했지만 어쨌든 골목길을 빠져나와 강변으로 돌아왔다. 나는 영문을 알 수 없었다. 냉철하고 인내심이 강한 아버지가 때때로 광적으로 발작을 일으키는 것은 잘 알고 있지만, 그래도 방금 내가 목격한 것이 어떤 상황인지 이해할 수가 없었다. 그러나 나는 곧 이렇게 느꼈다. 앞으로 내 목숨이 붙어 있는 한 지나이다의 그 몸짓과 눈매와 미소는 잊을 수 없을 것이다. 그녀의 모습, 뜻밖에 내 눈에 비친 그 모습은 영원히 내 기억 속에 새겨졌던 것이다. 나는 넘실거리는 강물을 바라보며 눈물이 하염없이 흘러내리는 것도 모르고 있었다. 그녀가 매를 맞다니, 그녀가 매를 맞다니…… 그것도 아버지에게.

"너 지금 뭘 하고 있는 거냐. 말을 이리 다오!"

등뒤에서 아버지의 목소리가 들렸다. 나는 기계적으로 말고삐를 아버지에게 건네주었다. 아버지는 재빨리 일렉트릭 위에 올라탔다. 추위에 떨고 있던 말은 몸을 곧추세우고 앞으로 껑충 뛰었다. 그러나 아버지는 곧 말 옆구리를 박차로 꾹 누르고 주먹으로 목덜미를 내리쳐 말을 멈춰 세웠다.

"제기랄! 채찍이 있어야지." 하고 아버지는 투덜거렸다. 나는 아까 그 채찍이 찰싹 하고 그녀의 팔을 후려치던 소리가 귀에서 사라지지 않았다. 몸이 절로 부르르 떨렸다.

"채찍은 어떻게 하셨어요?"

나는 뻔히 알면서도 이렇게 물었다. 아버지는 아무 대답도 없이 말을 달렸다. 나는 아버지의 뒤를 바짝 따라갔다. 어떻게 해서든지 아버지의 얼굴을 똑바로 보고 싶었던 것이다.

"혼자서 꽤 심심했지?"

아버지는 건성으로 내뱉듯이 말했다.

"네, 좀……. 그런데 채찍은 어디다 떨어뜨리셨어요?"

나는 다시 한 번 물어보았다

아버지는 나를 힐끗 바라보더니, "떨어뜨리긴…… 버렸지." 하고 대답했다.

아버지는 무슨 생각에 잠긴 듯이 고개를 숙이고 있었다. 이때 나는 처음으로 그리고 아마도 마지막으로 아버지의 엄격한 얼굴이 얼마나 부드러운 인정과 연민의 정을 나타낼 수 있는가를 확인할 수 있었다.

아버지는 말을 달리기 시작했다. 나는 더 이상 아버지의 뒤를 쫓아가지 못했고 아버지보다 15분이나 늦게 집에 돌아왔다.

나는 그날 밤 "이것이 사랑인가 보다." 하고 책상 앞에 앉아서 혼잣말처럼 중얼거렸다. 책상 위에는 노트와 참고서가 놓여 있었다. '이것이 정열이다! 곰곰이 생각해 보니 어떤 사람한테라도, 비록 자기가 사랑하는 사람한테라도 그렇게 얻어맞으면 억울해하지 않을 수 없을 것이다. 그러나 사랑에 빠지면 그럴 수도 있을 테지. 그런데…… 나는…… 나는 얼마나 어리석은 생각을 했던가.'

나는 이 한 달 동안에 눈에 띄게 성숙해졌다. 그리고 나의 사랑도, 그에 따르는 온갖 번민과 고통도 내가 이제야 겨우 상상할 수 있게 된 어떤 미지의 그 무엇과 비교하면 어쩐지 아주 조그마한 아이들 장난 같은 것이라는 생각이 들었다. 그 무엇이란, 마치 인간이 어둠 속에서 분간해 내려고 헛되이 애쓰는, 미지의 아름다우면서도 무시무시한 얼굴처럼 내 마음을 위협하는 것이었다.

그날 밤 나는 이상하고도 무서운 꿈을 꾸었다. 나는 천장이 나지막한 어두운 방에 있었다. 아버지가 한 손에 채찍을 들고 서서 발을 쿵쿵 구르고 있었다. 그리고 방 한구석에는 지나이다가 몸을 움츠리고 있었는데, 두 사람 뒤에서 전신이 피투성이가 된 베로브조로프가 몸을 일으키더니, 창백한 입술을 놀리며 분노에 찬 어조로 아버지를 위협하는 것이었다.

나는 두 달 후에 대학에 입학했다. 그 후 반년이 지나 아버지는 이곳 페테르부르크에서 뇌출혈로 세상을 떠났다. 그것은 아버지가 어머니와 나를 데리고 페테르부르크에 옮겨간 다음 바로 일어난 일이었다. 아버지는 돌아가시기 4, 5일 전에 모스크바에서 한 통의 편지를 받고 몹시 흥분했던 모양이었다. 아버지는 어머니에게 무엇인가 부탁하고 눈물까지 흘렸다고 했다. 이것이 바로 나의 아버지였다! 쓰러진 그날 아침에 아버지는 나에게 프랑스어로 편지를 쓰다 만 상태였다. 편지는 '내 아들아.' 라는 말로 시작하고 있었다. '여자의 사랑을 조심해라, 그 행복과 그 독을 두려워해라……'

어머니는 아버지가 돌아가신 다음에 많은 돈을 모스크바로 보냈다.

22

그로부터 4년이라는 세월이 흘렀다. 나는 대학을 막 졸업했으므로 어떤 일을 시작해야 좋을지, 어떤 곳의 문을 두드려야 할지 미처 알지 못했다. 그래서 하는 일 없이 얼마 동안 놀면서 지냈다.

어느 날 저녁, 나는 극장에서 뜻밖에 마이다노프를 만났다. 결혼도 하고 직업도 갖고 있었지만, 변한 데라곤 찾아볼 수 없었다. 그는 쓸데없이 감격하는가 하면, 또 갑자기 풀이 죽는 모습이 전과 다름없었다.

"자네 아나?" 하고 그는 이야기 끝에 물었다.

"돌리스카야 부인이 이곳에 있다네."

"돌리스카야 부인이라고요?"

"아니, 자네 잊었나? 왜 자세킨 공작의 딸 말이네. 우리들이 모두 짝 사랑했던…… 자네도 그 축에 끼지 않았었나? 생각 안 나나? 네스크치 누이 공원 근처의 별장에서……."

"그 여자가 돌리스카야라는 사람과 결혼했나요?"

"그렇다네."

"그리고 그 여자가 여기 있다고요? 이 극장에?"

"아니, 페테르부르크에 있단 말일세. 2, 3일 전에 이곳에 왔는데, 외국으로 떠난다는 이야기가 들리더군."

"남편은 어떤 사람인가요?"

"아주 훌륭한 사람이라네. 재산도 많고…… 모스크바에 있을 때 내 동료였네. 자네도 잘 알고 있겠지만……."

여기까지 말하고 마이다노프는 의미 있는 미소를 지어 보였다.

"그 여자는 남편감을 구하기가 무척 어려웠네. 여러 가지 소문이 뒤따랐으니 말이야. 그러나 그 여자는 워낙 영리하니까 불가능한 일이 없었네. 한번 찾아가보게. 자네라면 틀림없이 반가워해 줄 걸세. 그 여자는 전보다 더 예뻐졌다네."

마이다노프는 친절하게 지나이다의 주소를 가르쳐주었다. 그녀는 '데므트'라는 호텔에 묵고 있었다. 옛 추억이 내 마음을 설레게 했다.

나는 이튿날 '옛 애인'을 만나보기로 결심했다. 그러나 무슨 일이 생겨서 한 주일 두 주일 넘긴 후 겨우 돌리스카야 부인을 만나려고 데 므트 호텔을 찾아갔을 때, 나는 그녀가 나흘 전에 아기를 낳다가 죽었다는 이야기를 들었다. 나는 가슴속에서 무거운 무엇이 덜컥 내려앉는 것 같았다. 나는 그녀를 다시 만날 수도 있었는데 끝내 만나지 못하고 말았다. 그리고 이제는 영영 그녀를 만날 수 없게 되었다는 생각이 들자, 비통한 상념이 피할 수 없는 비난이 되어 나의 가슴속에 파고들었다.

"지나이다가 죽다니……."

나는 흐려지는 눈으로 종업원의 얼굴을 바라보며 이렇게 되뇌었다. 나는 조용히 밖으로 나와 정처 없이 발길을 옮겼다. 지난날의 모든 일들이 한꺼번에 떠올라 내 눈앞에 어른거렸다. 그 젊고 불타는 듯한, 빛나던 생명이 이처럼 허무하게 끝나버리다니!

'그처럼 조급히 흥분하면서 안타깝게 달려간 목표가 이런 것이었더란 말인가! 나는 그 무엇과도 비교할 수 없는 그 귀한 모습, 그 눈, 그 물결 치는 머리카락…… 좁다란 관 속에 넣어져 축축한 땅 밑에, 어둠 속에 묻혀 있을 그녀를 상상해 보았다. 그것은 아직도 살아 있는 나에게서 별로 멀지 않은 곳에 그리고 아버지에게서는 불과 몇 발짝밖에 떨어지지 않은 곳에 있을지도 모른다.'

나는 이런 생각을 하며 상상의 나래를 폈다. 그러는 사이에 다음과 같은 구절이 떠올랐다.

무심한 사람의 입으로부터
나는 들었노라, 죽었다는 소식을
그리고 나도 또한 무심히
그 말에 귀를 기울였노라……

아아, 청춘이여! 청춘이여! 그대는 아무것에도 흥미가 없다. 그대는 마치 우주의 모든 보물을 지배하고 있는 것 같다. 그대는 자신만만하고 용감무쌍하다. 그대는 "보아라, 나는 혼자서 살아간다."라고 말한다. 그러나 그대의 좋은 시절도 흘러가버려, 마침내 흔적도 없이 사라진다. 그러면 그대가 차지했던 모든 것은 햇빛을 받아 백랍처럼 그리고 눈처럼 녹아 없어진다. 어쩌면 그대가 지닌 매력의 비밀은, 결국 무엇이든지 해낼 수 있는 데 있을지도 모른다.

그대의 넘치는 힘을 달리 사용할 길이 없으므로 다만 바람이 부는 대로 흩날려버리는 데 있는지도 모른다. 우리 한 사람 한 사람이 진심으로 자기를 방탕자라고 생각하여, '아, 만일 헛되이 시간을 낭비하지 않았다면 지금쯤은 보람 있는 일을 했을 텐데!'라고 떠들 자격이 있다고 믿는 그런 점에 있는지도 모른다.

그런데 나도 역시 그러했다. 순간적으로 떠오르는 첫사랑의 환영을 오직 한 가닥 한숨과 서글픈 감각만으로 간신히 더듬는 주제에, 내가 과연 무엇을 바라고 기대할 수 있었겠는가! 얼마나 풍부한 미래를 마음속에 그릴 수 있었겠는가!

내가 기대했던 모든 것 중에서 과연 무엇이 실현되었던가! 내 인생에 황혼의 그림자가 이미 깃들기 시작한 지금, 순식간에 사라져버린 봄날 아침 한때의 소나기에 대한 추억처럼 생생하고 그리운 것이 과연 남아 있다고 할 수 있을까?

그러나 나는 자기 자신을 지나치게 학대하고 있는지도 모른다. 그 무렵, 즉 그 철없던 청춘 시절에도 나는 자기 자신에게 호소하는 슬픈 음성이나 무덤 속에서 들려오는 장엄한 목소리에 귀를 막고 있었던 것은 아니다.

지금도 잊을 수 없지만, 지나이다가 죽었다는 소식을 듣게 된 날부터, 4, 5일 지나서 나는 스스로 견딜 수 없는 충동으로 말미암아, 우리와 한지붕 밑에 살고 있던 어떤 가난한 노파의 임종을 지켜본 적이 있었다. 누더기에 싸여 딱딱한 판자 위에 자루를 베개 삼아 누운 그 노파는 몹시 괴로워하며 고통스럽게 숨을 거두었다. 그녀는 일생을 하루하루 가난한 살림에 쫓기는 생활로 보내왔던 것이다. 기쁨이 무엇인지 알지 못하고, 행복도 맛보지 못한 그녀로서는 바로 죽음이야말로, 그것이 가져오는 자유와 휴식이야말로 기꺼이 맞이해야 할 성질의 것이 아니었던가?

그러나 그녀의 늙고 힘없는 육체가 아직 숨을 쉬고 있는 동안, 그 위에 놓인 얼음처럼 싸늘한 한쪽 손 아래에서 가슴이 아직도 괴롭게 물결치고 있는 동안, 아직도 그 몸에서 최후의 힘이 빠져나가지 않은 동안 그 노파는 끊임없이 성호를 그으며, "주여, 내 죄를 용서하소서!"라고 중얼거렸던 것이다.

그리하여 최후의 의식의 불꽃이 번쩍했다가 꺼졌을 때, 비로소 그녀의 눈 속에서 죽음에 대한 불안과 공포의 빛이 사라졌던 것이다. 나는 지금도 기억하고 있지만, 그때 그 가난한 노파의 임종을 지켜보는 자리에서 나는 문득 지나이다의 최후가 연상되어 무서운 생각이 들었다. 그리하여 나는 지나이다를 위해서나 아버지를 위해서나 그리고 나 자신을 위해서라도 기도를 올리고 싶은 생각이 간절한 것이다.

짝사랑

1

그때 내 나이는 스물다섯이었어요. 그러니 정말 오래된 옛날 일이지요. 나는 힘들게 자유의 몸이 되었고, 누군가가 날 붙잡을까 두려워 외국으로 떠났던 것입니다. 그러나 그것은 당시 유행처럼 번지고 있었던 배움을 위한 유학이 아니라, 오로지 넓은 세상을 구경하고 싶은 욕망 때문이었습니다.

나는 건강하고 젊고 쾌활했으며, 돈도 넉넉했을뿐더러, 달리 마음을 써야 할 일도 없었습니다. 그렇기 때문에 매일 똑같이 되풀이되는 나날을 방탕한 짓을 하며 보내고, 한마디로 말해서 한때의 호탕한 생활을 하고 있었던 겁니다. 인간은 영원하지 않으며, 따라서 한때의 행복이 영원히 지속될 수 없다는 생각 따위는 당시의 나로서는 도저히 할 수가 없었던 것입니다.

아무튼 청춘이라는 것은, 금물을 들인 프리야니크(꿀과 후추를 섞은 과자)를 입에 넣으면서, 이것이야말로 나날의 양식이라고 착각하고 마는 것이니까요. 그러나 이윽고 때가 오면, 여느 빵 조각을 바라게 되는 것입니다. 그러나 이제 와서 그런 말을 해보았자 무슨 소용이 있겠습니까.

나는 아무 목적도 없이, 또 계획도 세우지 않고 무턱대고 여행을 시작했습니다. 다니다가 장소가 마음에 들면 지칠 때까지 머물렀고, 또 새로운 사람—그렇습니다, 다름 아닌 얼굴입니다—을 보고 싶은 마음이 생기면 뒤도 돌아보지 않고 떠나는 건달 같은 생활이었습니다. 나의 관심은 오로지 사람에게만 한정되어 있었던 것입니다. 진기한 기념비라든지 화려한 수집 같은 건 질색이어서, 저 론라카이 같은 건 보기만 해도 울화가 치밀 정도였으며, 드레스덴의 '그뤼네 게보르베' 등에서는 하마터면 미칠 뻔했습니다.

반면 자연에는 상당히 호의적이었습니다. 그러면서도 이른바 자연미라든지, 근사한 산이라든지, 암석이라든지, 폭포라든지 하는 것엔 별로 관심이 없었습니다. 그 대신 얼굴, 살아 있는 인간의 얼굴, 사람들의 이야기, 동작, 웃음 같은 것엔 굉장히 관심이 많았습니다. 만약 그런 것이 없다면 이 세상을 살아가는 의미를 잃을 정도로 말입니다. 많은 사람들 사이에 있으면 항시 나는 유난히 홀가분해지고 느긋한 기분이 들었습니다. 사람들이 걸어가는 쪽으로 가고, 사람들이 떠들고 있을 때 떠들어대는 것도 유쾌했지만, 그와 동시에 남들이 떠들고 있는 것을 바라보는 것 또한 매우 좋아했습니다.

사람들을 관찰하는 것이 무척 재미있었습니다. 아니, 내가 말하는 관찰은 사람들이 일반적으로 생각하는 그런 것은 아닙니다. 나는 단지 은근히 즐겁고 지칠 줄 모르는 호기심에 사로잡혀, 가만히 사람들을 바라보고 있을 따름이었습니다. 아니, 또 이야기가 빗나간 것 같군요.

그런 까닭으로 나는 20년쯤 전에, 독일의 라인 강 언덕에 있는 Z이라는 조그마한 시골 도시에 머무른 적이 있었습니다. 나는 고독을 갈망하고 있었던 겁니다. 실은 온천장에서 알게 된 어느 젊은 미망인으로부터 사랑의 상처를 받고 난 직후의 일이었습니다. 그녀는 꽤 예뻤으며 머리도 좋고 누구에게나 애교를 보이는 그런 여인이었는데—말하자면 나도 그녀의 그런 상대 중 하나였던 겁니다—처음 한동안은 오히려 저쪽에서 몸살이 날 지경이었으나, 얼마 후 나 대신 얼굴이 빨간 바이에른의 해군 대위와 사귀었기 때문에, 나는 마음의 상처를 심하게 받았던 것입니다.

솔직히 말해서 마음의 상처라고 해도 그다지 대단한 건 아니었습니다만, 잠시 동안이라도 슬픔과 고독감에 젖어 있지 않을 수 없었던 것입니다. 젊을 때는 무엇을 하든지 즐거운 법이니까요. 그런 까닭으로 Z으로 옮기게 되었던 것입니다.

두 개의 높은 언덕 기슭에 자리잡고 있는 지세(地勢)나, 고색창연한 성벽과 탑, 몇백 년에 달하는 수령을 가진 보리수, 라인 강으로 흘러들어가는 깨끗한 시내 위에 걸린 무지개 같은 다리 등 나는 그 마을이 무척 마음에 들었습니다만, 그중에서도 제일 마음에 든 것은 그 마을에서 나는 포도주의 특별한 맛이었습니다.

저녁때 해가 질 무렵이면—그것은 7월의 일이었습니다—제법 아름다운 금발의 독일 아가씨들이 그 좁다란 거리를 서성거리면서, 외국인과 마주칠 때면 경쾌한 음성으로 "Guten Abend!(저녁 인사)" 하고 말을 거는 것이었습니다. 그리고 또 그 아가씨들 중 몇몇은, 해묵은 집들의 뾰족한 지붕 위로 달이 솟아오르고 교교한 달빛에 포도(鋪道)의 조약돌이 또렷이 모습을 드러낼 무렵이 되어도 돌아가려고 하지 않았습니다.

나는 그런 시각에 거리를 돌아다니는 것을 좋아했습니다. 달은 맑게 갠 하늘에서 물끄러미 거리를 내려다보고, 또 거리는 그 시선을 의식하면서 전신에 그 빛, 저 평화롭고 또한 은근히 사람의 마음을 설레게 하는 빛을 흠뻑 받은 채 귀를 세우고 고요히 누워 있는 것처럼 생각되었습니다. 높은 고딕식 종루 위 풍향계의 수탉은 푸르스름한 금빛으로 빛나고, 거무스름한 실개천의 수면 위에도 그와 같은 금빛의 흐름이 번쩍번쩍 달리고 있었습니다.

슬레이트로 덮은 지붕 밑의 폭이 좁은 창에는, 가느다란 초—독일인들은 검소하니까요—가 수줍은 듯 희미한 불빛을 토해 내고, 포도 덩굴은 돌담 너머로 그 꼬불꼬불한 덩굴손을 살며시 내밀고 있습니다.

삼각형 모양의 광장에 있는 해묵은 우물 가장자리의 어둠 속으로 뭔가가 휙 빠져나갔습니다. 갑자기 야경꾼의 졸린 듯한 호루라기 소리가 울려퍼지고, 순박한 개가 나직이 짖어댑니다. 또 공기는 부드럽게 얼굴을 스치고 지나가며 보리수는 정말로 달콤한 냄새를 풍겨주므로, 가슴은 어느 사이에 심호흡으로 변하여, '그레트헨(독일 여자의 대표적인 이름)' 이라는 말이―감탄이랄 수도 없고 또 부른다고 할 수도 없이―저절로 입술에 떠오르게 됩니다.

Z시는 라인 강에서 2킬로미터쯤 떨어진 곳에 있습니다. 나는 이따금 이 멋진 강을 구경하러 가서는 다소 억지라고 할 수도 있겠지만 그 교활한 미망인의 일을 이리저리 공상하면서, 홀로 외로이 서 있는 커다란 물푸레나무 밑의 돌벤치에 오랫동안 앉아 있곤 했던 것입니다. 마치 어린아이와 같은 앳된 얼굴을 하고, 가슴을 단검으로 찔린 채 새빨간 심장을 드러낸 조그마한 마돈나 상(像)이, 그 물푸레나무 가지 사이로 슬픈 듯이 나를 들여다보고 있습니다.

강 건너 저쪽 언덕에는 내가 옮겨와 살고 있는 도시보다 약간 큰 L이라는 도시가 있었습니다. 어느 날 저녁, 나는 내가 좋아하는 돌벤치에 앉아서 냇물과 하늘과 포도밭을 아무 생각 없이 바라보고 있었습니다. 저 앞에서는 머리카락이 하얀 어린이들이, 언덕으로 끌어올려져 수지(樹脂)를 바른 밑바닥이 위로 가게 뒤집어놓은 보트 옆구리에 기어올라 놀고 있었습니다. 돛에 약간 불룩하게 바람을 안은 작은 배가 조용히 수면을 미끄러져 가면, 파르스름한 물결이 불쑥 솟아올랐다가 잔잔한 물결 소리를 내고는 뒤로 흘러가 버립니다.

별안간 어디선지 음악 소리가 들려왔습니다. 나는 귀를 기울였습니다. L시에서 왈츠를 연주하고 있는 것입니다. 콘트라베이스가 띄엄띄엄 신음 소리를 내고, 바이올린 소리는 가냘프게, 플루트는 신나게 소리를 내고 있었습니다.

나는 벨벳 조끼를 입고 파란 스타킹에 쇠고리가 달린 단화를 신은 노인에게, "저건 무엇을 하는 겁니까?"라고 물었습니다.

"저건 말이오……."

그는 입 가장자리에 물고 있던 파이프를 다른 쪽으로 고쳐 물고 나서 대답했습니다.

"학생들이 B시로부터 콤메르시를 하러 온 것이오."

'그럼 한번 그 콤메르시라는 걸 구경해 볼까?' 하고 나는 생각했습니다. 마침 L시에는 아직 가보지도 못했으니까요. 그래서 나는 나룻배 사공에게 부탁해서 건너편 도시로 갔습니다.

2

콤메르시가 무엇인지, 아마 처음 듣는 분도 계실 줄로 압니다. 이것은 색다른 축연(祝宴)으로, 고향이나 소속 조합(Landsmannschaft)이 같은 학생들의 모임입니다.

콤메르시에 참가하는 사람들은 대부분이 먼 옛날 독일의 대학생들이 입었던 옷차림을 하고 있습니다. 그 모습은 헝가리식 겉저고리와 커다란 장화, 그 위에 같은 빛깔로 테두리를 두른 작은 모자를 쓴 차림새입니다. 보통 학생들은 세니요트라고 불리는 간사가 주선하는 만찬에 모여서 술을 마시고, 국왕을 찬양하는 노래를 부르기도 하며 담배도 피우고 속물들—대학생이 아닌 사람들—을 욕하면서 새벽까지 연회를 즐기는 것입니다. 제법 거창하게 열릴 때는 오케스트라를 부르는 일도 있습니다.

때마침 이런 콤메르시가 L시의 태양정(太陽亭)이라는 간판을 건, 그다지 크지 않은 여관의 한길가 정원에서 열리고 있었습니다. 여관의 지붕 위와 마당 앞에는 축제를 알리는 깃발이 여러 개 나부끼고 있었습니다. 학생들은 짧게 잘 다듬어진 보리수 밑의 테이블을 에워싸고 앉아 있었습니다.

한 테이블 밑에서는 보기에도 섬뜩한 커다란 불독 한 마리가 엎드려 자고 있었습니다. 그 옆의 덩굴로 된 정자에는 악사들이 자리잡고 있었는데, 시원한 맥주를 들이켜며 목을 축이면서 연주를 계속하고 있었습니다. 마당과 높지 않은 담 앞 한길에는 상당히 많은 사람들이 모여 있었습니다. 선량한 L시의 시민들은 잠시 들른 손님들에게도 구경할 기회를 주는 친절함을 보였습니다.

나도 구경꾼들 틈으로 끼어들었습니다. 학생들의 얼굴을 보는 것이 즐겁게 느껴졌습니다. 그들의 포옹, 환성, 젊음에서 오는 순진한 교태,

타는 듯한 눈길, 어지럽게 자지러지는 웃음—이 웃음은 세상에서 가장 멋진 웃음이었습니다—과 젊음이 넘치는 생명의 기쁨에 찬 비등(沸騰), 전진하는 것이라면 어디든 상관없다는 충동, 이러한 선의에 찬 방자한 태도에 내 마음은 움직이고 타오르게 되었던 것입니다. 나도 한 번 끼어볼까? 하고 순간적으로 나 자신에게 물어볼 정도였습니다.

"아샤, 이젠 됐지?"

그때 갑자기 등뒤에서 러시아어로 이렇게 말하는 남자의 목소리가 들려 왔습니다.

"조금만 더 구경해요."

역시 러시아어로, 이번에는 여자가 대답했습니다. 나는 무심결에 뒤를 돌아보았습니다. 바로 뒤에는 헐렁한 겉옷을 입고 학생모를 쓴 예쁘장한 청년이 서 있었습니다. 그 청년은 그다지 키가 크지 않은 소녀의 팔을 잡고 있었는데, 그 소녀의 얼굴은 밀짚모자에 가려 잘 보이지 않았습니다.

"당신들은 러시아 사람입니까?"

나는 나도 모르게 질문을 했습니다.

"네, 그렇습니다."

"정말 뜻밖이군요. 이런 시골에서……." 하고 나는 말했습니다.

"우리도 뜻밖입니다." 하고 그는 내 말을 가로챘습니다.

"아무튼 반갑습니다. 인사드리겠습니다. 저는 가긴이라고 합니다. 그리고 이쪽은……."

그는 잠깐 머뭇거렸습니다.

"제 누이동생입니다. 실례입니다만, 당신의 성함은?"

나도 이름을 알려줬고, 그러고 나서 우리는 자연스럽게 이야기를 시작했습니다. 가긴이라는 청년도 나처럼 기분 내키는 대로 여행을 하다가 일주일쯤 전에 L시로 와서 계속 머물고 있다는 것을 알았습니다.

솔직히 말해서 나는 외국에서 러시아인을 상대하는 것이 썩 마음 내키는 일은 아니었습니다. 걸음걸이나 옷 입는 스타일 등 멀리서도 이내 러시아인이라는 걸 짐작하지만, 무엇보다도 눈에 띄는 건 얼굴 표정이었습니다. 제 잘난 체하다 얼핏 보면 사람을 우습게 보는 듯한, 자칫하면 고압적으로 보이는 표정이 별안간 경계하는 듯, 겁을 집어먹은 듯한 표정으로 변하고, 갑자기 온몸이 조심 덩어리가 되어 두 눈을 두리번거리며 침착성을 잃게 됩니다. '아뿔싸! 무슨 싱거운 말을 하지는 않았나, 사람들이 웃고 있는 건 아닌가?' 하고 그 침착하지 못한 눈길이 말하고 있는 듯싶습니다. 그런데 그 순간이 지나면⋯⋯, 다시 그 잰 체하는 얼굴 표정이, 얼빠진 수상쩍은 표정과 이따금 뒤범벅이 되어 되살아나는 것입니다.

그런 까닭에 나는 될 수 있는 대로 러시아인을 피하던 터였습니다. 그러나 가긴만은 첫눈에 마음에 들었습니다. 세상에는 이처럼 기분좋게 생긴 얼굴이 있는 것입니다. 누구에게든지 좋은 느낌을 주며, 잘못을 살짝 덮어주는 것 같은, 혹은 친절하게 쓰다듬어주는 것 같은 얼굴 말입니다. 가긴은 꼭 그런 얼굴—커다랗고 상냥한 눈, 부드러운 곱슬

머리에 온순하고 예쁘장한 얼굴—을 하고 있었습니다. 또 이야기를 하는 그 모습으로 말하면, 얼굴을 보지 않고 그 목소리만 들어도 미소 지은 그의 모습을 상상할 수 있을 정도니까요!

그가 누이동생이라고 소개한 소녀는, 단 한 번 보았을 뿐인데도 내게는 정말 아름다운 소녀로 생각되었습니다. 그다지 크지 않은 오뚝한 코와 마치 어린아이 같은 부드러운 볼 그리고 맑고 검은 눈동자를 가진 가무스름한 둥근 얼굴은 무언가 독특하고 사람을 끄는 데가 있었습니다. 그녀는 날씬했습니다만, 어쩐지 아직 충분히 자라지 않은 것 같은 느낌을 주었습니다. 그녀는 오빠와 닮은 데가 조금도 없었습니다.

"어떻습니까, 우리들이 묵고 있는 곳에 한번 오지 않으렵니까?" 하고 가긴이 말했습니다.

"그럭저럭 독일 사람 구경도 충분히 한 것 같고. 만일 이게 우리나라였다면 유리가 깨지고 의자가 부서졌을 테지만, 이 친구들은 색시같이 얌전한 편이군요. 어때, 아샤. 우리도 이젠 슬슬 집으로 돌아갈 때가 된 것 같은데……?"

가긴의 말에 소녀는 동의하는 듯 고개를 끄덕였습니다.

"우리들은 여기에서 좀 떨어진 곳에 살고 있습니다." 하고 가긴은 말을 계속했습니다.

"포도밭 가운데에 있는 외딴집인데, 높다랗게 서 있는 굉장한 곳입니다. 한번 구경 오십시오. 마침 주인 아주머니가 우리를 위해 신선한 우유를 마련해 주기로 되어 있습니다. 이제 조금 있으면 어두워질 테고 그리고 당신은 달이 뜬 다음에 라인 강을 건너는 편이 좋을 테니까요."

그래서 우리들은 출발했습니다. 나직한 성문을 빠져나가—둥근 돌로 쌓은 고풍스런 성벽이 이 도시를 사방으로 둘러싸고 있었는데, 아직 총안(銃眼)까지도 허물어지지 않고 고스란히 남아 있었습니다—들판으로 나섰는데, 우리는 돌담을 따라 백 보쯤 걸어서 좁은 문 앞에 멈춰 섰습니다.

가긴이 문을 열더니, 험한 소로를 따라 산 쪽으로 우리를 데리고 갔습니다. 양쪽에 충충이 이루어진 밭에는 포도가 가득 심어져 있었습니다. 방금 태양이 산 너머로 넘어갔을 뿐, 푸른 가지에나 높은 목책에도 크고 작은 돌들이 여기저기 널려 있는 메마른 땅에도, 또 우리들이 올라가는 언덕배기에 있는, 비스듬히 검은 빗장을 지른 밝은 창문이 네 개 붙어 있는 작은 집의 흰 벽에도 그 진분홍 빛깔이 온통 내리비치고 있었습니다.

"자, 여기가 우리들이 묵고 있는 곳입니다!"

가긴은 그 작은 집에 다다르자 말했습니다.

"저것 보십시오. 주인 아주머니가 우유를 나르고 있습니다. 안녕하셨어요, 아주머니! 바로 식사로 들어갑시다. 그러나 그것보다도 먼저……." 하고 그는 덧붙여 말했습니다.

"저기 좀 보십시오. 어때요, 저 경치는?"

과연 훌륭한 경치였습니다. 우리들 눈앞에는 푸르른 두 언덕 사이에

은빛으로 번뜩이는 라인 강이 가로누워 있었는데, 그 가운데는 저녁 햇살을 받아 불그레한 빛을 띤 금빛으로 타오르고 있었습니다. 그 한 쪽 언덕에 고요히 모습을 드러내고 있는 작은 도시는 모든 건물, 모든 거리를 아낌없이 드러내놓고, 언덕과 들판은 널찍하게 사방으로 펼쳐져 있었습니다.

아래쪽 전망도 좋았지만 위쪽 전망은 더욱 훌륭했습니다. 그러나 무엇보다도 내 마음을 끈 것은 깨끗한 하늘의 그 깊음과 눈부실 정도로 맑은 공기였습니다. 상쾌한 공기는 마치 조용히 흐르는 물처럼 평화롭게 감돌고 있었습니다.

"정말 훌륭한 집을 찾아내셨군요."

나는 감탄을 하며 말했습니다.

"이곳은 아샤가 찾아냈습니다."

가긴이 대답했습니다.

"자, 내 말을 들어봐, 아샤. 저녁 준비를 멋지게 하는 거야! 음식을 모두 여기로 갖고 오는 거지. 저녁은 밖에서 먹기로 하자. 여기가 음악 소리도 잘 들리니까 말이야. 잘 아시겠죠? 그런데……."

그는 나를 바라보며 덧붙였습니다.

"어떤 왈츠는 가까이서 들으면 흥이 나지 않아요. 속되고 조잡한 소리에 불과한 것이 있습니다만, 그것을 멀리서 들으면 멋지게 들린단 말입니다! 정말 가슴속의 로맨틱한 현악기를 황홀하게 켜는 것 같은 기분이 들지요."

아샤—진짜 이름은 안나라고 했지만, 가긴이 그냥 아샤라 불렀으므로 나도 그렇게 부르겠습니다—는 집안으로 들어갔다가 곧 주인 아주머니와 함께 나왔습니다. 둘이서 우유 단지와 접시, 스푼, 설탕, 딸기, 빵 등을 올려놓은 커다란 쟁반을 든 채 말입니다.

우리들은 각기 자리에 앉아 저녁을 먹기 시작했습니다. 아샤는 모자를 벗었습니다. 선머슴처럼 뭉툭하게 깎아 다독거려놓은 그녀의 검은 머리카락은, 텁수룩한 컬이 되어 목덜미와 귀 위에 드리워져 있었습니다. 처음 한동안 그녀가 내게 서먹서먹하게 대하자 가긴이 말했습니다.

"아샤, 이젠 그렇게 기죽어 있을 필요 없어! 손님께서 너를 물어뜯으려고 하진 않을 테니까."

가긴의 말에 그녀는 빙긋 웃었습니다. 그리고 잠시 후에는 먼저 내게 말을 걸기도 했습니다. 나는 지금껏 이토록 경망한 사람을 본 적이 없었습니다. 그녀는 잠시도 얌전히 자리에 앉아 있는 일 없이, 일어났는가 하면 집안으로 뛰어 들어가고, 또 뛰어나와서는 나직이 노래를 부르며 무턱대고 알아들을 수 없는 괴상망측한 소리를 지르면서 혼자 웃는 것이었습니다. 아무튼 그녀는 뭔가를 듣고서 웃는 게 아니라, 언뜻 머리에 떠오르는 잡다한 상념에 따라 웃는 모양이었습니다. 그녀의 큰 눈은 너무 맑아 당당히 상대를 똑바로 쏘아보는 듯했고, 때로는 졸리는지 눈이 자꾸 감기는 일도 있었습니다. 그러면 그 눈은 의미가 있어 보이고 상냥해지는 것이었습니다.

우리는 두 시간 정도 이야기를 나누었습니다. 날은 이미 저물어, 처음 한동안 불꽃처럼 타오르던 저녁놀은 연분홍 빛으로 변하더니 푸른 색으로 변했습니다. 이윽고 태양은 조용히 녹아들고 어둠이 찾아왔습니다. 그러나 우리들의 이야기는, 우리들을 감싸고 있는 공기처럼 조용하고 화기애애하게 오랜 시간 계속되고 있었습니다.

가긴은 라임 주(酒)를 한 병 가져오도록 부탁했습니다. 우리들은 여유 있게 그걸 천천히 마셨습니다. 음악은 여전히 우리가 있는 곳까지 들려왔습니다만, 그 음색은 전보다 훨씬 아름답고 차분하게 느껴졌습니다. 시내에도 강 위에도 하나 둘 불이 켜지기 시작했습니다.

아샤는 머리카락이 눈을 덮을 정도로 긴 머리를 축 늘어뜨리고 입술을 꾹 다물더니 한숨을 내쉬고는, 졸리다면서 집안으로 들어가버렸습니다. 그러나 나는 그녀가 불도 켜지 않고 닫혀 있는 창 뒤에서 오랫동안 서성이고 있는 것을 보았습니다.

이윽고 달이 떠올라 라인 강을 비추기 시작했습니다. 그러자 모든 것이 환하게 밝아짐과 동시에 그늘이 져서 주위를 변화시켰고, 우리들의 술잔까지 신비스러운 빛을 띠고 반짝이기 시작했습니다. 바람은 마치 날개를 접은 듯이 숨을 죽이고, 땅에서는 밤의 향기로운 훈기가 은은하게 피어오르기 시작했습니다.

"이젠 슬슬 가볼까. 나룻배를 놓칠지도 모르니까."

"그렇군요. 더 늦기 전에 슬슬 가보셔야겠군요." 하고 가긴이 말했습니다.

우리들은 작은 길을 따라 내려갔습니다. 그때 갑자기 조약돌이 와르르 뒤에서 떨어졌습니다. 아샤가 우리를 뒤쫓아온 것입니다.

"아니, 아직 안 잤니?"

가긴이 물었으나, 그녀는 다른 쪽을 보며 한마디 대답도 없이 우리 옆으로 쓱 지나가는 것이었습니다.

학생들이 여관 뜰에 지펴놓은, 타다 남은 화톳불이 저 밑에 있는 나무들의 푸른 잎을 훤히 비추어, 제법 축제 때 같은 환상적인 느낌을 자아냈습니다. 우리들은 강변에서 아샤의 모습을 다시 발견했습니다. 그녀는 나룻배 사공과 이야기를 나누고 있었습니다. 나는 배에 올라타고, 새로운 친구들에게 작별 인사를 했습니다. 가긴은 이튿날 나를 찾아오겠다고 약속했습니다. 나는 그와 악수를 나누고 그리고 아샤에게도 손을 내밀었는데, 그녀는 힐끗 나를 쳐다보더니 머리를 흔들었습니다. 배는 기슭에서 떠나 급류를 따고 떠내려갔습니다. 나룻배 사공인 기운 센 노인은 긴장한 표정으로 어두운 수면에 철썩 하고 노를 내렸습니다.

"저봐요, 달빛 속으로 들어갔어요. 어머, 깨져버렸네!" 하고 아샤가 외쳤습니다. 나는 강을 내려다보았습니다. 그러나 배 가장자리에는 검은 물결이 넘실거릴 따름이었습니다.

"안녕……."

다시 그녀의 잔잔한 목소리가 울렸습니다.

"내일 만나요!"

이어 가긴이 말했습니다.

배는 건너편 기슭에 닿았습니다. 나는 배에서 내려 뒤를 돌아보았습니다. 그러나 강 건너 언덕에는 어떤 그림자도 볼 수가 없었습니다. 달빛 기둥이 다시 물 위를 가로질러 마치 황금 다리처럼 뻗어 있었습니다. 해묵은 왈츠의 음향이 마치 작별을 고하듯 갑자기 뒤쫓아왔습니다. 가긴의 말이 옳았습니다. 마음에 스며드는 듯한 그 선율로 인하여 가슴의 현금이 모조리 울리는 것처럼 느껴졌습니다. 나는 가슴을 펴고 신선한 공기를 들이마시면서, 이미 완전히 어두워진 들길을 가로질러 집으로 왔습니다. 내 방에 들어서자, 달콤한 피로가 찾아와 온몸이 녹초가 되어버렸습니다. 그때 처음으로 행복이라는 것을 느꼈던 것입니다. 그런데 왜 나는 행복했을까요? 나는 무엇 하나 마음속으로 바라는 것도 없었고, 또 무슨 생각을 하고 있었던 것도 아니었습니다. 그냥 이유도 없이 나는 행복했던 것입니다.

기분좋은 장난을 치고 싶은 마음에 들떠 저절로 웃음이 터져나오는 것을 참으면서 잠자리로 들어가 눈을 감으려다 문득, 그날 하루 종일 그 무정한 미망인 생각을 한번도 하지 않았다는 걸 알았습니다. '이건 또 어떻게 된 영문이냐? 하고 나는 나 자신에게 물어보았습니다. '진짜로 사랑을 한 것이 아니었던가? 그러나 그런 질문을 묻어놓은 채, 나는 마치 요람 속의 갓난아이처럼 곧 잠들어버렸습니다.

3

이튿날 아침—나는 일찌감치 눈을 떴지만, 계속 자리에 누워 있었습니다—창 밑에서 단장(斷章) 소리가 나더니 이윽고 가긴의 목소리라는 걸 짐작할 수 있는 독특한 음성이 노래를 부르기 시작했습니다.

"아직도 그대 자고 있는가? 그렇다면 기타로 깨워드리리까……."

나는 얼른 문을 열어주었습니다.

"안녕하십니까?" 하고 가긴은 안으로 들어오면서 말했습니다.

"이거 아침 일찍부터 실례했습니다. 그러나 좀 보십시오. 얼마나 기분좋은 아침입니까? 지금 밖의 공기는 상쾌하고 이슬이 내린데다 종달새까지 노래하고 있습니다."

윤이 나는 곱슬머리에 풀어헤친 옷깃, 불그스름한 볼……. 가긴은 그가 말하는 아침처럼 상쾌한 모습이었습니다.

나는 서둘러 옷을 갈아입고, 가긴과 함께 밖으로 나갔습니다. 그리고 벤치에 자리를 잡고 커피를 부탁한 다음 이야기를 시작했습니다. 가긴은 자신의 장래 계획을 들려주었습니다. 재산도 상당히 있고 아무 거리낌이 없는 자유로운 신분이므로 그림 그리는 데 일생을 바치고자 마음먹고 있는데, 다만 그런 뜻을 세운 게 좀 늦었기 때문에 시간을 낭비한 것이 유감이라는 게 주된 내용이었습니다. 그래서 나도 내 계획을 말하고, 게다가 그 불행한 사랑의 비밀까지 털어놓고 말았습니다.

그는 별로 싫어하는 기색 없이 내 이야기를 진지하게 들어주었지만,

내 짐작으로는 내 정열에 대하여 별로 공감하지 못하는 것 같았습니다. 겨우 인사치레로 나를 따라 두어 번 휴우 하고 한숨을 짓더니, 집에 가서 자기의 습작을 보지 않겠느냐고 말했습니다. 나는 별다른 생각 없이 승낙했습니다.

그의 집에 가보니 아샤는 밖에 나가고 없었습니다. 주인 아주머니 말에 의하면, 그녀는 성터 근처로 갔다는 것입니다. L시에서 좀 떨어진 곳에 봉건 시대의 옛 성터가 있었던 것입니다.

가긴은 그의 습작을 하나도 빼놓지 않고 모두 보여주었습니다. 그의 습작은 제법 생명감과 진실감이 넘쳐흐르고, 뭔지는 모르지만 자유롭고 미끈한 데도 있었습니다. 하지만 단 한 작품도 완성된 것은 없었고, 화면도 충분히 차지 않았으며, 터치도 선명하지 못한 것처럼 느껴졌습니다. 나는 솔직하게 내 의견을 말했습니다.

"모두 사실입니다."

그는 한숨을 내쉬며 말했습니다.

"당신의 말씀대로입니다. 모두 서툴고 미숙합니다. 그러나 할 수 없어요! 어쨌든 나는 정식으로 미술을 공부한 게 아니니까요. 게다가 그 몹쓸 슬라브식 타성(惰性) 때문에 기개를 펼 수가 없습니다. 일에 대해 이것저것 마음에 그리고 있을 때는 마치 독수리처럼 하늘을 누비며 대지라도 움직일 듯한 기분이 들다가도, 막상 그걸 해야 할 때가 되면 그 순간부터 기운이 빠지고 맥이 풀려버리니까요."

나는 그에게 힘을 주고 싶었지만, 그는 짜증을 내며 손을 저어 보이고는 습작을 움켜잡더니 소파 위로 던져버리고 말았습니다.

"그래도 계속 참고 견뎌낸다면 뭔가를 이루어낼 수 있겠지만……"
하고 그는 내뱉듯이 말했습니다.

"그게 불가능하다면, 평생 어리석은 귀족의 때를 벗지 못할 겁니다.
우리 차라리 아샤나 찾아나서 볼까요?"

우리들은 아무 말 없이 집을 나섰습니다.

4

성터로 올라가는 길은 나무들이 빼곡이 들어차 있어 좁은 골짜기에
비스듬히 나 있었습니다. 그 골짜기 밑으로 조그마한 냇가가 있었는
데, 험준하게 굽이굽이 솟은 산들의 검은 능선 저쪽에 은은한 빛을 던
지고 있는 큰 강과 한시 바삐 합류하려고 빠르게 흐르고 있었습니다.
그리고 마침내 소리 높이 바윗돌을 내몰면서 급류가 되어 내달리고 있
었습니다.

가긴은 마침 알맞은 빛깔로 햇빛이 비치고 있는 두어 군데를 가리켰
습니다. 그러는 그의 태도는, 그가 설사 화가는 못 될지라도 예술가 같
은 인상을 풍겼습니다. 이윽고 성터가 눈에 들어왔습니다. 발가벗은
돌산 꼭대기에는 거무칙칙한 네모진 탑이 우뚝 솟아 있었습니다. 매우
단단하게 보였지만, 마치 도끼로 쪼갠 듯이 세로로 길게 금이 가 있었

습니다. 이끼 낀 성벽이 그 탑에서 이어 나오고, 여기저기에 덩굴이 감겨 있으며, 연하고 꾸불꾸불한 나무 순이 해묵은 총안이며 허물어진 기왓장에서 늘어져 있었습니다. 자갈이 깔린 작은 도로가 옛 모습을 지니고 있는 성문을 향하여 뻗어 있었습니다.

가긴과 내가 그 성문에 한 발짝이면 닿는 데까지 왔을 때, 갑자기 우리의 앞쪽에 설핏 여자의 모습이 어른거렸는가 싶더니, 폐허의 파편이 퇴적된 위를 휙 지나 천길 골짜기가 발 밑으로 내려다보이는 성벽 위로 뛰어오르는 것이었습니다.

"아, 저건 아샤 아냐?"

가긴이 순간적으로 외쳤습니다.

"꼭 미치광이 같군!"

우리들은 성에서 빠져나와 능금나무와 가시덤불로 반쯤 덮여 있는 작은 빈터로 갔습니다. 성벽의 외진 곳 한쪽에 앉아 있는 건 과연 아샤였습니다. 그녀는 우리 쪽을 돌아다보고 소리를 내어 웃었지만, 그 자리에서 움직이려고는 하지 않았습니다.

가긴은 손가락으로 위협하는 시늉을 하고, 또 나는 나대로 큰소리로 그녀의 부주의를 나무랐습니다.

"이젠 됐어요."

가긴이 내게 나직이 속삭였습니다.

"저 애를 그만 나무라세요. 당신은 저 애의 성질을 모르십니다. 마음만 먹으면, 저 탑 위에 올라가고도 남을 아이니까요. 그것보다도 저걸 좀 보십시오. 이 근방 사람들의 용의주도함에는 정말 놀라지 않을 수 없지요?"

나는 뒤를 돌아다보았습니다. 과연 거기에는 고양이 이마 같은 판잣집 가게의 한쪽 구석에 노파가 홀로 앉아 뜨개질을 하면서 안경 너머로 우리 쪽을 흘깃흘깃 쳐다보고 있었습니다. 그녀는 관광객들을 상대로 맥주, 과자, 음료수 따위를 팔고 있었습니다.

우리는 그 가게에 앉아 주석으로 만든, 손잡이가 달린 묵직한 컵으로 시원한 맥주를 마셨습니다. 아샤는 모슬린 스카프로 머리를 싸매고 단정히 두 다리를 포갠 채 꼼짝도 하지 않고 앉아 있었습니다. 단정한 그녀의 얼굴이 맑게 갠 푸른 하늘을 배경으로 뚜렷이 떠올랐는데, 그 모습은 너무나 아름다웠습니다.

그러나 나는 불쾌한 감정으로 그녀를 바라보고 있었습니다. 그 전날 밤부터 나는 그녀의 태도에 뭔가 일부러 꾸미는 듯한, 자연스럽다고는 할 수 없는 데가 있음을 알고 있었던 것입니다. '그녀는 우리를 깜짝 놀라게 하고 싶은 거야. 하지만 왜 그런 엉뚱한 짓을 하는 것일까? 왜 어린애 같은 장난을 할까?' 하고 나는 생각했습니다. 그러자 마치 그러한 내 생각을 꿰뚫어보기라도 한 듯이 그녀는 갑자기 재빠르게, 찌를 듯한 시선을 흘깃 내게 던지는 것이었습니다. 그러더니 또 한 번 낄낄 웃고 나서 펄쩍펄쩍 두어 걸음 성벽 아래로 내려와서는, 노파 옆으로 걸어가더니 물을 한 그릇 달라고 했습니다.

"내가 이 물을 마실 거라 생각하겠지요." 하고 그녀는 오빠에게 말했습니다.

"천만에요, 저 성벽 위에 아무래도 물을 줘야만 할 화초가 있기 때문
이에요."

가긴은 아샤의 말에 아무런 대꾸도 하지 않았습니다. 그녀는 한 손
에 컵을 쥔 채 허물어진 성벽을 기어오르다가, 이따금 멈추고는 우스
울 만큼 놀라는 척하면서 햇빛을 받아 맑게 반짝반짝 빛나는 물방울을
조금씩 흘리는 것이었습니다.

그녀의 행동에는 매력이 넘쳐흘렀습니다. 그러나 나는 그녀의 그런
모습이 왠지 보기 싫었습니다. 그러면서도 그녀의 경쾌하고 애교 있는
몸짓에 나도 모르게 정신을 팔고 있었습니다. 어느 위험한 장소에선,
그녀는 일부러 큰소리를 지르고는 또 깔깔거리는 것이었습니다. 그런
모습에 나는 더욱더 질려버렸습니다.

"꼭 염소 새끼처럼 잘도 오르는군."

노파는 잠시 뜨개질을 멈추고 이렇게 중얼거렸습니다.

이윽고 아샤는 컵의 물을 다 비우자, 개구쟁이처럼 몸을 흔들면서
우리들이 있는 곳으로 돌아왔습니다. 야릇한 웃음에 눈썹과 콧구멍,
입술이 바르르 떨리고, 그 까만 눈에는 대담함과 즐거움이 공존하고
있었습니다.

'당신은 나의 행동을 버릇없다고 생각하시겠죠?' 하고 그 얼굴이 말
하는 것 같았습니다. '그러나 당신이 나에게 정신을 잃고 있다는 걸
잘 알고 있어요.'

"근사하구나, 아샤. 정말 근사해."

가긴이 나직이 말했습니다. 그러자 그녀는 긴 속눈썹을 내리깔고, 마치 부끄럽다는 듯이 얌전히 우리 옆에 와 앉았습니다. 그때 비로소 나는 그녀의 얼굴을, 여태껏 단 한 번도 본 적이 없는 그녀의 변덕스러운 얼굴을 자세히 볼 수 있었습니다. 그러나 좀 있으니까 그 얼굴은 완전히 새파래져서, 뭔가 한 곳에 집중한 것 같은 슬픈 표정을 띠었고, 얼굴 윤곽마저도 전보다 엄숙하고 단순해진 것처럼 보였습니다. 그녀는 너무나 얌전해졌습니다.

우리는 폐허를 한 바퀴 돌며—아샤도 곧 뒤따라왔습니다—경치를 구경했습니다. 이럭저럭하는 사이에 이윽고 점심 시간이 되었습니다. 노파에게 셈을 치를 때 가긴은 맥주를 한 잔 더 주문하더니, 나를 돌아다보고 짓궂은 표정을 지으며 외쳤습니다.

"당신 마음속에 있는 부인의 건강을 위하여!"

"어머! 저분에게는…… 당신에게 그런 부인이 계세요?"

아샤가 놀란 듯이 물었습니다.

"연인이 없는 남자가 어디 있니?" 하고 가긴이 대답했습니다.

아샤는 잠시 생각에 잠겼습니다. 그녀의 얼굴은 다시 변하더니 도전하는 듯한, 대담하다고 해도 좋은 조소하는 빛을 띠었습니다.

돌아오는 길에 그녀는 전보다도 더 많이 웃었고 유난히 호들갑을 떠는 것이었습니다. 기다란 나뭇가지를 꺾어서 그걸 총처럼 어깨에 메기도 하고, 무엇에 열중하기 위한 듯 스카프로 머리를 싸매기도 하는 것이었습니다.

그런 가운데 한 가지 잊혀지지 않는 것이 있습니다. 우리는 금발의 점잖은 영국인 대가족과 마주쳤는데, 그들은 마치 일체감을 보이듯 일제히, 싸늘히 놀라는 빛을 보이면서 멍청한 눈길로 아샤의 모습을 바라보는 것이었습니다. 그런데 그녀는 오히려 그들을 놀리기라도 하듯 큰소리로 노래를 부르며 앞으로 나아갔습니다.

집으로 돌아오자 그녀는 곧바로 자기 방에 들어가더니 한참을 틀어박혀 있다가 식사가 시작될 무렵에야 겨우 나왔는데, 화려하고 포근함을 주는 옷을 입고 머리도 곱게 빗었으며 단정하게 장갑까지 끼고서 얼굴을 내밀었습니다. 식탁 앞에 앉은 다음에도 그녀는 몹시 거드름을 피우며, 일부러 내숭을 떠는 태도로 음식에는 거의 손을 대지 않고 물도 조그마한 잔에 마시는 게 아니겠습니까. 내 앞에서 행실이 단정하고 교양 있는 아가씨처럼 연출하려는 것이 분명했습니다.

가긴도 그런 그녀의 행동을 말리려고 하지 않았습니다. 아무튼 그는 그녀가 무슨 일이든 마음대로 하게 내버려두는 습성이 있는 것 같았습니다. 그는 다만 이따금 이해를 구하는 표정으로 내 얼굴을 보고, '아직 철이 없어서 그러는 것이니 너그럽게 봐주십시오.' 라는 듯이 어깨를 약간 움츠려 보일 따름이었습니다.

식사가 끝나자마자 아샤는 일어서더니, 우리에게 무릎을 굽히면서 인사를 하고는 모자를 썼습니다. 그러고는 프라우 루이제 씨 집에 다녀와도 괜찮냐고 가긴에게 물었습니다.

"허허, 언제부터 그런 걸 내게 물어보게 됐지?"

가긴은 언제나 하는 버릇대로, 하지만 이번만은 낭패한 듯한 미소를 띠면서 물었습니다.

"우리하고 같이 있으면 지루하니?"

"그런 게 아니에요. 하지만 어제 프라우 루이제에게 놀러 가겠다고 약속한 걸요. 그리고 저는 두 분만 있는 게 좋을 거라고 생각했어요."

그러고는 눈으로 나를 가리키며 말을 이었습니다.

"틀림없이 N씨께서는…… 오빠에게 뭔가 또 할 이야기가 있을 거예요."

그녀는 밖으로 나가버렸습니다.

"프라우 루이제는……."

가긴은 내 시선을 외면하려고 애쓰면서 입을 열었습니다.

"전에 이곳 시장을 지낸 사람의 미망인으로, 호인이기는 하지만 실속이 없는 할망굽니다. 그런데 그분이 아샤를 무척 좋아하죠. 아샤는 신분이 낮은 사람들과 함부로 사귀려는 버릇이 있어요. 내가 짐작하건대, 아마도 그 프라이드 때문일 것입니다. 보시는 바와 같이 그 애는 몹시 응석받이로 자랐으니까요……."

가긴은 잠시 말을 끊었다가 덧붙였습니다.

"그러나 어쩔 수 없는 일 아니겠습니까? 나는 누구에게도 나쁜 소리를 하지 못하는 성격이지만, 그 애한테는 더욱 그런 편이죠. 나는 그 애에게 너그럽게 대해야만 할 의무가 있거든요."

나는 잠자코 있었습니다. 그러자 가긴은 화제를 바꾸었습니다. 그를 알면 알수록 그에게는 점점 강하게 끌리는 것이 있었습니다. 나는 이내 그의 인품을 알았습니다.

그는 러시아 정신을 간직한 순수한 사람으로, 성실하고 정직하며 순박한 남자였지만 안타깝게도 생기가 좀 부족하고 인내심과 가슴을 태우는 정열이 없었습니다. 그에겐 젊음마저도 타오르는 일이 없고, 그저 조용한 빛을 던지고 있을 뿐이었습니다.

또한 그는 매우 인상이 좋고 머리도 똑똑했지만, 만약 이대로 성인이 된다면 과연 어떤 인물이 될는지 상상이 되지 않았습니다. 화가가 되고 싶다고는 했지만, 성실하고 끊임없는 노력 없이는 여간해서 화가로 성공하지 못하는 법입니다. 그런데 그에겐 그 노력이 부족한 듯 보였습니다.

나는 그의 온화한 얼굴과 태연스럽고 침착한 말을 들으면서 생각했습니다. '아니, 안 되지! 결코 노력 같은 걸 할 턱이 없지. 이를 악물고 버틴다는 것은 불가능한 일이야.'

그러나 그를 좋아하지 않을 수는 없었습니다. 나는 완전히 그에게 마음을 빼앗긴 상태였습니다. 우리는 네 시간 동안이나 소파에 앉기도 하고 혹은 천천히 집 앞을 서성거리면서 두 사람만의 시간을 보냈는데, 그 네 시간 동안 우리 둘은 완전히 하나가 되고 말았습니다.

날이 어두워지고, 나는 이제 슬슬 집으로 돌아가야만 했습니다. 그러나 아샤는 그때까지도 돌아오지 않고 있었습니다.

"어떻게 된 애가 이렇게 제멋대로일까!"

가긴이 투덜거렸습니다.

"특별한 일이 없으면 당신도 함께 가는 것이 어떨까요? 가다가 프라우 루이제 댁에 들러서 아샤가 거기 있는지 알아봅시다. 서둘러 돌아가지 않아도 되니까요."

가긴과 나는 거리로 내려간 다음 좁고 꾸불꾸불한 뒷골목으로 들어가서, 4층 집 앞에 다다랐습니다. 2층은 1층보다도 넓고 거리 쪽으로 튀어나왔으며, 3층과 4층은 2층보다도 더 튀어나왔는데, 밑에 두 개의 굵은 기둥이 떠받치고 있었습니다. 경사가 급한 지붕에는 기와를 얹었고, 지붕 밑으로 권양기(捲揚機)가 부리와 같은 형태로 튀어나와 있었습니다. 그래서 언뜻 보면, 구식 조각이 새겨져 있는 그 집 전체는 마치 커다란 새가 웅크리고 있는 것처럼 보였습니다.

"아샤!" 하고 가긴이 불렀습니다.

"혹시 거기 있니?"

그러자 불이 켜져 있던 3층의 창이 덜컹 열리더니 아샤의 검은 머리가 보였습니다. 그 뒤로 이가 빠진, 그다지 눈이 좋지 못한 듯한 독일 여인의 얼굴이 보였습니다.

"여기 있어요."

아샤는 애교를 떨며 창턱에 팔꿈치를 짚고 말했습니다.

"여기는 정말 좋아요. 자, 이걸 받으세요." 하고 말하더니, 그녀는 제라늄 가지를 가긴에게 던져주었습니다.

"나를 애인이라고 여기세요."

아샤의 말에 프라우 루이제가 소리 내어 웃었습니다.

"N씨가 가신단다. 네게 작별 인사를 하고 싶다는구나."

"그래요? 그럼 그 제라늄 가지는 그분에게 드리세요. 곧 내려갈게요."

그녀는 창문을 얼른 닫고는 프라우 루이제에게 키스하는 모양이었습니다. 가긴은 잠자코 내게 가지를 내밀었습니다. 나도 그걸 받아 호주머니에 넣고는 나루터로 나가 강을 건넜습니다. 지금도 그때의 기분이 잊혀지지가 않습니다. 나는 아무 생각도 없이, 그러나 가슴이 답답함을 느끼면서 집으로 돌아가는 길을 재촉했습니다.

그런데 갑자기 코에 익숙한, 그러나 독일에서는 흔하게 맡을 수 없는 냄새가 코를 찔렀습니다.

나는 가던 길을 멈춰 섰습니다. 보아하니, 길가에 조그마한 삼밭이 있는 게 아니겠습니까. 그 삼 냄새가 불현듯 고국을 연상시키더니, 이내 나는 강렬한 향수에 젖고 말았습니다. 나는 러시아의 공기를 마시고 러시아의 흙을 밟고 싶어졌습니다.

'이런 데서 대관절 무얼 하고 있는 거냐? 무엇 때문에 이런 타국에서 낯선 사람들 사이를 오가며 방황하고 있는 거냐? 하고 나는 나 자신에게 외쳤습니다. 내 가슴속에 느끼고 있던 죽음과도 같은 답답증은 어느새 괴롭고 타는 듯한 초조감으로 변했습니다.

집에 도착했을 때는 지난밤과는 전혀 딴 기분이 되어 있었습니다.

은근히 화가 치밀어, 나는 오랫동안 마음을 가라앉힐 수가 없었습니다.

나 자신조차 확실한 정체를 알 수 없는 초조감에 사로잡히고 만 것입니다. 가까스로 마음을 가라앉히고 자리에 앉자, 문득 그 무정한 미망인이 떠올라―그 여인에 대해 생각하는 것이 하루의 일과였습니다―그녀가 보낸 편지를 하나 꺼냈습니다. 그러나 나는 그걸 펴보지는 않았습니다.

마음이 갑자기 딴 방향으로 달려갔기 때문입니다. 나는 생각하기 시작했습니다. 아샤에 대해 생각하기 시작한 것입니다. 그러자 가긴이 이야기하는 중에, 그에게는 무언가 러시아로 돌아가기가 곤란한 사정이 있다는 말을 비친 일이 문득 머리에 떠올랐습니다.

나는 옷을 벗고 누워 잠들려고 애썼습니다. 그러나 한 시간도 지나지 않아 나는 다시 침대에서 벌떡 일어났습니다. 그러고는 베개에 팔꿈치를 짚고, 또다시 그 '억지웃음을 짓는 변덕쟁이 소녀'를 생각했습니다.

"그녀는 마치 라파엘의 파르네진 속의 갈라테야를 좀 축소해 놓은 것 같은 여자야."라고 나는 중얼거렸습니다.

"그렇다. 분명 동생이 아니야."

미망인의 편지는 하얀 달빛을 받으면서 마룻바닥에 떨어져 있었습니다.

5

이튿날 아침에 나는 또다시 L시로 갔습니다. 나는 가긴을 만나기 위해 가는 것이라고 자신에게 다짐하면서도 한편으로는 은근히 아샤가 이번엔 어떤 행동을 할 것인지, 전날 밤과 마찬가지로 역시 '이상한 짓'을 할 것인지 어떤지, 그녀를 보고 싶은 심정에 이끌렸던 것입니다.

내가 갔을 때 두 사람은 거실에 있었습니다. 그런데 이상한 일이 벌어졌습니다. 내가 어젯밤과 오늘 아침 러시아 생각만 했기 때문일까요…… 아샤는 완전히 러시아 소녀로, 그것도 평범한 하녀나 그런 류의 여자처럼 보였던 것입니다. 그녀는 평소에 입던 옷을 입고 머리를 귀 뒤로 곱게 빗어 붙이고는 못 박힌 듯이 창가에 앉아 수를 놓고 있었는데, 그 얌전하고 조용한 모습은 마치 평생 아무 일도 하지 않은 듯한 느낌을 주었습니다.

그녀는 거의 한마디도 하지 않고 침착하게 수놓는 데 열중하고 있었습니다. 그녀의 얼굴에는 이런 건 아무것도 아닌 일이라는 듯한 표정이 감돌고 있었으므로, 나는 문득 고향의 소박한 카차, 마샤와 같은 소녀를 연상했습니다. 더욱이 그녀는 그 얌전함을 더욱 완벽하게 보이려는 듯이 나직한 음성으로 '그리운 어머니'를 부르기 시작했습니다.

나는 그녀의 약간 누런 빛이 감도는, 생기 없는 얼굴을 보고 있는 사이에 문득 어젯밤 이것저것 공상했던 일을 생각하고는 어쩐지 쓸쓸한 기분이 들었습니다.

바깥은 화창한 날씨였습니다. 가긴이 야외로 스케치를 하러 가겠다고 했으므로 나는 함께 가도 좋으냐, 방해는 되지 않겠느냐고 물었습니다.

"괜찮아요." 하고 그는 대답했습니다.

"당신은 오히려 틀림없이 좋은 기회를 주실 겁니다."

그는 반딕식 둥근 모자를 쓰고 겉옷을 걸치더니, 도화지를 겨드랑이에 끼고 나갔습니다. 나도 그 뒤를 어슬렁어슬렁 따라갔습니다. 아샤는 집에 남았습니다. 집을 나설 때 가긴은 수프를 너무 묽게 끓이지 말라고 그녀에게 당부하는 것이었습니다. 아샤는 부엌에 자주 가보겠노라고 약속했습니다.

가긴은 내겐 이미 눈에 익은 그 깊은 골짜기에 도착하자 이내 바위위에 걸터앉았습니다. 그러더니 가지가 사방으로 뻗어 있는 구멍투성이의 떡갈나무 고목을 스케치하기 시작했습니다. 나는 풀 위에 누워서책을 꺼냈습니다. 그러나 두 페이지도 읽지 못했고, 그는 종이만 버렸을 뿐이었습니다. 두 사람 다 이야기하는 시간이 더 많았던 것입니다.

그러나 내가 판단한 바로는, 어떤 태도로 일을 할 것인가, 어떤 걸 피하고 또 어떤 걸 지켜야 할 것인가 그리고 현대에 있어서 화가의 사명은 과연 무엇인가 하는 것에 대해 두 사람은 제법 현명하고 자세하게이야기한 것 같습니다.

"오늘은 영 그릴 기분이 아니네." 하고 드디어 가긴도 붓을 던지고내 옆에 벌렁 눕고 말았습니다.

그렇게 되니 우리의 젊음에 넘치는 대화는 들떴다가 혹은 가라앉고, 혹은 환희에 차서 제멋대로 흐르기만 했습니다. 그러나 무슨 이야기를 하든 대개는 러시아인이 빠지기 쉬운 그 막연한 공론으로 일관되는 것이었습니다. 실컷 지껄이고 나서, 나와 가긴은 마치 큰일이나 한 것처럼, 큰 성과라도 거둔 듯한 만족감에 도취되어 집으로 돌아왔습니다. 돌아와 보니 아샤는 아까와 조금도 다름없는 자세로 있었습니다. 아무리 주의 깊게 관찰해 보아도, 나는 그녀의 태도에서 애교를 떨거나 무슨 꿍꿍이속이 있어 일부러 내숭을 떨고 있는 듯한 기색은 전혀 발견할 수가 없었습니다. 그날만은 행동이 부자연스럽다는 이유로 그녀를 책망할 건더기조차 없었습니다.

"하하! 수양이라도 하고 있는 건가?" 하고 가긴이 말했습니다.

저녁때가 되자 그녀는 하품을 몇 번 하고는 총총히 자기 방으로 가버렸습니다. 나도 가긴과 작별하고 집으로 돌아왔는데, 이제는 아무것도 상상을 하지 않았습니다. 그날 하루는 온전한 제정신으로 보냈던 것입니다. 그러나 누워서 잠들려다 부지중에 소리를 내어 이렇게 말한 걸 기억하고 있습니다.

"아샤는 정말 카멜레온 같은 여자야!"

그리고 잠시 생각한 다음에 이렇게 덧붙였습니다.

"어쨌든 그녀는 가긴의 동생이 아니야."

6

2주일이란 시간이 금방 지나갔습니다. 그동안 나는 날마다 가긴을 찾아갔습니다. 아샤는 의식적으로 나를 피하는 듯한 눈치였습니다. 우리가 서로 알게 된 처음 이틀 동안에 나를 몹시 놀라게 했던 그런 장난은 두 번 다시 하지 않았습니다. 그녀는 남모르게 슬퍼하거나, 아니면 무언가에 마음이 동요되는 모양이었습니다. 웃는 일도 훨씬 줄었습니다. 나는 나도 모르는 사이 호기심에 이끌려 그녀의 모습을 지켜보고 있었습니다.

그녀는 프랑스어와 독일어를 제법 할 줄 알았지만, 모든 점으로 보아 어릴 적부터 여자 손에서 자란 흔적이 없고, 가긴이 교육받은 것과는 대체로 공통되는 점이 없는, 색다른 교육을 받았다는 것을 알 수 있었습니다.

가긴에게는, 아무리 반딕식 둥근 모자를 쓰고 겉옷을 아무렇게나 걸쳤을망정 따사롭고 여자처럼 연약한 대러시아의 귀족다운 품격이 감돌고 있었습니다. 그러나 그녀에게는 귀족 집안의 따님다운 모습이라고는 전혀 찾아볼 수가 없었습니다. 모든 동작이 어딘지 모르게 침착하지 못하고 어설펐습니다. 그녀가 나무라면 방금 접붙인 돌배나무요, 술이라면 아직 설익은 느낌을 주는 것이었습니다. 본디 성격이 내성적이고 소심한 그녀는 자신의 소심함에 속상해했고, 속상한 나머지 의도적으로 용감하게 행동하려고 애썼지만, 그것은 언제나 실패로 돌아가고 마는 것이었습니다.

나는 몇 번이나 그녀에게 러시아에서의 생활이나 과거에 대해 물어 보았지만 그녀는 동문서답할 뿐이었습니다. 그래도 나는 그녀가 외국으로 떠나오기까지 오랫동안 시골에서 살고 있었다는 것을 알아냈습니다.

어느 날, 나는 마침 그녀 혼자서 책을 읽고 있을 때 찾아간 적이 있었습니다. 두 손으로 머리를 싸매고 손끝을 머리카락 속으로 밀어 넣으면서, 그녀는 마치 책 속으로 빨려 들어갈 듯이 책을 읽고 있었습니다.

"만세!"

나는 그녀 옆으로 다가가면서 말했습니다.

"매우 열심히 공부를 하시는군요!"

그녀는 고개를 들더니 무뚝뚝하고 엄숙한 눈으로 나를 보았습니다.

"당신은 마치 내가 웃는 것밖엔 아무것도 하지 못하는 쓸모없는 여자라고 생각하시는군요."

아샤는 냉정하게 말을 마치고 일어나서 나가려고 했습니다. 나는 그런 분위기 속에서 얼른 책 제목을 보았습니다. 그것은 프랑스 소설이었습니다.

"그러나 난 당신의 책을 선택하는 안목을 칭찬할 수는 없습니다."

나는 참견을 했습니다.

"그럼 어떤 책을 읽어야 하나요?" 하고 그녀는 외치더니 책을 테이블 위로 팽개쳤습니다.

"저쪽으로 가서 바보 흉내라도 내란 말인가요!"

그리고 그녀는 뜰로 뛰어나가고 말았습니다.

바로 그날 밤, 나는 가긴에게 『헤르만과 도로테아』를 읽어주고 있었습니다. 아샤는 처음 한동안은 우리 곁을 서성거렸습니다. 그러다 문득 걸음을 멈추더니, 귀를 쫑긋 세우고 내 옆에 살며시 앉아서 내가 들려주는 이야기에 끝까지 귀를 기울이고 있었습니다.

다음날, 또다시 내가 사람을 잘못 본 게 아닌가 하고 입이 벌어질 일이 생겼습니다. 그것은 그녀가 어제 읽어준 책의 주인공인 도로테아처럼 가정적인 훌륭한 부인이 되어보겠다고 결심한 것처럼 느껴졌던 것입니다. 그저 한마디로 말해서 나에겐 그녀가 수수께끼 같은 존재처럼 여겨졌습니다. 극단적이라고 할 수 있을 정도로 자존심이 강한 그녀는, 내가 그녀에 대하여 화를 내고 있을 때에도 내 마음을 사로잡고 마는 것이었습니다.

그러나 단 한 가지 사실만은 확신할 수 있었습니다. 그것은 다른 것이 아닙니다. 그녀는 가긴의 동생이 아니라는 것이었습니다. 그가 그녀를 대하는 태도는 아무래도 오빠답지가 않았습니다. 너무나도 부드럽고, 너무나도 겸손하고, 또 그런가 하면 어쩐지 꾸민 듯한 낌새도 보였습니다.

그런데 아주 우연한 기회에 그 의혹을 풀게 되었습니다.

어느 날 밤의 일입니다. 가긴이 살고 있는 포도원에 가보니 자물쇠가 채워져 있지 않겠습니까. 나는 아무 생각도 없이 전부터 보아왔던 담의 무너진 곳을 찾아내어 훌쩍 뛰어넘었습니다. 거기서 그다지 떨어지지 않은, 오솔길을 약간 벗어난 곳에 아카시아 나무로 이루어진 커다란 정자가 있었습니다.

그 옆을 막 지나치려는 순간, 갑자기 강렬한 말투의 목멘 소리로 다음과 같이 말하는 아샤의 목소리가 내 귓전을 스쳤던 것입니다.

"싫어요, 난 당신밖에 아무도 사랑하고 싶지 않아요. 싫어요, 싫다고요. 난 오직 당신만 사랑하고 싶은 거예요, 언제까지나."

"그만 됐어, 아샤. 진정해." 하고 가긴은 말했습니다.

"너도 잘 알고 있지? 나는 널 믿어."

두 사람의 목소리는 정자에서 들려오는 것이었습니다. 자세히 보니, 푸르게 뻗은 가지 사이로 두 사람의 다정한 모습이 보였습니다. 그러나 두 사람은 내가 가까이 있다는 사실을 모르는 것 같았습니다.

"내겐 오직 당신뿐이에요."

그녀는 다시 말하더니 가긴의 목덜미에 팔을 걸치고 흐느껴 울면서 키스도 하고 힘껏 껴안기도 하는 것이었습니다.

"이제 됐어, 됐다니까."

가긴이 한 손으로 살며시 그녀의 머리카락을 쓰다듬으며 말했습니다. 나는 움직일 수가 없었습니다. 그러다 갑자기 부르르 몸이 떨려 오는 것을 느낄 수 있었습니다. '두 사람한테로 가야 하나? 아니, 천만에!' 이런 생각이 문득 뇌리를 스쳤습니다. 나는 잰걸음으로 되돌아 나와 담을 뛰어넘어 거리로 나왔습니다. 그리고 거의 뛰다시피 하여 집으로 돌아갔습니다.

나는 싱글거리기도 하고 손을 비비기도 하며, 뜻하지 않게 내 추측을 뒷받침해 준 우연한 기회에 놀라기도 했습니다만—나는 내 추측이 옳다는 것을 한순간이라도 의심치 않았습니다—한편으로는 크나큰 슬픔에 잠겼습니다.

'어쩌면 그렇게 시치미를 뗄 수가 있담! 사람을 그렇게 감쪽같이 속이다니. 정말 나쁜 녀석이군! 그러나 대체 무엇 때문에 그런 짓을? 가긴이 그런 농간을 부릴 줄은 정말 몰랐어. 게다가 그 뻔뻔스런 말투란…… 정말 기가 막히군!'

7

그날 밤 나는 제대로 잠을 이룰 수가 없었습니다. 이튿날 아침 일찍 일어난 나는 배낭을 짊어지고 여관 주인 아주머니한테는 밤늦게 올 테니 기다리지 말라고 일러놓고 Z시 복판을 흐르고 있는 냇물을 거슬러 올라 도보로 등산을 떠났습니다.

그 산은 '개의 등(Hundsruck)'이라고 불리는 산맥의 줄기로, 지질학적으로 보아 대단히 흥미를 끄는 곳이었습니다. 그중에서도 그곳의 현무암층(玄武岩層)은 주목할 만한 것이었습니다만, 나는 미처 지질학적 관찰을 하고 있을 정도의 경황까지는 없었습니다. 대관절 어떠한 변화가 가슴속에 일어난 것인지 나 자신도 모르는 일이었습니다만, 가긴과 아샤의 얼굴을 보고 싶지 않다는 것, 그 한 가지 사실만은 확실했습니다.

그들이 갑자기 싫어진 유일한 원인은 그들의 교활함 때문이라고 믿어 의심치 않았습니다. 나는 나를 그렇게 감쪽같이 속인 두 사람에게 화가 났습니다. '도대체 두 사람은 왜 오누이처럼 행세해야만 했단 말인가?'

하지만 나는 이내 될수록 그들 일은 생각하지 않기로 생각하고 여유롭게 산과 골짜기를 돌아다녔습니다. 또 시골 찻집에 앉아서 주인이나 나그네들과 이야기를 나누기도 했으며, 혹은 햇볕에 뜨뜻하게 데워진 편편한 바위 위에 드러누워서 구름의 움직임을 바라보기도 했습니다. 다행히도 맑은 날씨가 계속되었습니다.

이렇게 나는 사흘 동안을 지냈는데, 그다지 나쁜 기분은 아니었지만, 그래도 이따금 가슴이 죄어드는 듯한 느낌이 드는 때가 있었습니다. 어쨌든 내 생활은 이 지방의 평온무상한 자연과 아주 잘 어울리는 듯했습니다.

나는 조용한 인연과 무심결에 일어나는 명상에 전신을 내맡겼습니다. 그러면서 그것들은 천천히 교차하면서 내 가슴속을 흘러가버리고, 마지막엔 하나의 공통된 감정만이 남았습니다. 그리고 바로 그중에 사흘 동안 내가 보고 느끼고 또 귀에 담은 온갖 것이 결집되어 있었던 것입니다.

내가 경험한 것, 즉 이곳 저곳의 수풀 위에 떠도는 몽롱한 풀 냄새, 딱따구리가 외치는 소리나 똑똑 나무를 쪼는 소리, 얼룩덜룩한 곤들매기가 물 속 모래 위에 그림자를 떨어뜨리고 있는 깨끗한 시냇물이 끊임없이 졸졸 흐르는 소리, 그다지 험준하지 않은 산골짜기, 가파른 암석, 제법 엄숙함이 느껴지는 오래된 교회나 나무들이 들어서 있는 깔끔한 촌락, 풀밭에서 노는 황새떼, 눈이 어지럽도록 돌고 있는 아담한 연자방아, 마을 사람들의 고지식한 얼굴, 푸른 저고리와 잿빛 스타킹, 적당하게 살이 찐 말, 암소가 끌고 가며 삐걱삐걱 소리를 내는 한가로운 짐마차의 행렬, 능금나무나 배나무에 에워싸인 말끔한 길을 걷는 머리카락이 긴 젊은 나그네들…… 이 모든 것들 말입니다.

지금도 나는 그 무렵에 보았던 모습을 회상하면 마음이 느긋해집니다. 검소하면서도 절도 있고, 곳곳에 근면한 일손들의 흔적, 눅진하면서도 참을성이 많은 노동의 흔적을 남기고 있는 검소한 독일의 시골이여, 건재하라. 그대들에게 영광과 평화가 깃들기를!

나는 사흘째 되는 날 저녁 느지막하게 숙소로 돌아왔습니다.

아참, 한 가지 깜빡 잊었습니다. 나는 가긴과 아샤에 대한 분노를 삭이기 위해 그 매정한 미망인의 모습을 내 마음속으로 다시 불러들이려고 애썼지만, 그 노력은 헛수고에 그치고 말았습니다.

잊혀지지도 않습니다. 내가 그녀에 대한 것을 여러모로 공상하려던 참에 언뜻 보니, 내 앞에 다섯 살쯤 돼 보이는, 둥근 얼굴을 한 농부의 딸이 순진하게도 예쁜 눈을 동그랗게 뜨고 서 있는 게 아니겠습니까.

그 아이는 역시 어린애다운 귀여운 모습으로 나를 바라보고 있었습니다. 그 애의 티 없이 맑은 표정에 나 자신이 부끄러워졌습니다. 나는 그 애 앞에서는 거짓말을 할 수가 없기 때문에 이내 옛 여인에 대한 일은 깨끗이 잊어버리기로 한 것입니다.

숙소에 돌아와 보니 가긴의 편지가 나를 기다리고 있었습니다. 그것은 갑작스런 내 계획에 놀랐으며, 왜 자기를 부르지 않았느냐고 핀잔하면서 돌아오는 즉시 찾아와달라고 부탁하는 내용이었습니다.

나는 별로 유쾌하지 않은 기분으로 그 편지를 읽었습니다만, 그래도 이튿날 날이 밝자 무언가에 이끌려 L시로 향했습니다.

8

가긴은 나를 친절하게 맞으며 부드럽게 나를 책망했습니다. 아샤는 마치 일부러 그러는 것처럼, 내 얼굴을 보기가 무섭게 아무 까닭도 없이 깔깔 웃고는 늘 하던 대로 황급히 도망가버렸습니다. 가긴은 어찌할 바를 몰라 하며 그녀의 뒤통수에다 대고 꼭 미치광이 같다고 투덜대더니, 제발 양해해 달라고 말했습니다.

솔직한 말로 나는 아샤에게 몹시 분노를 느끼고 있었습니다. 그렇지 않아도 기분이 좋지 않던 터에 예의 그 부자연스러운 웃음과 이 상한 행동을 보았으니 참을 수가 없었던 것입니다. 그러나 나는 아무것도 마음에 거리끼지 않는 양 꾸미고, 며칠 동안 다녀온 여행에 대한 이야기를 가긴에게 자세히 들려주었습니다. 그도 내가 없는 동안에 어떤 일을 했는지 이야기해 주었습니다. 그러나 아무래도 이야기는 활기를 띠지 못했습니다. 아샤는 방으로 들어왔다가 다시 뛰어나가기를 여러 번 반복했습니다. 드디어 나는 급한 일이 있어 이제 가봐야겠다고 말했습니다.

가긴은 처음에는 나를 붙들었으나, 내 얼굴을 가만히 들여다보더니 더 이상 붙잡지 않고 배웅해 주겠노라고 했습니다. 그런데 현관에서 아샤가 갑자기 내 곁으로 다가오더니 손을 내미는 것이었습니다.

나는 그녀의 손끝을 가볍게 쥐었다 놓고는 인사도 하는 둥 마는 둥 밖으로 나왔습니다. 나는 가긴과 함께 라인 강을 건너 그 마돈나 상이 있는, 내가 매우 좋아하는 물푸레나무 옆의 벤치에 걸터앉아 경치를 둘러보기 시작했습니다. 그러다가 거기서 둘 사이의 기묘한 이야기가 시작된 것입니다.

처음엔 대단치 않은 이야기가 오갔습니다만, 이윽고 둘 다 맑은 냇물을 바라보며 입을 다물고 말았습니다.

"그런데……." 하고 갑자기 가긴이 평소 때와 같은 그 미소를 띠며 입을 열었습니다.

"당신은 아샤를 어떻게 생각합니까? 틀림없이 좀 이상하다고 볼 것으로 생각합니다만……."

"글쎄요……."

나는 약간 머뭇거리며 대답했습니다. 이런 자리에서 가긴이 그녀의 이야기를 꺼내리라고는 예상하지 못했으니까요.

"그 애의 행동을 생각하면, 우선 그 애에 대해 잘 알아야만 합니다." 하고 그는 말했습니다.

"그 애는 마음씨만은 매우 착합니다만, 머리가 너무 영리해서 골칩니다. 무척 다루기가 힘들죠. 그러나 그 애만 나무랄 수도 없습니다. 당신도 그 아이의 성장 과정을 아시게 된다면……."

"성장 과정이라고요?" 하고 나는 그의 말을 가로챘습니다.

"그러나 그녀는 당신의……."

가긴이 흘깃 내 얼굴을 보았습니다.

"당신은 그 애가 내 동생이 아니라고 생각하고 있는 거지요? 그러나 그렇지가 않습니다."

그는 내가 어떻게 생각하든 조금도 개의치 않고 말을 이었습니다.

"아샤는 분명 내 동생입니다. 내 아버지의 딸이니까요. 내 말을 잘 들어주십시오. 당신은 믿을 수 있는 분이라 생각되니 솔직하게 말씀드리겠습니다……. 우리 아버지는 매우 선량한, 머리가 좋고 교양이 있는, 그러나 불행한 남자였습니다. 운명이 다른 많은 사람들에 비해서 아버지에게만 유독 가혹했다고는 할 수 없습니다. 아버지는 그 첫 번째 화살조차 이겨내지 못했던 것입니다.

아버지는 일찍 결혼했습니다. 연애 결혼이었습니다. 그의 아내, 즉 우리 어머니는 매우 일찍 돌아가셨습니다. 어머니가 돌아가셨을 때 나는 생후 6개월이었습니다. 아버지는 나를 시골로 데리고 가서, 그 후 꼬박 12년 동안 아무데도 나가지 않았습니다. 아버지는 나를 키우시느라고 많은 애를 쓰셨고, 만약 아버지의 형, 즉 우리 백부가 그 시골로 찾아오지 않았더라면 결코 나를 품안에서 내놓지 않으셨을 게 분명합니다. 나의 백부는 줄곧 페테르부르크에 살고 있었고, 제법 중요한 위치에 올라 있었습니다. 이분이 아버지를 설득하여 나를 데려가기로 한 것입니다.

그것은 아버지가 시골을 떠나는 건 싫다고 고집을 부렸기 때문입니다. 백부는 아버지에게 내 또래의 아이가 이런 인적이 드문 곳에 사는 건 해롭다, 또 아버지처럼 언제나 음침하고 무뚝뚝한 사람과 함께 있으면 반드시 같은 또래의 아이들보다 뒤떨어질 것임에 틀림없다, 그뿐만 아니라 내 성격 자체도 모나거나 사람들과 잘 어울리지 못하게 될 것이라고 설득했던 것입니다. 아버지는 오랫동안 형의 충고에 반대했습니다만, 결국 손을 들고 말았습니다.

아버지와 헤어질 때 나도 의미를 알 수 없는 눈물을 흘렸습니다. 아버지가 얼굴에 웃음을 띠는 것을 한번도 본 적이 없었지만, 역시 나는 아버지를 사랑하고 있었던 것입니다. 그러나 페테르부르크로 이사하고 보니 아버지 생각 따위는 이내 잊어버리고 말았습니다.

나는 육군사관학교에 들어간 후 학교에서 근위 연대로 이동했습니다. 시골집에는 매년 몇 주일씩 내려갔었는데, 내가 내려갈 때마다 아버지는 점점 더 우울해지고, 내성적이며, 겁쟁이로 보일 만큼 깊은 생각에만 잠기는 낙오자가 되어갈 따름이었습니다. 아버지는 매일 교회에 나가고 있었는데, 말하는 방법을 거의 잊어버린 듯했습니다.

어느 핸가 내가 고향에 갔을 때의 일―그때 나는 만 스무 살이 좀 넘었습니다―입니다. 나는 그때 처음으로 바짝 마르고, 눈이 검은 열 살이 조금 넘어 보이는 여자아이가 아버지 집에 있는 것을 보았습니다. 아버지는, 그녀는 고아인데 함께 살기 위해 데려온 거라고 말했습니다. 아버지는 틀림없이 그렇게 말했습니다.

나는 그녀에게 별로 관심을 두지 않았는데, 당시 아샤는 낯가림을 하는 조그마한 짐승처럼 민첩하고 말이 없는 아이였습니다. 그리고 아버지가 좋아하시는 방―어머니가 숨을 거둔 곳입니다―, 낮에도 촛불을 켜야만 하는 음침한 방으로 내가 문을 열고 들어가기만 하면 무서울 정도로 빠르게 아버지의 의자나 책상 뒤에 숨어버리는 것이었습니다.

그런데 그 후 3, 4년 동안 나는 근무 사정으로 인해 고향에 내려갈 수가 없었습니다. 나는 매달 꼬박꼬박 아버지로부터 간단한 편지를 받았습니다만, 아샤에 대해서는 가끔 썼을 뿐이고, 또 썼다 하더라도 겨우 몇 줄뿐이었습니다. 아버지는 이미 쉰 고개를 넘어서 있었지만, 보기엔 아직도 청년 같았습니다. 그래서 그런 일은 꿈에도 생각지 않고 있던 내가 갑자기 관리인으로부터 아버지의 병환이 위독하다는 편지를 받았을 때, 만일 임종을 보고 싶거든 한시 바삐 돌아오라고 했을 때의 놀라움은 가히 짐작할 수 있을 것입니다. 허겁지겁 말을 달려 고향으로 가보니, 아버지는 아직 생존해 계셨지만, 이미 숨소리부터가 달랐습니다.

아버지는 나를 만나게 된 것을 매우 기뻐하시며, 바싹 야윈 가슴으로 나를 껴안더니 뭔가 살피는 것도 아니고 애원하는 것도 아닌 이상한 눈초리로 오랫동안 찬찬히 내 눈을 들여다보셨습니다. 이윽고 아버지는 내게 당신의 마지막 소원을 꼭 들어주겠느냐는 다짐을 받더니, 늙은 몸종더러 아샤를 데려오도록 이르셨습니다. 그 애는 서 있는 것조차 힘에 벅찬 듯 온몸을 부들부들 떨고 있었습니다.

'알았느냐?' 하고 아버지는 간신히 말을 꺼냈습니다 '내 딸, 네 누이를 네게 맡긴다. 모든 건 이 야코프에게 물어봐라.' 아버지는 몸종을 가리키며 말씀하셨습니다.

아샤는 엉엉 울음을 터뜨리더니, 침대 위에 얼굴을 묻어버렸습니다. 그리고 30분 후에 아버지는 숨을 거두셨습니다.

그 후 내가 알게 된 사실은 이러했습니다. 아샤는 아버지와 우리 어머니의 몸종이었던 다치야나와의 사이에서 태어난 아버지의 딸이었던 것입니다. 나는 다치야나를 아직도 확실히 기억하고 있습니다. 그녀의 날씬하고 훤칠한 몸매, 크고 까만 눈, 단정하고도 엄숙하며 영악한 얼굴을 또렷하게 기억하고 있습니다. 그녀는 자존심이 강하고 접근하기가 어려운 처녀라는 평판이었습니다.

야코프가 띄엄띄엄 말하는 이야기로는, 아버지는 어머니가 돌아가시고 몇 해 지나서부터 그녀와 관계를 맺은 것 같았습니다. 다치야나는 그 무렵엔 우리 집에서 살고 있지 않고 가축을 담당하는 여동생 집에서 살고 있었습니다. 아버지는 그녀에게 흠뻑 빠져서 내가 고향을 떠난 후 그녀와 결혼하려고까지 했었으나, 그녀 쪽에서 거절했다는 것입니다.

'돌아가신 다치야나 바실리예프는…….' 하고 야코프는 뒷짐을 지고 문턱에 선 채 말을 이었습니다. '무슨 일에나 생각이 깊었던 분으로, 주인님의 이름을 손상시키는 일은 하려고 들지 않으셨습니다. 어떻게 당신의 부인이 될 수가 있겠습니까, 전 그런 처지가 못 됩니다,라고 말씀하셨지요. 내 앞에서 그렇게 말씀하셨습니다.'

그래서 다치야나는 우리 집으로 거처를 옮겨오려고 하지 않고 그냥 아샤와 함께 동생 집에서 살게 되었습니다. 어릴 적에 내가 다치야나를 볼 수가 있었던 것은 주일날 교회에 갔을 때뿐이었습니다. 그녀는 수수한 스카프로 머리를 싸매고 노란 숄을 어깨에 걸친 채 사람들 틈에 서 있곤 했습니다. 그리고 옛날 식대로 머리를 낮게 숙이고 장중한 기도를 드리는 것이었습니다. 그녀의 옆모습이 투명한 유리를 배경으로 지금도 뚜렷이 떠오릅니다. 내가 백부에게 갔을 때 아샤는 겨우 두 살이었는데, 아홉 살 때 어머니를 여의었던 것입니다.

다치야나가 죽자 아버지는 곧바로 아샤를 우리 집으로 데려왔습니다. 아버지는 그전에도 아샤를 집으로 데려오고 싶다는 뜻을 비친 적이 있었지만 다치야나는 그것마저도 거절했던 것입니다. 아버지 집에서 살게 된 아샤의 신상에 어떤 변화가 일어났으리라는 것은 쉽게 짐작이 갈 것입니다. 그녀는 생전 처음으로 부드러운 비단옷을 입게 되었고, 그녀는 모두가 자신의 작은 손에 키스를 했던 그 순간이 지금도 잊혀지지 않는답니다.

그녀의 모친은 살아 생전 그녀에 대해 매우 엄격했지만, 아버지 집에서는 너무나 자유로웠습니다. 아버지가 그녀의 교사였던 것입니다. 아버지말고 그 누구도 그녀를 본 일이 없었습니다. 아버지는 그녀의 응석—뭐든지 비위를 맞춰준 건 아니었지만—을 받아주었고, 그녀를 몹시 아꼈으며, 무슨 일이든 결코 하지 말라고 하는 일이 없었습니다.

아버지는 속으로 은근히 그녀에 대하여 미안하게 생각했던 것입니다. 아샤는 이윽고 자기가 이 집에서 절대적인 존재라는 사실을 깨달았고, 또 이 집 주인이 자기 아버지라는 것도 알아차렸던 것입니다. 그러나 그런 반면에 그녀는 자신의 처지가 형편없다는 것도 깨달았습니다.

그러자 자존심이 무척 강해지고, 이어 시기심이 커지면서 나쁜 습관이 뿌리를 내리고, 순진함은 자취를 감추고 말았습니다. 그리고 그녀는—이것은 언젠가 내게 자신이 고백한 일이지만—온 세상 사람들이 자신의 출생 내력을 알지 못했으면, 하고 생각했던 것입니다. 그녀는 자기 어머니를 수치스럽게 여기고 그리고 자기 자신을 부끄러워했으며, 거꾸로 어머니를 자랑하게 되었습니다. 그렇기 때문에 보시다시피 아샤는 제 나이 때는 알아서는 안 될 여러 가지 것들을 알아버린 것입니다.

그러나 그것이 과연 그녀의 죄일까요? 아무튼 몸 안에서는 젊은 힘이 미쳐 날뛰고 끓어오르고 있는데 그녀를 좋은 길로 이끌어줄 말한 사람이 곁에 아무도 없었으니 누구의 잘못이라고 말할 수 있겠습니까. 모든 면에서 완전히 자유분방했던 것입니다. 그러나 그것만으로 과연 잘 되어 나갈까요? 그녀는 다른 처녀들에게 지지 않으려고 했습니다. 그래서 책을 많이 읽었습니다. 하지만 그런 것으로 뭔가 윤곽이 잡혀지지는 않습니다. 변칙적으로 시작한 생활은 역시 변칙적으로 끝을 맺게 마련입니다. 그럼에도 그녀의 타고난 상냥한 마음씨는 버려지지 않았고, 재능도 별로 해를 입지 않았던 것입니다.

그런 연유로 스무 살의 젊은 내가 열세 살의 소녀를 책임지게 되고 말았습니다! 아버지가 돌아가신 후 며칠 동안 아샤는 내 목소리를 듣기만 해도 무서움에 떨었고, 내가 부드럽게 대해 주면 도리어 울적해 했지만, 조금씩이긴 해도 차츰 나를 따르게 되었습니다. 나중에 내가 완전히 그녀를 친누이로 생각하고 사랑하게 되었다는 것을 알아차린 다음부터는 나를 무척 따르고 나에게서 떨어지지 않게 되었습니다. 하지만 그 애에게는 어떤 감정이건 쉽게 드러내는 단점이 있습니다.

나는 그녀를 데리고 페테르부르크로 갔습니다. 그녀와 헤어지기가 아무리 싫다 해도, 아무래도 그 애와 함께 살 수는 없었습니다. 그래서 나는 그녀를 이름 있는 한 여학교 기숙사에 넣었습니다. 아샤도 두 사람이 헤어지지 않으면 안 된다는 것을 이해했지만, 그래도 처음에는 발작을 일으켜 하마터면 죽을 뻔한 소동도 일어났습니다. 그러나 그

쓰라린 과정을 극복하고 아샤는 그 학교에서 무사히 4년을 보냈습니다.

그런데 내 기대와는 반대로, 그녀는 전과 거의 조금도 변하지 않은 것입니다. 여학교 교장도 가끔 그 애 일로 내게 투덜거리는 것이었습니다. '그 애는 벌을 주어도 효과가 없고, 그렇다고 부드럽게 대한다고 해서 좋아지는 것도 아니다.' 라고 말했던 것입니다. 아샤는 이해가 빠르고 성적도 누구보다도 뛰어났지만, 다른 사람들과 보조를 맞추려 하지 않고 억지를 부리거나 반목을 하거나 하는 것이었습니다.

하지만 나는 그 애를 꾸짖을 수가 없었습니다. 그 애의 입장이 되고 보면 비굴하게 굴거나, 그렇지 않으면 사람을 피하거나 두 갈래 길밖에 없었을 테니까요.

수많은 학우들 중에서 그녀가 가깝게 사귄 사람은 그다지 재주가 없는, 남들이 꺼려하는 소녀들뿐이었습니다. 함께 교육을 받고 있던 다른 학생들은 대부분 양가 출신이었는데, 모두가 그녀를 싫어하여 기회 있을 때마다 욕설을 퍼붓기도 하고 놀려대기도 했던 것입니다. 그러나 아샤는 털끝만큼도 지지 않았습니다.

하루는 도덕 시간에 선생이 악덕에 대하여 이야기를 꺼냈습니다. 그러자 '비굴함과 겁이 가장 나쁩니다.' 하고 아샤가 큰소리로 말했답니다. 요컨대 그 애는, 오로지 자신의 길을 줄곧 걸었던 것입니다. 예절만큼은 좋아졌습니다만, 그러나 그 점에서도 썩 좋아졌다고는 생각할 수 없었습니다.

어느새 그 애도 열일곱 살이 되었습니다. 더 이상 학교에 있을 수가 없게 된 것입니다. 그래서 나는 꽤 어려운 문제에 부딪히게 되었습니다. 그러던 참에 문득 좋은 생각이 떠올랐습니다. 하던 일을 그만두고 1, 2년 외국에 다녀오리라. 그리고 아샤를 데리고 가리라. 쇠뿔도 단김에 빼랬다고 즉시 그 계획을 실행하여, 지금 이렇게 나는 그 애와 함께 이곳에 오게 되었습니다. 나는 최선을 다하여 그림을 그리고, 그 애는 여전히 장난을 치기도 하고 이상한 흉내를 내기도 하는 것입니다. 당신도 그 애에 대하여 혹독한 비난을 하지 않으리라 믿습니다. 그 애는 겉으로는 아무것도 마음에 두지 않는 듯한 얼굴을 하고 있습니다만, 실은 다른 사람의 의견을 대부분 존중하는 편입니다. 게다가 당신의 의견이라면 특별하지요."

말을 마친 가긴은 의미심장한 미소를 띠었습니다. 나는 그의 손을 힘차게 잡았습니다.

"대충 그렇게 된 이야깁니다만……." 하고 가긴이 다시 입을 열었습니다.

"실은 나도 그 애에 대해서는 포기하고 있는 상태입니다. 정말이지 화약 덩어리니까요. 다행히도 지금까지는 그 애 마음에 드는 남자가 아무도 없었으니 망정이지, 누군가를 사랑하게 된다면 그야말로 끝장입니다. 나도 때로는 어떻게 하면 좋을까 하고 주체하지 못하는 일이 있으니까요. 며칠 전만 하더라도 무슨 생각에선지 별안간 내가 전보다 냉담해졌다, 자기가 사랑하는 건 당신뿐이다, 영원히 당신 하나만을 사랑하겠다고 떼를 써서 얼마나 곤란했는지 모릅니다."

"역시 그랬었군요……." 하고 나는 입을 열려다 말고 그만 얼른 입을 다물어버렸습니다.

"그럼 뭡니까?"

나는 가긴에게 물었습니다.

"이야기가 여기까지 나왔으니 솔직히 묻겠습니다만, 정말로 여태까지 한 사람도 마음에 든 사나이가 없었던 것입니까? 페테르부르크에서는 여러모로 젊은 사내들을 만날 기회가 많았을 텐데요?"

"그런 무리는 거들떠보지도 않습니다. 아샤에게 필요한 건 영웅입니다. 아샤는 평범한 사람은 성에 차지 않는 것입니다. 한데…… 무심코 너무 지껄여대느라 당신을 붙들어놓고 말았군요." 하고 그는 일어나면서 덧붙였습니다.

"어떻습니까?" 하고 나는 입을 열었습니다.

"다시 한 번 댁으로 돌아가지 않으렵니까? 나는 집으로 돌아가고 싶지 않습니다."

"하지만 사업은 어떻게 하시고?"

나는 이 질문에는 아무런 대답을 하지 않았습니다.

가긴은 호인답게 빙긋 웃었습니다. 그래서 두 사람은 L시로 돌아왔습니다. 낯익은 포도원이나 언덕 위의 하얀 집을 보니 나는 뭔지 모를 달콤한 기분—은근히 마음이 느긋해지면서—이 들었습니다 마치 살며시 꿀을 부어 넣은 것 같은 느낌이었습니다. 가긴의 이야기를 듣고 기분이 훨씬 느긋해졌기 때문이었습니다.

9

아샤는 문간방까지 나와 우리를 맞았습니다. 나는 이번에도 간드러진 웃음소리를 들으리라고 생각했습니다만, 눈을 내리깔고 우리들을 맞은 그녀의 얼굴은 완전히 창백하고, 우울하게 그늘져 있었습니다.

"이봐, 또 오셨어." 하고 가긴이 입을 열었습니다.

"더구나 먼저 되돌아가자는 말을 꺼내셨단다."

아샤는 이상하다는 듯이 내 얼굴을 보았습니다. 나는 나대로 그녀에게 손을 내밀어 그 차디찬 손을 꼭 쥐었습니다. 나는 그녀가 매우 불쌍히 여겨졌던 것입니다.

전에는 그녀의 행동에 대해 여러모로 당황했으나, 이번엔 어느 정도 이해가 갔습니다. 내면의 불안감, 딱딱한 태도, 새침해지고 싶은 심정 등 모든 이유가 확실해진 것입니다. 나는 그녀의 가슴속을 들여다보았습니다. 그녀는 남모를 중압감에 줄곧 억눌려 있었고, 자존심은 불안으로 뒤얽혀 몸부림치고 있었습니다만, 그녀의 마음속 존재는 오로지 진리를 바라고 있었던 것입니다. 나는 비로소, 왜 내가 이 기묘한 소녀에게 이끌렸는가를 알았습니다. 나는 그녀의 날씬한 몸매와 넘치는 반야성적인 매력에 이끌렸을 뿐만 아니라 그 정신이 마음에 들었던 것입니다.

가긴이 자기 그림을 뒤적이기 시작했으므로, 나는 아샤에게 자연스럽게 포도밭을 산책하지 않겠느냐고 물었습니다. 그러자 그녀는 이내 기분좋게, 마치 기다리고 있었던 것처럼 흔쾌히 승낙했습니다.

우리는 산허리까지 내려와서 널찍하고 펑퍼짐한 바위 위에 나란히 앉았습니다.

"우리가 없어서 심심하지 않았나요?"

아샤가 입을 열었습니다.

"그럼 당신은 내가 없어서 심심했나요?"

나의 물음에 아샤는 곁눈질로 흘깃 내 얼굴을 훔쳐보았습니다.

"네."

그녀는 조용히 대답하고는 곧 계속해서 물었습니다.

"산속은 좋았어요? 높은 산이었나요? 구름보다도 높은? 이야기해 주세요. 무얼 보셨어요? 오빠에겐 이야기해 주신 모양이던데, 나는 아무것도 듣지 못했어요."

"하지만 당신은 내가 그 얘기를 할 때 당신 마음대로 돌아다니지 않았나요?"

"내가 그렇게 행동한 것은…… 왜냐하면…… 하지만 이번엔 난 아무데도 가지 않겠어요."

그녀는 마음이 놓인 듯이 상냥한 목소리로 덧붙였습니다.

"사실…… 당신은 오늘 화를 내고 계셨으니까요."

"제가요?"

"네, 그래요."

"내가 왜? 천만에……."

"왠지는 모르지만 당신은 화가 나 있었어요. 그리고 화가 난 채 돌아가버렸던 거예요. 당신이 그렇게 가버렸기 때문에 나는 무척 걱정되었지만, 이렇게 다시 돌아와주셔서 너무 기뻐요."

"나도 돌아온 걸 다행으로 여기고 있습니다."

나의 말에 아샤는 어린아이가 기분이 좋으면 흔히 그렇듯이 어깨를 약간 흔들었습니다.

"정말 나는 남의 마음을 꿰뚫어보는 데는 소질이 있는 것 같아요." 하고 그녀는 말을 이었습니다.

"나는 옆방에서 들려오는 아버지의 기침 소리만 듣고서도 아버지가 나에 대해 어떻게 생각하고 계신지 이내 알아차렸죠."

그 이전까지 아샤는 한번도 자기 아버지에 대해 얘기한 적이 없었습니다. 그래서 나는 적지 않게 놀랐습니다.

"당신은 아버지를 사랑했나요?"

나는 얼떨결에 말해 버렸습니다만, 갑자기 얼굴이 화끈해짐을 느끼자 몹시 부아가 날 지경이었습니다. 그녀는 아무 대답도 없이 얼굴을 붉혔습니다. 별안간 우리는 입을 다물고 말았습니다. 멀리 라인 강물 위를 기선 한 척이 연기를 뿜으며 달리고 있었습니다. 우리는 그걸 우두커니 바라보기 시작했습니다.

"왜 이야기를 해주지 않으세요?"

그녀가 낮게 속삭였습니다.

"당신은 오늘, 어째서 내 얼굴을 보자 느닷없이 웃었지요?"

나는 그녀의 물음에는 대답하지 않고 물었습니다.

"나도 모르겠어요. 울고 싶은데 어쩌다 보면 웃어버리는 수가 있는 걸요. 그러니까 나의 행동을 보고…… 나를 비난하시면 안 돼요. 아 참, 로렐라이 이야기 좋아하시죠? 저기 보이는 게 그 바위겠지요? 처음 엔 모든 사람을 물에 빠지게 했었는데, 사람을 사랑하게 된 순간 이번 엔 자신이 몸을 던졌다지요? 난 그 이야기를 무척 좋아해요. 프라우 루 이제는 내게 여러 가지 이야기를 들려줘요. 루이제한테는 노란 눈의 검은 고양이가 있는데……"

아샤는 얘기하다 말고 머리를 들더니 머리카락을 쓸어올렸습니다.

"아, 기분이 너무 좋아요."

마침 그 순간, 어디선가 한가롭고 단조로운 소리가 들려왔습니다. 수백 명이나 되는 사람들이 소리를 맞추어, 일정한 간격을 두고 찬송 가를 되풀이하는 것이었습니다.

순례자의 무리가 저 아래 있는 길로 십자가와 기를 받쳐들고 열을 지어 걸어가고 있었습니다.

"차라리 저 사람들과 함께 갈 수 있다면……"

아샤는 차츰 멀어져 가는 노랫소리에 귀를 기울이면서 말했습니다.

"그럼, 당신은 기독교 신자였나요?"

"아니에요. 단지 어디론가 멀리 가버리고 싶다는 얘기예요. 참배도 좋고 고행이라도 좋으니…… 그렇지 않으면 세월이 자꾸 흘러 인생은 허무하게 끝나버리고, 대체 내가 무슨 일을 했는가 후회하고 말 거예요."

"당신은 야심가로군요? 당신은 일생을 헛되이 보내고 싶지 않다, 사후에 흔적을 남기고 싶다, 이거로군요?"

"그게 불가능한 걸까요?"

'불가능하고말고요.' 하마터면 나는 그렇게 말을 할 뻔했습니다. 그러나 나는 그녀의 밝고 조용한 눈을 보자 차마 그렇게 말할 수 없었습니다.

"해보는 거지요."

"저어……."

그녀는 잠시 말을 중단했습니다. 그러나 그렇게 침묵을 지키는 사이에 벌써 붉은빛이 가셔버린 그녀의 얼굴엔 뭔지 모를 그림자가 획 스쳐 지나갔습니다.

"당신은 그 여자를 무척 좋아했다죠? 저…… 기억하시겠죠. 우리가 만난 지 이틀째 되는 날, 오빠가 그분의 건강을 위해 축배를 든 일이 있었죠?"

나는 웃음을 터뜨렸습니다.

"그건 오빠가 장난을 친 겁니다. 내 마음을 빼앗은 여자는 없었어요. 적어도 지금까지 마음에 드는 여인은 한 사람도 없었습니다."

"당신은 여자의 어떤 면에 끌리지요?"

아샤는 철없는 호기심에 사로잡힌 듯 머리를 뒤로 젖히고 물었습니다.

"꽤나 이상한 질문인데요?"

나의 말에 아샤는 약간 당황했습니다.

"그런 질문을 하는 것이 아니었군요. 그렇죠? 미안해요. 난 뭐든지 생각난 대로 지껄이는 버릇이 있어요. 그래서 난 입을 여는 게 두려워요."

"이야기해 주지요. 하지만 그전에 할말이 있는데, 나를 너무 두려워할 건 없습니다. 나는 당신이 이제야 겨우 낯을 가리지 않게 된 것을 매우 기쁘게 여기고 있으니까요."

아샤는 눈을 천천히 감으면서, 조용하고 맑은 소리로 웃어댔습니다. 나는 그녀가 이런 웃음을 보이리라고는 생각하지도 못했습니다.

"자, 이야기해 주세요."

그녀는 재촉하며, 편안히 고쳐 앉으려는 듯이 옷자락의 주름을 펴서 단정히 발을 감쌌습니다.

"자, 이야기해 주세요. 그렇지 않으면 뭔가 읽어주셔도 좋아요. 언젠가 『오네긴』의 1절을 읽어주신 적이 있으시죠? 그런 식으로……."

그러고는 그녀는 잠시 생각에 잠겼습니다.

불쌍한 놈의 무덤 위의
십자가, 나무 그늘은 지금 어떻게!

그녀는 나직한 소리로 읊었습니다.

"푸슈킨의 시는 그렇지가 않아요." 하고 나는 말했습니다.

"자, 아무 얘기나 해주세요."

그녀는 여전히 생각에 잠긴 모습으로 말했습니다.

이번엔 힘차고 빠른 말투였습니다. 그러나 나는 이야기할 기분이 아니었습니다.

나는 온몸에 밝은 햇빛을 받은 침착하고 조용해진 그녀의 모습을 가만히 바라보고 있었습니다. 우리를 둘러싸고 있는 모든 것이─눈 아래 있는 것도 머리 위에 있는 것도, 하늘도 땅도 물도─기쁜 듯이 반짝이고, 공기마저도 번득이고 있는 것처럼 생각되었습니다.

"자, 보세요. 얼마나 깨끗합니까?"

나는 무의식중에 소리를 낮춰 말했습니다.

"정말 그렇군요!"

그녀도 나를 보지 않고 조용히 대답했습니다.

"만약에 우리들이 새라면 얼마나 하늘 높이 떠오르거나 마음껏 날거나 할 수 있을까요. 끝없이 저 푸른 하늘 속으로 동화되고 싶을 정도로…… 하지만 우리는 새가 아니니 하는 수 없군요."

"하지만 실망하기엔 일러요. 우리도 날개를 달 수 있으니까요."

"어떻게요?"

"조금만 더 있어 보면 아실 겁니다 우리들에게는 땅이라도 들어올릴 만한 감정이 있습니다. 걱정하지 마세요. 언젠가 당신에게도 날개가 돋게 될 겁니다."

"그럼 당신은 날개가 돋은 적이 있으세요?"

"글쎄요…… 그러나 나는 여태까지 한번도 날아본 적은 없는 것 같은데요."

아샤는 또 생각에 잠기고 말았습니다. 나는 약간 그녀 쪽으로 몸을 기울였습니다.

"혹시 왈츠를 출 줄 아세요?"

생각에 잠겨 있던 그녀가 갑자기 물었습니다.

"그럼요."

나는 좀 어리둥절하여 대답했습니다.

"그럼 우리 가요. 오빠에게 부탁해서 왈츠를 틀어달라고 해야겠어요. 그리고 날고 있는 것처럼, 날개라도 돋친 기분으로 춤을 춰요."

그녀는 집을 향하여 뛰었습니다. 나도 그녀의 뒤를 쫓아 뛰어갔습니다. 그리고 몇 분 뒤에 우리는 달콤한 멜로디에 맞춰 좁은 방안을 빙글빙글 돌고 있었습니다.

아샤는 황홀할 정도로 춤을 잘 추었습니다. 그 소녀다운 딱딱한 육체에서 갑자기 뭔가 부드러운, 여자다운 것이 불쑥 모습을 드러내는 것이었습니다.

그 후 오랫동안 내 팔을 통해 그녀의 보드라운 허리의 감촉이 느껴지고, 내 귀에는 오랫동안 그녀의 새근거리며 숨가쁜 소리가 들려왔습니다.

나는 곱슬머리가 흩어져 내린 창백한, 그러나 생기에 찬 얼굴에 움직일 줄 모르고 반짝이던, 거의 감다시피 한 그녀의 검은 눈이 어른거려서 못 견딜 지경이 되었습니다.

10

그날은 하루 종일, 더 이상 바랄 수 없을 정도로 즐겁게 지냈습니다. 우리들은 마치 아이들처럼 들떠 있었습니다. 아샤는 무척 사랑스럽고 순진했습니다. 가긴도 그런 그녀의 모습을 보고 무척 기뻐했습니다. 나는 늦은 저녁 시간이 되어서야 작별을 고했습니다.

라인 강 중류쯤에 왔을 때, 나는 사공에게 배를 물결 따라 흐르도록 내버려두라고 했습니다. 노인이 노를 걷어올리자 거센 강물은 출렁거리며 우리를 실어가기 시작했습니다. 사방을 훑어보기도 하고 무슨 소리에 귀를 기울이기도 하며 추억의 실마리를 더듬기도 하는 사이에, 나는 문득 느꼈습니다. 눈을 들어 하늘을 우러러보았지만, 하늘도 불안할 뿐이었습니다.

별이 총총한 하늘은 그저 스멀스멀 깜박이고, 운행을 계속하며 몸을 떨 뿐이었습니다. 나는 강물 위로 눈길을 돌렸습니다.

그러나 거기에도, 그 침침하고 차가운 깊은 강물에도 역시 별빛이 흔들리며 떨고 있는 게 아니겠습니까.

어디를 보나 불안한 세상이 느껴지는 기분이 드는 것이었습니다. 그러자 가슴속의 불안은 한층 더 심해질 따름이었습니다.

나는 배 모서리에 팔꿈치를 짚고 정면을 바라보았습니다. 귓전을 때리는 바람소리, 키를 씻는 물소리에 마음은 더욱 초조해지고 잔잔한 강물 소리마저도 내 기분을 달래주지는 못했습니다.

이윽고 언덕에서 알 수 없는 새가 울기 시작하자, 그 음색의 달콤한 독이 내 마음을 한층 더 안타깝게 만들었습니다. 내 두 눈에서는 눈물이 뚝뚝 떨어졌습니다.

그러나 그것은 대상이 없는 기쁨의 눈물은 아니었습니다. 내가 느끼고 있었던 것은 방금 전에 경험한, 마음이 넓어져 음향을 발하고 모든 것을 이해하며 모든 것을 사랑하고 있는 듯이 생각되는 그 막연한, 온갖 것을 포용하려고 하는 감각도 아니었습니다.

그렇습니다! 내 가슴속에 남아 있던 행복에 대한 갈망이 욕구를 부채질했던 겁니다.

나는 아직 확실히 이거다,라고 단정할 용기는 없었습니다만…… 그러나 행복, 싫증이 날 정도의 행복이야말로 내가 얻고 싶어하던 것이었으며 갈망하던 것이었습니다.

한편, 배는 그 사이에도 쉬지 않고 떠밀려가고 있었으며 늙은 사공은 노에 기댄 채 한가로이 앉아서 졸고 있었습니다.

11

그 이튿날 가긴의 집으로 가는 도중, 나는 내가 아샤를 사랑하고 있는지 아닌지 나 자신에게 물어보지는 않았습니다. 그러나 그녀에 대하여 여러 가지로 생각하고, 그녀의 운명이 마음에 걸림에도 불구하고 두 사람이 뜻하지 않게 가까워진 것을 기뻐했던 것입니다. 나는 어제 비로소 그녀에 대해 알게 된 듯한 기분이 들었습니다. 그전까지 그녀는 내게 등을 돌리고 있었던 것이나 마찬가지였습니다. 그러나 이제 이렇게 드디어 내 눈앞에 그 전모를 드러내 보이니, 그 모습은 참으로 매력적인 빛을 발하고 있었으며, 또 내게는 그 모습이 매우 새롭게 느껴지면서 신비하고 매력적인 아름다움이 그 속에 비쳐 보였던 것입니다.

저 멀리 반짝이는 작은 집을 끊임없이 바라보면서, 나는 눈에 익은 길을 기운차게 걸어갔습니다. 그러면서 앞으로의 일만이 아니라, 내일의 일까지도 생각했습니다. 나는 모든 일이 마냥 즐겁기만 했던 것입니다.

내가 방으로 들어가니 아샤는 얼굴을 화끈 붉혔습니다. 나는 그녀가 몸치장을 하고 있다는 걸 알았습니다. 그런데 그 표정은 전혀 옷차림과 어울리지 않았습니다. 그녀는 슬픈 듯한 표정을 짓고 있었던 것입니다. 나는 이렇게 좋은 기분으로 찾아왔는데! 그녀는 전과 마찬가지로 도망치려 했지만 자신을 억제하고 있었던 게 아닌가 하는 생각마저

들었습니다.

가긴은 그때 마침, 그들이 말하는 '자연의 꼬리를 용케 포착' 할 수가 있었다고 생각될 때 마치 무슨 발작처럼 갑자기 딜레탕트 패거리들을 붙잡는 예술적 몰입과 특별한 흥분 상태 속에 있었습니다. 그는 머리를 수세미같이 엉망으로 만들고 온몸은 물감투성이가 되어, 쭉 펴놓은 캔버스 앞에 서서 멋대로 붓을 휘두르고 있었습니다. 과장되어 보일 정도로 내게 고개를 끄덕여 보이더니 한 발짝 물러서서 눈을 작게 뜨고는 이내 그림에 집중해 버렸습니다. 나는 그에게 방해가 되지 않도록 살며시 아샤 곁에 앉았습니다. 그녀의 까만 눈이 서서히 나에게로 향했습니다.

"당신, 오늘은 어제와 다르군요."

그녀의 입술에 미소를 띠게 하려고 애쓴 것이 헛수고에 그쳤으므로 나는 이렇게 말했습니다.

"그렇게 보이나요?"

그녀는 침착하고 힘없는 목소리로 대답했습니다.

"그러나 그런 건 아무것도 아니에요. 밤새도록 생각을 하느라고 제대로 잠을 자지 못했기 때문이에요."

"무슨 생각을 하셨죠?"

"글쎄요…… 여러 가지 일을 생각했어요. 어릴 적부터 내겐 그런 버릇이 있어요. 어머니와 함께 살고 있었을 때부터……."

그녀는 잠시 머뭇거리더니, 이윽고 다시 입을 열었습니다.

"어머니와 함께 살고 있을 무렵, 나는 곧잘 이런 생각을 하고는 했어요. 나는 앞으로 어떻게 될 것인가? 아무도 그걸 알 수 없는 건 대체 무슨 까닭일까? 때로는 불행이 다가오는 걸 알고 있으면서 그걸 피할 수가 없다니…… 그리고 어째서 속에 있는 말을 털어놓아서는 안 되는 것일까. 나는 아무것도 모르기 때문에 공부를 해야만 한다고도 생각했어요. 나는 다시 공부를 해야만 해요. 저는 충분한 교육을 받지 못한걸요. 나는 피아노도 치지 못하고, 그림 그리는 실력도 시원치 않고, 재봉질까지도 서투르니까요. 내게는 정말이지 아무런 재능도 없어요. 그래서 나와 함께 있으면 누구나 지루하게 느낄 게 틀림없어요."

"당신은 자신에 대하여 너무 인색하군요. 당신은 책을 많이 읽고 있으며 교양도 있고, 게다가 당신만큼 머리가 좋다면……."

"어머, 제 머리가 좋다고요?"

그녀가 너무나도 순진하게, 그야말로 놀랐다는 듯이 되물었으므로 나는 나도 모르게 웃음을 터뜨리고 말았습니다. 그러나 그녀는 조금도 웃지 않았습니다.

"오빠, 제 머리가 좋아요?"

그녀는 진지한 얼굴로 가긴에게 물었습니다. 그러나 그는 아무런 대답도 하지 않고 끊임없이 붓을 바꾸기도 하고 손을 높이 휘두르기도 하면서 계속 그림을 그리고 있었습니다.

"나는 가끔 내가 무슨 생각을 하고 있는지 알 수 없을 때가 있어요."

아샤는 여전히 생각에 잠긴 모습으로 말을 계속했습니다.

"그래서 나 자신이 무서울 때가 있어요. 정말이에요. 아아, 난 정말…… 여자는 책을 너무 많이 읽으면 못쓴다고 하는데, 그게 정말일까요?"

"너무 많이 읽을 필요는 없겠지만, 그러나……."

"가르쳐주세요, 네? 대관절 무얼 읽으면 좋지요? 무얼 하면 좋을까요? 당신 말씀이라면 난 뭐든지 하겠어요."

그녀는 나를 향한 순진한 신뢰의 빛을 보이고 내 쪽으로 돌아앉으며 말했습니다. 나는 무슨 말을 해야 할지 당장에는 생각이 나지 않았습니다.

"그런데…… 저와 함께 있어도 지루하지 않은가요?"

"천만에!"

나는 강한 말투로 대답했습니다.

"그래요, 그렇다면 고마운 일이군요. 나는 또, 당신이 지루할 거라고 생각했어요."

그러고는 그녀는 한 손으로 내 손을 꼬옥 잡았습니다.

"N씨!"

그 순간 가긴이 외쳤습니다.

"이 배경은 너무 어둡지 않을까요?"

나는 가긴 쪽으로 갔습니다. 아샤는 일어나더니 밖으로 나가버렸습니다.

12

그녀는 한 시간쯤 후에 돌아왔는데, 문 앞에 멈춰 서더니 손짓으로 나를 불렀습니다.

"저어…… 만일 내가 죽으면 나를 위해 울어줄 건가요?"

"오늘은 이상한 말만 하시는군요!" 하고 나는 외쳤습니다.

"얼마 살지 못할 것 같은 생각이 들어요. 가끔 주위의 것들이 모두 내게 작별을 고하는 것 같은 기분이 드는 때가 있어요. 계속 이런 식으로 살 거라면 차라리 죽는 편이 나아요. 싫어요! 그런 눈으로 내 얼굴을 보지 마세요. 난 지금 쓸데없는 말을 하고 있는 게 아니에요. 그렇지 않으면 또 당신을 두려워하게 되고 말 거예요."

"그럼 나를 두려워했던 적이 있었군요?"

"내가 몹시 이상한 여자라고 할지라도 그건 정말 내 탓이 아니에요. 보세요, 나는 벌써 웃지도 못하고 있잖아요."

그녀는 해가 질 때까지 그대로 슬픈 듯, 걱정스러운 모습을 하고 있었습니다. 나로선 알 수 없는 그 무엇인가가 그녀의 마음속에 자리잡고 있는 게 틀림없습니다. 그녀의 시선은 이따금 나에게 멈췄습니다. 그 수수께끼 같은 시선이 나를 쏘아볼 때마다 내 가슴은 오그라드는 것 같았습니다. 그녀는 겉으론 침착한 듯이 보였지만, 그러나 나는 그녀의 모습을 보고 있노라면 제발 침착하라고 외치고 싶어 못 견딜 지경이었습니다. 나는 그녀의 창백한 얼굴이며 민첩하지 못한 느린 동작에서 가슴이 찌르르한 어떤 아름다움을 발견했습니다만, 그녀 쪽에서는 왜 그런지 내가 기분이 좋지 않은 걸로 오해하고 있는 것 같았습니다.

"저어……."

내가 그곳을 나오기 직전 그녀가 말했습니다.

"나는 어쩐지 당신이 나를 경솔한 여자로 여기시는 것 같아서 마음이 꺼림칙해 죽겠어요. 앞으로는 제발 제가 하는 말을 모두 믿어 주세요. 그 대신 당신도 내게 뭐든지 다 솔직하게 말씀해 주세요. 난 앞으로 언제든지 당신과 상의하고 싶은 건 모두 말씀드릴 테니…… 약속하겠어요."

이 '약속'이란 말이 나를 웃음 짓게 만들었습니다.

"웃으시면 안 돼요. 그렇지 않으면 어제 당신이 말씀하신 '왜 웃는 거요?' 라는 말을 오늘은 내가 하게 돼요."

그러더니 그녀는 잠자코 있다가 다시 덧붙였습니다.

"저, 당신은 어제 날개 얘기를 하셨죠? 그 날개가 내게도 생긴 거예요. 그런데 안타깝게도 아무데도 날아갈 곳이 없어요."

"천만에. 당신 앞에는 모든 길이 열려 있지 않습니까?"

아샤는 내 눈을 똑바로 바라보았습니다.

"오늘 당신은 나에 대하여 불쾌하게 여기고 계시는군요?"

그녀는 눈썹을 찡그리며 말했습니다.

"내가, 불쾌하게? 당신에 대해서?"

"어떻게 된 거야, 몹시 침울하군 그래."

그때 가긴이 내 말을 가로챘습니다.

"분위기가 좋지 않으면 또 어제처럼 왈츠라도 출까?"

"싫어요, 싫어요."

아샤는 대답하고 주먹을 꽉 쥐었습니다.

"오늘은 무슨 일이 있어도 싫어요!'

"하기 싫은 걸 하라는 건 아니야. 걱정하지 않아도 좋아."

"무슨 일이 있어도 하기 싫어요."

그녀는 얼굴이 창백해지면서 되풀이했습니다.

그날 밤 나는 어두운 물결이 화살처럼 흐르고 있는 라인 강으로 걸음을 재촉하면서 '그녀는 정말로 나를 사랑하고 있는 것일까?' 라는 생각을 했습니다.

13

'그녀는 정말로 나를 사랑하고 있는 것일까?' 하고, 나는 다음날 눈을 뜨기가 무섭게 다시 생각했습니다. 그러나 나는 자신의 마음속을 들여다보려고 는 하지 않았습니다. 나는 그녀의 모습, '부자연스럽게 웃는' 소녀의 모습이 내 마음속에 스며들어, 그 모습에서 쉽사리 빠져 나올 도리가 없다고 느끼고 있었던 것입니다. 그날 나는 L시에 가서 하루 종일 머물러 있었습니다만, 아샤의 얼굴은 잠깐밖에 볼 수가 없었습니다. 그녀는 기분이 좋지 않았고 머리가 아프다고 했습니다.

그녀는 머리를 싸매고, 창백한 얼굴로 거의 눈을 감은 채 아래층으로 내려왔습니다만, 힘없이 미소를 짓더니, "곧 나을 거예요. 아무것도 아니에요. 무슨 일이든 지나가게 마련인 걸요. 그렇지 않아요?" 하고는 곧 가버렸습니다.

난 뭔가 허전하고 서글픈, 얼이 빠진 듯한 기분이 들었습니다. 그렇다고는 하나 역시 오랫동안 떠날 기분이 나지 않았고, 그 뒤로는 그녀의 얼굴을 보지 못한 채 밤늦게 숙소로 돌아왔습니다.

그 이튿날도 마치 꿈속에서처럼 하루를 보냈습니다. 일을 시작하려고 했습니다만, 그럴 수가 없었습니다. 그래서 이번엔 아무것도 하지 않으리라, 아무것도 생각하지 않으리라고 다짐했습니다. 그러나 그것도 헛수고로 끝나고 말았습니다. 나는 거리를 방황하고, 숙소에 돌아왔다가 다시 밖으로 나갔습니다.

"아저씨가 N씨라는 분인가요?"

등뒤에서 어린아이의 목소리가 들렸습니다. 뒤돌아보니 웬 사내아이가 서 있었습니다.

"아네트 씨가 이것을 아저씨에게 전해 드리라고 했어요."

그 아이는 주머니에서 편지를 꺼내 내게 건네주었습니다.

펴보니, 어지럽게 마구 갈겨 쓴 아샤의 편지였습니다. 편지에는 '꼭 뵙고 싶은 일이 있습니다. 오늘 4시에 성터 근처에 있는 석조 예배당으로 나와주십시오. 나는 오늘 엉뚱하게 경솔한 짓을 저지르고 말았습니다. 부탁입니다. 꼭 나와주십시오. 저를 만나시면 모든 걸 아시게 됩니다. 심부름 간 아이에게 오시겠다고 말씀해 주세요.' 라고 쓰여 있었습니다.

"전할 말이 있나요?" 하고 사내아이가 물었습니다.

"그러겠다고 전해다오."

나는 침착하게 대답했습니다.

14

나는 내 방으로 돌아오자마자 깊은 생각에 빠지고 말았습니다 내 가슴은 매우 두근거리고 있었습니다. 몇 번인지 셀 수 없을 만큼 거듭 아샤의 편지를 읽었습니다. 나는 시계를 보았습니다. 그러나 아직 12시도 채 안 된 시각이었습니다.

그때 갑자기 방문이 홱 열리더니 매우 침통한 얼굴을 한 가긴이 불쑥 들어왔습니다. 그는 내 손을 붙들더니 꼭 쥐었습니다. 그의 손은 심하게 떨리고 있었습니다.

"아니, 뭐가 어떻게 된 겁니까, 대체?" 하고 나는 물었습니다.

"그저께였던가요?"

그는 억지로 미소를 지어 보이고, 더듬거리며 말을 이었습니다.

"그때 그런 이야기를 해서 당신을 놀라게 했지만, 오늘은 훨씬 더 놀라운 이야기를 해야겠습니다. 만약 다른 사람이라면, 아마도 나는, 아무리 그렇더라도…… 이렇게 터놓고……. 그러나 당신은 훌륭한 분이며, 내게 있어서는 친구니까요. 그렇지 않습니까? 내 말을 좀 들어주십시오. 실은 제 동생, 아샤는 당신을 사랑하고 있답니다."

나는 부르르 몸을 떨며 나도 모르게 벌떡 일어났습니다.

"당신 동생이 그렇단 말씀이군요."

"그렇습니다." 하고 가긴은 내 말을 간단히 가로챘습니다.

"정말 그 애는 미치광이입니다. 덕분에 나까지 정신이 이상해질 것 같습니다. 그러나 다행히도 그 애는 거짓말을 하지 못하는 성격이지요. 무슨 일이든 숨기지 못하고 내게 털어놓으니까요. 정말 그 애는 무슨 성질이 그런지…… 그러다 자신을 망치는 일을 저지르고 말 것입니다. 틀림없이."

"혹시, 그건 오해가 아닐까요?"

"아니, 절대로 그렇지 않습니다. 어제는 아시는 바와 같이 하루 종일 누운 채 아무것도 먹지 않았는데, 그러면서도 아무데도 아프다는 소리는 없었습니다. 게다가 그 애는 결코 싫은 소리를 하는 성미가 아니니까요. 그래서 저녁때 열이 좀 났습니다만, 나는 대수롭지 않게 생각하고 마음에 두지 않았습니다. 그런데 오늘 새벽 2시쯤, 숙소의 안주인이 잠을 깨웠습니다. 동생 방에서 신음 소리가 난다는 것이었습니다. 급히 옷을 대충 걸치고 아샤한테 달려가보니, 그 애는 옷도 벗지 않고 열이 올라 엉엉 울고 있는 게 아니겠습니까. 온몸은 펄펄 끓고, 이를 덜덜 떨고 있었습니다. '대체 어떻게 된 일이냐? 어디가 아프냐?' 고 나는 물었습니다. 그러자 그 애는 느닷없이 내 목을 껴안으며, 만약에 나를 살리고 싶거든 한시 바삐 멀리 데려가달라고 조르기 시작하는 거였습니다. 나는 무슨 영문인지 몰라 무척 당황했습니다. 달래는 데 무진 애를 먹었죠. 그러나 아샤의 통곡은 더 심해질 뿐이었습니다. 그런데 뜻밖에 그 통곡 사이에서 나는 듣게 된 겁니다. 한마디로 말해서, 당신을 사랑하고 있다는 말을 듣게 된 거죠. 아니, 정말 당신이나 나처럼 분별 있는 사람으로선 좀처럼 상상도 할 수 없을 만큼 그 애는 무엇을 심각하게 느끼고, 또 당치도 않은 기세로 가슴에 느낀 것을 밖으로 나타냈습니다. 더구나 그것이 그 애의 경우에는 마치 우레처럼 갑자기 찾아들어 속수무책이니까요."

가긴은 잠시 숨을 돌리고는 말을 이었습니다.

"그러나 어떻게 해서 그 애가 당신을 사랑하게 되었는지, 솔직히 말해서 그건 알 수가 없습니다. 그 애는 첫눈에 당신에게 반했다고 합니다만…… 2, 3일 전에 나 이외엔 아무도 사랑하고 싶지 않다고 떼를 쓰며 운 것도 실은 그게 원인이었던 모양입니다. 그런데 그 애는 당신에게 경멸당하고 있다고 생각하는 것 같습니다. 틀림없이 당신이 자기의 출생에 대해서 알고 있다고 지레짐작하고 있는 겁니다. 그 애는 자기 신상 이야기를 당신에게 하지 않았느냐고 내게 물었습니다. 나는 물론 이야기하지 않았다고 했습니다만, 그 애의 직감이 어찌나 예리한

지…… 정말 무서울 정도니까요. 그 애의 소원은 오직 하나, 여길 떠나는 것, 즉시 떠나는 것입니다. 나는 아침에까지 그 애 곁에 있었습니다만, 그 애는 내일이라도 즉시 이곳을 떠나겠다는 다짐을 내게 받고서 겨우 안심하고 잠들었습니다. 그리고 나서 많은 생각 끝에, 당신과 직접 상의해 보기로 결심했습니다. 내 생각으로는 아샤의 말이 옳다고 생각합니다. 가장 좋은 것은, 아샤와 내가 이곳을 떠나는 것입니다. 그래서 오늘이라도 즉시 그 애를 데리고 떠나려 생각했습니다만, 문득 이상한 생각이 떠올랐기 때문에 주저앉은 것입니다. 어쩌면…… 어떨는지 알 수 없는 노릇이지만…… 당신도 아샤가 마음에 들었는지도 모르는 일이며, 만일 그렇다면 구태여 그 애를 데리고 떠날 것까지 없지 않을까 하는 생각에 염치를 무릅쓰고 이렇게 찾아왔습니다. 게다가 내게는 마음에 짚이는 것이 전혀 없지도 않았기 때문에…… 그래서 당신에게 한번 물어보려고…….”

불쌍한 가긴은 당황한 모습이었습니다.

“제발 용서해 주십시오. 아무튼 나는 이런 소동에 익숙지가 못해서…….”

나는 그의 손목을 잡았습니다.

“그러니까 당신은…….”

나는 단도직입적으로 말했습니다.

“내가 아샤를 좋아하는지 어떤지 그걸 알고 싶다는 거지요? 그거라면…… 나도 물론 아샤를 좋아합니다.”

가긴은 흘긋 내 얼굴을 보더니 더듬거리며 말했습니다.

"그러나…… 당신은 그 애와 결혼하실 생각은…… 없으시겠지요?"

"아무리 그렇더라도, 그런 질문에 지금 당장 대답하라는 건 아니겠지요? 바꾸어 생각해 보십시오. 당신이라면 지금 당장 그런 결정을 내릴 수 있겠는가……."

"알고 있습니다, 알고 있다마다요. 당신에게 대답을 요구할 권리 따윈 내게는 조금도 없습니다. 그리고 그런 질문을 하다니, 무례한 행동이지요. 그러나 대관절 어떻게 하면 좋겠습니까? 불을 상대로 농담을 할 수는 없습니다. 당신은 아샤라는 아이를 잘 모르시지만, 그 애는 병이 나든지 도망치든지 당신에게 밀회를 요청하든지, 무슨 짓이든 할 수 있는 아입니다. 다른 여자라면 모든 것을 가슴에 묻고 때가 오기를 기다릴 수도 있겠지만 그 애는 도저히 그러지 못합니다 아무튼 그 애에게는 첫 경험이니까요. 그래서 더욱 곤란한 겁니다! 오늘 그 애가 나를 붙들고 얼마나 울었는지…… 그걸 당신이 보셨더라면 당신도 틀림없이 이러는 내 마음을 이해해 주실 겁니다."

나는 잠시 생각에 잠겼습니다. '당신에게 밀회를 요청한다'는 가긴의 말이 내 가슴을 찌른 것입니다. 가긴은 흉금을 털어놓고 이야기하는데, 솔직하게 말하지 않는 것은 수치스런 것으로 여겨졌습니다.

"그래요."

나는 고민 끝에 입을 열었습니다.

"당신 말씀대로입니다. 실은 한 시간 전쯤에 아샤의 편지를 받았습니다. 바로 이겁니다."

가긴은 편지를 손에 들고 재빨리 훑어보더니, 두 손을 털썩 무릎 위로 떨어뜨렸습니다. 그의 얼굴에 나타난 놀란 기색은 매우 우스꽝스러운 것이었습니다만, 나는 차마 웃을 수가 없었습니다.

"거듭 말씀드립니다만, 당신은 정말 훌륭한 분입니다. 그러나 일이 이렇게 되었으니 어떻게 하면 좋겠습니까? 어떻습니까? 자기가 먼저 떠나버리고 싶다고 말해 놓고는 한편으로 당신에게 편지를 쓴다…… 더구나 자신의 경솔함을 꾸짖고 있으니…… 어느새 이런 편지를 썼을까요? 대체 당신에게 어떻게 해달라고 할 작정일까요?"

나는 그를 진정시켰습니다. 그리고 가긴과 나는 되도록 냉정하게, 앞으로 어떤 방법을 취할 것인가 상의하기 시작했습니다.

그리고 이렇게 하기로 결정했습니다. 우선 가능한 한 불행을 피하기 위해서 나는 밀회에 응하여 성실히 아샤와 이야기를 나눌 것, 가긴은 집에 남아 있되 편지에 대해 아는 눈치를 절대로 보이지 않을 것 그리고 저녁에 다시 한 번 만나기로 한 것입니다.

"나는 당신에게 큰 기대를 걸고 있습니다."

가긴은 이렇게 말하고는 내 손을 잡았습니다.

"제발 그 애를, 그리고 나를 가엾게 여겨주십시오. 그리고 어쨌든 우리는 내일 떠날 생각입니다."

그는 일어서면서 덧붙였습니다.

"아무래도 당신은 아샤와는 결코 결혼하지 않을 테니까."

"저녁때까지 생각할 시간을 주십시오."

"좋습니다."

가긴은 조용히 물러갔습니다. 나는 소파에 누워 눈을 감았습니다. 나는 머리가 핑그르르 돌 지경이었습니다. 여러 가지 감흥이 한꺼번에 왈칵 솟아났기 때문입니다. 나는 가긴의 솔직 담백한 태도가 밉살스럽게 여겨지는 한편 아샤에게도 화가 치밀었습니다. 그녀의 사랑은 나를 기쁘게도 했지만, 또 몹시 당황스럽게도 만들었습니다. 나는 대체 그 무엇이 그녀로 하여금 모든 걸 오빠에게 털어놓도록 만들었는지 전혀 종잡을 수가 없었습니다. 그와 함께 거의 순간적으로 마음의 결정을 내려야만 한다는 사실이 나를 괴롭혔습니다.

"특이한 성격의 열일곱 살 난 소녀와 결혼을 하다니…… 말도 안 되는 일이다."

나는 일어나면서 중얼거렸습니다.

15

약속한 시간에 라인 강을 건너자 저쪽 언덕에서 맨 먼저 나를 맞이한 사람은 다름 아닌, 바로 오늘 아침에 심부름을 왔던 그 사내아이였습니다. 그는 한동안 그곳에서 나를 기다리고 있었던 모양이었습니다.

"아네트 씨가 보내는 겁니다."

사내아이는 나직이 말하더니 내게 편지를 내밀었습니다.

아샤가 밀회 장소를 변경한다는 내용의 편지를 보낸 것입니다. 그에 따르면, 나는 한 시간 반쯤 후에 예배당이 아닌 프라우 루이제 씨 댁에 가서, 아래층 문을 노크하고 3층으로 올라오라는 것이었습니다.

"이번에도 승낙하시는 거지요?" 하고 사내아이가 물었습니다.

"그렇다."

나는 라인 강변을 따라 걷기 시작했습니다. 숙소로 돌아가기엔 시간이 없었으며, 그렇다고 거리를 돌아다닐 기분은 나지 않았습니다. 성벽 저쪽에는 조그마한 공원이 있고, 거기에는 구주(九柱) 놀이터와 맥주 팬들을 위한 테이블이 늘어서 있었습니다. 나는 그리로 들어갔습니다. 나이가 든 독일 사람 몇이 구주놀이를 하고 있었습니다. 공이 크게 소리를 내며 구르고, 이따금 환성이 터져나왔습니다. 울었는지 눈이 퉁퉁 부은 여종업원이 맥주 조끼를 갖다주었습니다. 나는 그녀의 얼굴을 들여다보았습니다. 그녀는 재빨리 얼굴을 돌리더니 저쪽으로 가버렸습니다.

"이건 정말." 하고 마침 거기 앉아 있던 뚱뚱하고 이상하게 생긴 사나이가 말했습니다.

"한헨은 오늘 정말 몹시 슬퍼하는 모습이군. 아무튼 약혼자를 군대에 빼앗겼으니 왜 안 그렇겠어."

나는 그녀 쪽을 바라보았습니다. 그녀는 한쪽 구석에 웅크리고 앉아서 두 손으로 양볼을 누르고 있었습니다. 눈물이 그 손끝을 따라 하염 없이 흘러내리고 있었습니다. 누군가가 맥주를 주문했습니다. 그녀는 그 남자에게 조끼를 갖다주고 다시 제자리로 돌아갔습니다. 그녀의 슬 픔이 내게도 전해졌습니다. 나는 나를 기다리고 있는 밀회에 대하여 생각하기 시작했습니다만, 나의 상념은 걱정스럽고 어두운 것뿐이었 습니다. 나는 가벼운 마음으로 그 밀회에 나가는 것도 아니고, 서로 생 각하고 서로 사랑하는 기쁨에 젖는 것도 아닙니다. 내가 지금 해결해 야 하는 것은 그녀와의 약속을 지키고 가긴과 약속한 의무를 다하는 것뿐입니다.

'그 애에게는 농담도 할 수 없으니까 말야.' 라는 가긴의 이 말이 마 치 화살처럼 따갑게 내 가슴에 꽂혔습니다. 바로 나흘 전 물살에 떠내 려가는 배 위에서 마치 굶주린 것처럼 행복을 갈구하며 괴로워하던 것 은, 그건 내가 아니었던가? 그 바람이 이루어지게 되었는데…… 나는 주저하고, 밀어내려 하고 있습니다. 아니, 어떻게 하든 밀어내야만 하 는 것입니다. 너무나도 갑작스럽게 찾아온 일이라 당황해 버린 것입니 다. 불 같은 두뇌를 갖고 있고, 그러한 과거와 그와 같은 교육을 받은 아샤에게, 너무나 매력적인, 그러나 유별난 존재에게 실은 질려버린 것입니다.

여러 가지 감정이 내 마음속에서 뒤죽박죽 싸우고 있었습니다. 그러 는 사이에 약속한 시간이 가까워졌습니다. '그녀와 결혼할 수는 없 다.' 나는 마음을 정했습니다. '그리고 내 쪽에서 그녀를 사랑하게 되

었다는 사실을 그녀가 눈치챘을 리도 만무하다.'

나는 일어나서 가엾은 여종업원의 손에 3달러를 쥐어주고는—그녀는 고맙다는 인사를 하는 것마저 잊어버리고 있었습니다—프라우 루이제 씨 댁을 향하여 걸음을 재촉했습니다. 하늘엔 벌써 어둠이 내려앉고, 어두운 한길 위의 좁다란 하늘에는 저녁놀에 붉게 타고 있었습니다.

프라우 루이제 씨 댁 앞에 도착한 나는 살며시 문을 두드렸습니다. 마치 기다리고 있었다는 듯이 문이 열렸습니다. 나는 문턱을 넘어서 안으로 들어갔습니다. 집안은 깜깜했습니다.

"이쪽으로 오시오."

어디선가 노파의 목소리가 들렸습니다.

"목이 빠지게 기다리고 있어요."

내가 손을 더듬거리며 두어 발짝 앞으로 나가노라니, 누군가의 야윈 손이 내 팔을 잡았습니다.

"당신이 바로 프라우 루이제라는 분입니까?"

"그렇습니다. 아리따운 도련님!" 하고 아까의 그 음성이 대답했습니다.

노파는 나를 데리고 급히 계단을 올라가더니 3층 무도장에서 걸음을 멈췄습니다. 조그마한 창으로 스며드는 희미한 빛으로, 나는 프라우 루이제의 주름투성이 얼굴을 볼 수 있었습니다.

그녀는 끈질기고 교활한 미소가 움푹 들어간 입술을 끌어당기고, 흐리멍덩한 눈을 가늘게 뜨고 있었습니다. 그녀는 내게 작은 문을 손으로 가리켰습니다. 나는 떨리는 손으로 문을 열고 들어갔습니다.

16

내가 들어간 방은 그다지 크지 않았으나 꽤 어두웠으므로 아샤의 모습이 금방 눈에 들어오지 않았습니다. 그녀는 기다란 숄로 몸을 감싼채 마치 놀란 참새처럼 얼굴을 돌리고 창가의 의자에 얌전히 앉아 있었습니다. 그녀는 숨을 할딱거리며 온몸을 와들와들 떨고 있었습니다. 나는 그녀가 말할 수 없이 처량하게 여겨졌습니다. 나는 그녀 쪽으로 다가갔습니다.

"안나."

나는 조용히 그녀의 이름을 불렀습니다.

그녀는 순간적으로 몸을 벌떡 일으키더니 나의 얼굴을 똑바로 보려고 했습니다만, 그러나 끝내 그녀는 그렇게 하지 못하는 것이었습니다. 나는 그 순간 그녀의 손을 꽉 잡았습니다. 그녀의 손은 마치 피가 통하지 않는 것처럼 차갑게 느껴졌습니다.

"전 어떻게 해서라도……."

아샤는 웃음을 지으려고 애쓰면서 입을 열었습니다. 그러나 파랗게 질린 입술은 말을 듣지 않았습니다.

"전 말이에요…… 안 되겠어요. 말이 나오질…… 않아요."

그 말을 끝으로 그녀는 입을 다물고 말았습니다. 정말 그녀의 목소리는 떨림으로 인해 마디마디 끊기는 것이었습니다.

나는 그녀 곁에 앉았습니다.

"안나 니콜라예브나."

나는 되풀이해서 그녀의 이름을 불렀습니다만, 나 역시 그 이상 아무 말도 나오지 않았습니다.

침묵이 흘렀습니다. 나는 그녀의 손을 꼭 쥔 채 그녀의 얼굴을 가만히 들여다보고 있었습니다. 그녀는 여전히 몸을 움츠리고 숨을 가쁘게 쉬면서, 북받치는 울음을 터뜨리지 않으려고 살며시 아랫입술을 깨물고 있었습니다. 오들오들 떨며 옹송그리고 있는 그녀의 모습은 고독해 보였습니다. 내 마음은 차츰 스르르 풀렸습니다.

"아샤!"

나는 들릴 듯 말 듯한 작은 소리로 그녀를 불렀습니다. 그녀는 서서히 눈을 들어 내 얼굴을 쳐다보았습니다. 아아, 사랑에 눈뜬 여자의 눈동자…… 과연 누가 그걸 묘사할 수 있으리요! 그것은 무언가를 호소하고, 그 가슴속을 털어놓으며 뭔가를 묻고, 몸과 마음을 모두 내맡긴 눈매였습니다.

나는 그 매력에 저항할 수가 없었습니다. 마치 불에 달군 침에 찔린 것처럼 짜릿한 전율이 내 몸을 스쳐 지나갔습니다. 나는 몸을 숙여 그녀의 손에 얼굴을 문질렀습니다. 끊어질 듯한 한숨과 같은, 몸을 떠는 듯한 소리가 들려왔습니다. 그리고 나는 나뭇잎처럼 심하게 떨리는 머리카락에 손이 살며시 와 닿는 것을 느꼈습니다. 얼굴을 드니 그녀의 얼굴이 보였습니다.

그러나 어쩌면 그토록 금세 바뀔 수가 있을까요! 공포의 빛은 사라지고, 시선은 몽롱하게 어딘지 모를 먼 곳을 쏘아보고, 나까지도 무의식중에 그 행방에 마음을 뺏길 만큼 입술은 약간 벌어지고, 이마는 마치 대리석같이 파랗게 질리고, 곱슬머리는 바람에 나부낀 양 뒤로 젖혀져 있는 게 아니겠습니까.

나는 나도 모르게 모든 것을 잊고 그녀의 손을 와락 잡아끌었습니다. 그 손과 더불어 그녀의 몸이 내게로 기울어졌습니다. 숄은 어깨에서 미끄러져 내렸고, 머리는 살며시 내 가슴에 기대지고, 기대진 머리는 바로 타는 듯한 내 입술 밑에……

"당신 거예요……."

그녀는 간신히 들릴 듯 말 듯한 소리로 속삭이는 것이었습니다.

나의 두 팔은 지체 없이 그녀의 허리를 잡아당겼습니다. 그러다 갑자기 가긴 생각이 번개처럼 스쳐 지나갔습니다.

"우리가 대체 무슨 짓을 하고 있는 거지!"

나는 큰소리로 외치며 발작적으로 아샤의 몸을 밀어냈습니다.

"당신의 오빠는…… 모든 걸 알고 있습니다. 오늘 내가 당신과 이렇게 만나고 있는 걸 알고 있어요."

내 말에 아샤는 의자 위에 맥없이 털썩 주저앉고 말았습니다.

"그렇습니다."

나는 일어나 방 한쪽 구석으로 가면서 말을 이었습니다.

"오빠는 모든 걸 알고 있습니다. 나는 모든 걸 털어놓고 이야기하지 않을 수가 없었어요."

"털어놓지 않을 수가 없었다고요?"

그녀는 분명치 않은 소리로 말했습니다. 그녀는 어쩐지 아직도 정신을 차리지 못해 내 말을 잘 알아듣지 못한 것 같았습니다.

"그렇습니다. 그랬습니다."

나는 어쩐지 냉혹한 기분이 되어 되풀이해서 말했습니다.

"그것은 모두 당신이 잘못했기 때문입니다. 당신 한 사람의 죄입니다. 당신은 왜 당신 스스로 자신의 비밀을 폭로해 버린 겁니까? 누가 오빠에게 모두 털어놓으라고 했습니까? 오빠는 일부러 나한테 와서 당신 이야기를 전해 준 겁니다."

나는 될 수 있으면 아샤의 얼굴을 보지 않으려고 성큼성큼 방안을 돌아다녔습니다.

"이렇게 되면 이제 모든 것이 끝장입니다. 모든 게, 모든 것이!"

아샤는 의자에서 몸을 일으키려고 했습니다.

"잠깐만!" 하고 나는 외쳤습니다.

"가만히 계십시오, 아샤. 부탁입니다. 말해 주십시오. 대체 무엇이 그렇게 당신 마음을 움직인 겁니까? 내 마음에 무슨 변화라도 있었단 말입니까? 그보다도, 오늘 오빠가 내게 왔을 때 도저히 거짓말을 할 수가 없었습니다."

'내가 지금 대체 무슨 말을 하고 있는 거야.' 하고 나는 속으로 생각했습니다. 그러고 보니 나는 정말 형편없는 거짓말쟁이다, 가긴은 두 사람의 밀회를 알고 있다, 모든 것이 다 엉망이 되고 말았다는 아찔한 생각이 머릿속에서 윙윙 울리는 것이었습니다.

"내가 부른 게 아니었어요."

아샤는 어물어물 변명하는 투로 말했습니다.

"오빠가 찾아온 거예요."

"생각 좀 해보십시오, 당신이 무슨 일을 저질렀는지…… 그러고 나서 이번에는 또 이곳을 떠나겠다고 하니……."

"그래요, 나는 이곳을 떠나야만 해요."

그녀는 다시 침착하게 말했습니다.

"당신을 이곳으로 오게 한 것도 당신에게 작별 인사를 하고 싶었기 때문이에요."

"그럼 당신은…… 나와 당신이 이런 말 한마디로 간단히 헤어질 수 있다고 쉽게 생각하고 계셨군요?"

"하지만, 당신은 왜 오빠에게 이야기해 버렸지요?"

아샤는 의심스럽다는 듯이 물었습니다.

"그건…… 조금 전에 말씀드리지 않았습니까. 당시로서는 도리가 없었다고요. 당신만 비밀을 지켜주었더라면……."

"나는 내 방문을 잠그고 틀어박혀 있었어요."

그녀는 순진하게 대답했습니다.

"안주인한테 보조 열쇠가 있으리라고는 생각하지 못했던 거예요."

그녀의 말에 나는 하마터면 불끈할 뻔했습니다. 그녀로부터 철없는 변명을 들은 것입니다. 이제 와서 그 말을 회상해 보면 나는 감동하지 않을 수 없습니다. 가련하고 정직하고 순진한 처녀!

"그건 그렇고…… 이젠 모든 게 끝장입니다! 모든 것이 이렇게 돼 버려서 우리는 결국 헤어질 수밖에 없겠군요."

나는 슬쩍 아샤의 얼굴을 훔쳐보았습니다. 그녀 얼굴은 확 달아올라 있었습니다. 그녀는 부끄럽지도 않았고, 또 두렵지도 않았던 것입니다. 나로서도 확실히 그것을 느낄 수 있었습니다. 그녀의 그런 모습을 보면서 나는 미친놈처럼 지껄여댔습니다.

"당신은 모처럼 내 마음속에서 자라기 시작한 사랑의 감정을 아예 잘라내는군요. 당신 손으로 우리들의 관계를 끊어버린 겁니다. 당신은 나를 믿지 않은 거예요. 나를 의심한 겁니다."

내가 지껄이고 있는 동안에 아샤는 점점 몸을 앞으로 숙이고 있었는데, 갑자기 털썩 무릎을 꿇고 고개를 숙이더니 두 손으로 머리를 감싸고 엉엉 울기 시작했습니다. 나는 나도 모르게 달려가서 일으키려고 했습니다만, 자존심 강한 그녀는 그렇게 하도록 허락하지 않았습니다. 나는 여자의 눈물에는 약합니다. 눈물을 보면 어쩔 줄을 모르게 됩니다.

"안나 니콜라예브나! 아샤! 제발 부탁입니다. 부탁이니 울음을 그쳐

주십시오."

나는 다시 그녀의 손을 잡았습니다. 그런데 매우 놀라운 것은, 그녀가 갑자기 일어나자마자 생각지도 못한 빠른 속도로 문 쪽으로 뛰어가더니 별안간 내 눈앞에서 사라져버린 것입니다.

몇 분인가 지나서 프라우 루이제가 방으로 들어왔을 때 나는 여전히 날벼락이라도 맞은 듯 방 한복판에 우두커니 서 있었습니다. 그녀와의 밀회가 왜 이렇게 빨리, 게다가 이렇게 쑥스러운 결과―내가 말하고 싶은, 꼭 해야 할 말의 백 분의 일도 못한 사이에 나 자신조차 그 말이 어떤 결론을 낳을 것인지 예상도 하기 전에 끝나고 만―를 초래했는지 나는 쉽게 이해되지 않았던 것입니다.

"아가씨는 돌아갔나요?"

프라우 루이제는 그 노란 눈썹을 가발에 닿도록 치켜올리며 내게 물었습니다. 나는 마치 넋 나간 사람처럼 그녀의 얼굴을 흘겨보고는 그대로 밖으로 뛰쳐나가고 말았습니다.

17

나는 시내를 빠져나와 곧바로 들판으로 향했습니다. 미칠 듯한 울화가 나를 자제하지 못하게 만들었습니다. 나는 나 자신에게 욕을 퍼부었습니다.

어째서 나는, 아샤가 밀회 장소를 바꾼 이유를 이해하지 못했던 것일까.

얼마나 쓰라린 마음으로 그녀는 그 노파한테 달려갔었을까. 왜 그걸 몰라주었을까.

또 어째서 나는 그녀를 붙잡지 못했을까! 인기척이 없는 어두컴컴한 방에 그녀와 단둘이 있을 때에는 무엇이든 할 수 있는 자신감에 차서…… 그녀의 몸뚱이를 밀어내고 그녀에게 핀잔까지 퍼부었는데…… 지금은 그녀의 환상이 나를 따라다니고, 나는 그녀의 용서를 빌고 있는 것이다.

그녀의 창백한 얼굴, 그 겁에 질린 듯한 눈, 푹 숙인 목덜미 위로 물결치는 머리카락, 내 가슴에 살며시 기댄 그녀의 부드러운 머리의 감촉…… 그런 생각이 내 가슴을 애태우는 것이었습니다.

'당신 거예요…….' 라고 말하던 그녀의 속삭임이 머릿속에서 떠나지 않았습니다. '그러나 나는 양심에 좇아 행동한 거다.' 라고 나는 자신을 타일렀습니다. 그러나 그건 위선입니다. '과연 나는 정말로 그런 이별을 바라고 있었던가? 과연 나는 그녀와 헤어질 수 있는가? 미쳤어! 미쳤어!' 하며 나는 어쩔 줄을 몰라했습니다.

이런저런 생각을 하는 사이에 밤이 되었습니다. 나는 정신없이 아샤가 살고 있는 집을 향하여 뛰다시피 걸어갔습니다.

18

가긴이 나와서 나를 맞이했습니다.

"아샤를 만나지 못했습니까?"

그는 멀리서부터 소리쳐 물었습니다.

"아니, 집에 안 왔습니까?" 하고 나는 되물었습니다.

"아뇨."

"정말 돌아오지 않았나요?"

"네, 실은 좋지 않다고 생각은 했습니다만…… 견딜 수가 없어서 약속을 어기고 예배당까지 갔었습니다. 그런데 그곳엔 그 애가 없었습니다. 그렇다면, 아샤는 약속 장소에 나가지 않았던 거로군요?"

"그녀는 예배당에 가지 않았습니다."

"그럼 당신도 만나지 못했겠군요?"

나는 그녀와 만난 사실을 실토하지 않을 수가 없었습니다.

"만났습니다."

"어디서요?"

가긴은 성급히 물었습니다.

"프라우 루이제 씨 댁에서입니다. 한 시간쯤 전에 헤어졌는데……
나는 집으로 간 줄로만 알았습니다."

"좀더 기다려봅시다."

우리는 집으로 들어가 의자를 나란히 하고 앉았습니다. 두 사람 모두 어색한 기분이었습니다. 우리는 의미 없이 주위를 둘러보기도 하고 문 쪽을 주시해 보기도 하고 바깥에서 들리는 소리에 귀를 기울이는 것으로 어색한 분위기에서 벗어나려 했습니다. 그러다 더 이상 참지 못하고 가긴이 일어났습니다.

"이게 대체 무슨 꼴이야!" 하고 그는 외쳤습니다.

"나는 내 정신이 아닙니다. 그 애는 분명 나를 죽일 셈입니다. 그렇지 않고서야…… 아샤를 찾으러 나갑시다."

우리 둘은 밖으로 나갔습니다.

"당신은 대체 그 애와 무슨 이야기를 하신 겁니까?"

가긴이 모자를 푹 눌러쓰면서 거친 말투로 내게 물었습니다.

"만난 시간은 겨우 5분 정도입니다." 하고 나는 대답했습니다.

"나는 먼저 약속한 대로 말했습니다."

"어떻게 했으면 좋겠습니까?" 하고 그가 물었습니다.

"따로따로 찾아보는 게 좋지 않을까요? 그러는 편이 더 효과적일 것 같군요. 어쨌든 한 시간 후에 이리로 와주십시오."

19

나는 서둘러 포도밭을 내려가 시내를 향하여 뛰기 시작했습니다. 온 시내를 뛰어다니며 샅샅이 찾아보았습니다. 프라우 루이제 씨 댁의 창까지 들여다보고, 라인 강으로 돌아와서는 강변을 따라 뛰기 시작했습니다. 이따금 여자의 모습이 눈에 띄었습니다만, 아샤처럼 생긴 여자는 보이지 않았습니다.

나를 괴롭히는 건 이젠 울화가 아니었습니다. 은근한 공포가 내 가슴을 짓누르는 것이었습니다. 아니, 내가 느끼고 있었던 것은 다만 공포뿐이 아니었습니다. 나는 후회를, 애절한 슬픔을, 사랑을…… 그렇습니다! 더없이 부드러운 애정을 느끼고 있었던 것입니다.

나는 손을 비벼대며 슬퍼했고, 밀려오는 밤의 어둠 한복판에서 처음엔 나직이, 그리고 차츰 큰소리로 아샤의 이름을 소리쳐 불렀습니다. 그녀를 사랑하고 있노라고 백 번도 더 되풀이하고, 이제는 결코 헤어지지 않겠노라고 맹세했습니다. 다시 한 번 그녀의 차가운 손을 쥐고, 다시 한 번 그녀의 얌전한 음성을 듣고, 다시 한 번 그녀의 모습을 눈앞에 볼 수 있다면 나는 이 세상 모든 것을 내버려도 결코 후회하지 않았을 것입니다.

그녀는 그토록 친근하게 다가왔고, 그토록 굳은 결의를 품고 깨끗한 마음으로 내 가슴에 뛰어들었으며, 또 누구의 손도 닿은 일이 없는 청춘을 내게 선사한 것이었습니다. 그런데도 나는 그녀를 껴안아주지 못했습니다. 그녀의 가엾은 얼굴이 기쁨에 넘쳐서 조용한 웃음을 띠는 것을 내 눈으로 보는 행복을 나는 스스로 포기하고 만 것입니다. 이러한 생각이 나를 미치게 만들었습니다.

'그녀는 대체 어디로 가버렸단 말인가, 대체 어떻게 되었단 말인가? 나는 낙담하여 쓸쓸히 외쳤습니다. 그러던 중 갑자기 강변에 뭔가 허연 것이 언뜻 눈에 띄었습니다.

나는 언젠가 그곳에 대한 이야기를 들은 적이 있었습니다. 그곳은 70년쯤 전에 물에 빠져 죽은 남자의 무덤으로, 반쯤 흙에 묻힌, 옛날 문자가 새겨진 십자가가 서 있었습니다. 나는 소름이 오싹 끼쳤습니다. 그러고는 "아샤!" 하고 외쳤습니다. 괴상한 내 목소리에 나 자신도 깜짝 놀라고 말았습니다. 그러나 아무도 대답하는 이가 없었습니다. 나는 가긴이 그녀를 찾았는지 어떤지, 가서 알아보기로 했습니다.

20

조급한 걸음으로 포도밭의 오솔길을 올라가자, 아샤의 방에 불이 켜져 있는 게 보였습니다. 그 광경을 보자 나는 어느 정도 안심이 되었습니다. 나는 가긴의 집으로 다가갔습니다. 아래층 문은 잠겨 있었습니다. 나는 노크를 했습니다. 그러자 불이 켜져 있지 않은 아래층의 작은 문이 조용히 열리며 가긴이 머리를 내밀었습니다.

"찾았습니까?"

나는 다급하게 물었습니다.

"돌아왔습니다."

가긴이 속삭이듯 대답했습니다.

"지금 자기 방에서 옷을 갈아입고 있습니다. 모든 게 다 잘되었습니다."

"이젠 살았다!"

말할 수 없는 기쁨에 나도 모르게 큰소리로 외쳤습니다.

"이젠 됐습니다! 이젠 모든 것이 잘 해결됐습니다. 그런데 여러 가지 문제를 상의해야겠군요."

"나중에 다시……."

가긴은 나를 조용히 창문 안으로 끌어당기며 말했습니다.

"실례지만, 나중에 다시 얘기하기로 하고 오늘은 이만 돌아가시는 게 좋겠습니다."

"그럼 내일…… 내일이야말로 모든 일에 결말이 지어지겠군요."

"그럼, 실례하겠습니다."

가긴이 거듭 말했습니다. 잠시 후 창문이 굳게 닫혔습니다. 나는 하마터면 창문을 노크할 뻔했습니다. 나는 바로 그때, 동생과 결혼하게 해달라고 가긴에게 말하려 했던 것입니다. 그러나 '이런 밤중에 구혼을 한다는 것은 아무래도 좋지 않지. 괜찮아, 내일까지 기다리자. 내일 이야기하는 거야.' 하고 나는 생각했습니다. '내일이면 나에게도 드디어 행복이 찾아오는 거다.'

그러나 행복에는 내일이라는 미래는 없는 겁니다. 그리고 또 어제라는 과거도 없는 겁니다. 행복이라는 것은 과거를 모르고, 또 미래의 희망을 안겨주지는 않습니다. 있는 것은 다만 현재뿐, 그것도 하루 전체가 아니고 단지 그 순간뿐입니다.

어떻게 해서 Z거리까지 오게 됐는지 기억이 없습니다. 나를 그곳으로 데려다준 것은 발이 아니고, 그렇다고 배도 아닙니다. 뭔가 커다란 날개가 나를 들어 옮겨준 것입니다. 나는 꾀꼬리가 우는 곳을 지나왔습니다. 나는 걸음을 멈추고 오랫동안 황홀한 그 소리에 귀를 기울이고 있었습니다. 내게는 그 소리가 나의 사랑, 나의 행복을 축복해 주는 노랫소리처럼 들렸습니다.

21

다음날 아침, 눈에 익은 건물로 다가가던 나는 갑작스럽게 일어난 이상한 광경에 깜짝 놀랐습니다. 창문이란 창문은 다 열어젖혀져 있고, 현관문까지도 활짝 열려 있는 게 아니겠습니까? 문턱 앞에는 여기저기 종이 뭉치가 흩어져 있었습니다. 문 저쪽에 빗자루를 든 하녀의 모습이 눈에 띄었습니다. 불길한 생각이 스쳐 나는 그녀 쪽으로 다가갔습니다.

"떠나셨는데요!"

내가 묻지도 않았는데 그녀가 말했습니다.

"떠났다고요? 아니, 어디로 말입니까?"

"오늘 아침 6시에 떠나셨는데, 어디로 가신다는 말씀은 없었어요.

잠깐만, 당신이 혹시 N씨인가요?"

"맞습니다. 내가 N입니다."

"그러시면, 당신한테 전하라는 편지가 있어요."

하녀는 2층으로 올라갔다가 이윽고 한 통의 편지를 가지고 돌아왔습니다.

"바로 이겁니다."

"하지만 그럴 리가 없을 텐데…… 대체 어떻게 된 걸까?"

하녀는 멍청한 얼굴을 하고 있는 나를 보다가 다시 방을 쓸기 시작했습니다. 나는 편지 봉투를 뜯었습니다. 그것은 가긴이 쓴 편지였고, 아샤로부터는 단 한 줄도 없었습니다. 그는 우선 갑작스럽게 떠난 데 대해 화내지 말아달라고 부탁하는 것으로 처음을 시작했습니다. 당신도 잘 생각해 보면 자기의 이 결심을 반드시 이해해 줄 것으로 안다고도 쓰여 있었습니다. 그는 귀찮고도 위험한 사태에 이를지도 모를 이 상황에서, 별다른 방법이 없었다고 했습니다.

'어제 저녁, 당신과 나 둘이서 한마디 말도 없이 아샤를 기다리고 있는 동안에, 나는 아무래도 우리는 헤어질 필요가 있다고 결심을 굳히기에 이르렀습니다. 세상에는 선입관이라는 게 있지요. 나는 그걸 믿는 편입니다. 당신이 아샤와 선뜻 결혼하지 못하는 기분을 나는 잘 압니다. 그 애는 내게 모든 걸 상세히 이야기해 주었습니다. 그 애 마음을 달래기 위해서라도 나는 그 애의 끈질긴 청을 들어주지 않을 수가 없었던 것입니다.'

편지 끝머리에서 그는, 우리의 만남이 이렇게 일찍 끝나버린 것에 대하여 유감의 뜻을 표명하고, 나의 행복을 빌고 진심으로 악수를 보내노라고, 제발 두 사람을 찾을 생각은 하지 말아달라고 부탁하고 있었습니다.

"뭐가 선입관이라는 거야!"

나는 가긴이 듣고 있기라도 한 것처럼 소리쳤습니다.

"빌어먹을! 도대체 누가 내게서 그녀를 빼앗아갈 권리가 있다는 거야!"

나는 두 손으로 머리를 감싸쥐었습니다. 놀란 하녀가 큰소리로 주인을 부르려고 했습니다. 그녀의 경악한 모습에 나는 겨우 정신을 차렸습니다. 문득 어떤 생각이 내 가슴에 불을 붙였습니다. '두 사람을 찾아내야만 한다. 무슨 일이 있더라도 찾아내야만 한다. 이와 같은 마음의 상처를 참고 견딘다는 것은 불가능한 일이다.'

나는 안주인으로부터 두 사람이 아침 6시 기선을 타고 라인 강을 내려갔다는 말을 들었습니다. 나는 즉시 사무실로 뛰어갔습니다. 거기서 알아낸 바로는, 두 사람은 쾰른까지 가는 표를 샀다는 것이었습니다.

즉시 짐을 꾸려 두 사람의 뒤를 쫓기 위하여, 나는 숙소로 돌아가려고 걸음을 재촉했습니다. 그런데 마침 그 길은 프라우 루이제 씨 댁을 지나야만 했습니다. 정신없이 길을 가고 있는데 갑자기 누군가가 나를 부르는 소리가 들렸습니다. 고개를 들어보니, 어제 아샤와 만났던 그

방의 창가에서 프라우 루이제가 얼굴을 내밀고 있는 게 아니겠습니까. 그녀가 그 징그러운 미소를 띠고 나를 부르고 있었던 것입니다. 나는 모르는 척 지나가려 했습니다만, 그녀가 뭔가 전할 것이 있다면서 뒤에서 다시 부르는 것이었습니다. 그 말에 순간적으로 걸음을 멈추었습니다. 나는 그녀의 집으로 뛰어 들어갔습니다. 다시 그 작은 방을 보았을 때의 내 기분을 어떤 말로 표현해야 할까요!

"실은 말이에요."

노파는 내게 조그마한 종이 쪽지를 내보이며 입을 열었습니다.

"이것은, 당신이 먼저 찾아오지 않았다면 절대로 드릴 수 없는 것이지만 말이에요. 당신이 너무나 미남이기 때문에…… 자 받으세요."

나는 종이 쪽지를 받아 펼쳤습니다. 거기에는 연필로 갈겨 쓴 아샤의 편지가 다음과 같이 적혀 있었습니다.

'안녕. 우리는 이제 두 번 다시 만날 수 없을 것입니다. 내가 이곳을 떠나는 것은 자존심 때문이 아닙니다. 그럴 수밖에 없었습니다. 어제 내가 당신 앞에 엎드려 울고 있었을 때, 만약 당신이 단 한마디, 단 한마디만 내게 말씀해 주셨더라도 나는 떠나지 않았을 겁니다. 하지만 당신은 끝내 그 말씀을 해주시지 않았습니다. 아무튼 그 편이 좋았던 것 같습니다. 그럼 안녕…… 영원히……'

한마디…… 아아, 도대체 무슨 바보 같은 짓이었을까! 그 한마디…… 어젯밤 그 한마디를 눈물과 함께 몇 번이나 되풀이했었으며, 바람에 띄워 인기척 없는 들판에서 몇 번이고 힘차게 외치지 않았던

가. 그런데도 그녀에게는 그 말을 하지 않았던 것입니다. '나는 당신을 사랑하고 있다.'고 그녀 앞에서 말하지 않았던 것입니다.

그러나 그땐 그 말을 입 밖에 낼 수가 없었습니다. 그 숙명적인 방에서 그녀와 만났을 때에는, 나는 아직 그녀에 대한 애정을 확신할 수가 없었던 것입니다. 그 감정은 그녀의 오빠와 무의미하고 거북한 침묵 속에 마주앉아 있었을 때조차 아직 눈을 뜨지 못했던 것입니다. 그것이 억제하기 어려운 힘이 되어 타오른 것은 그 후 조금 있다가, 혹시 엉뚱한 일이 벌어질는지도 모른다는 생각에 깜짝 놀라 그녀를 찾아 헤매며 그 이름을 부르기 시작했을 무렵부터였습니다.

그러나 그때는 이미 늦었던 것입니다. '아니, 그럴 리는 없다!'고 말할 사람이 있을지도 모르겠습니다. 그럴 리가 있을는지의 여부는 알 수 없는 일입니다. 다만 그것이 사실이라는 것만을 알 뿐입니다. 만약 그녀가 거짓된 게 아니었더라면 아마도 아샤는 떠나지 않았을 것입니다. 그러나 그녀는 다른 여자라면 누구라도 참을 수 있는 것을 참지 못했던 것입니다. 나는 그것을 짐작하지 못했던 것입니다.

벌써 어두워지기 시작한 창문 앞에서 마지막으로 가긴과 얼굴을 마주 대했을 때, 내 마음의 마(魔)가 목구멍까지 나왔던 나의 고백을 막았으므로, 다시 잡을 수 있었던 마지막 기회마저 마침내 내 손에서 사라지고 만 것입니다.

그날 중으로 트렁크를 꾸려가지고 L시로 돌아온 나는, 쾰른으로 떠났습니다. 잊혀지지도 않습니다. 기선은 이미 밧줄을 풀고 강으로 향했으며, 나는 앞으로 결코 잊을 수 없을 그 거리들, 그 도시의 모든 것에 작별을 고하고 있었습니다.

그때 문득 한헨의 모습이 눈에 띄었습니다. 그녀는 강변 주위에 있는 벤치에 앉아 있었습니다. 얼굴은 창백했습니다만, 나처럼 슬픈 것 같지는 않았습니다. 젊고 멋진 청년이 그 옆에 서서 웃으면서 그녀에게 뭔가 이야기를 건네고 있었습니다. 한편 라인 강 저쪽에는, 전에 보았던 그 조그마한 마돈나 상이 늙은 물푸레나무의 짙은 녹음 속에서 여전히 그 슬픈 얼굴을 드러내 보이고 있었습니다.

22

퀼른에서 나는 가긴 남매에 대한 소문을 들었습니다. 두 사람이 런던으로 간 것을 알아낸 것도 바로 그곳이었습니다. 나는 즉시 그들의 뒤를 쫓았습니다. 그러나 런던에서의 나의 노력은 모두 헛수고로 끝나고 말았습니다. 나는 오랫동안 단념하지 않고 마지막까지 그들의 행방을 찾았으나 결국 두 사람을 찾는 일을 포기해야만 했습니다.

이렇게 해서 그 이후론 두 사람을 만날 수가 없었습니다. 나는 끝내 아샤를 다시 만나지 못했던 것입니다. 가긴에 관한 괴상한 소문을 들은 적은 있었습니다만, 그녀는 영원히 내게서 사라져버렸습니다. 아직 살아 있는지 어떤지도 나는 모릅니다. 다만 외국의 기차 여행에서 그 얼굴을, 잊지 못할 그 모습을 다시 떠올리게 만든 어떤 부인을 언뜻 본 일이 있습니다만…… 아마도 그녀를 닮은 딴 여인을 잘못 본 것일 겁니다. 아샤는 내 생애의 가장 좋은 나이에 눈에 익었던 그대로, 내가 마지막으로 그 모습을 눈에 익힌, 낮은 나무 의자에 등을 기대고 있던 그 모습 그대로, 그런 소녀의 모습으로 나의 기억에 머물러 있습니다.

하지만 고백하건대, 내가 그렇게 오랫동안 그녀를 생각하며 슬퍼하고 있었던 건 아닙니다. 나는 오히려 운명이 아샤와 나를 맺어주지 않았음을 다행이라고까지 생각했습니다. 아샤 같은 아내를 가진다면 아마도 행복하지는 못했으리라 생각하며 다소나마 위안으로 삼았던 것입니다. 그 무렵 나는 젊었으므로 미래―그 짧은, 눈 깜짝할 사이에 지나가버리는―가 그지없이 긴 것으로 생각되었던 것입니다. 한번 있었던 기회는 다시 찾아올 것입니다. 아니, 틀림없이 더 좋은, 더 멋진 일이 일어날 것이라고 나는 위안을 했습니다.

그 후 나는 여러 여자를 알게 되었습니다. 그러나 아샤에 의해서 내 가슴에 불러일으켜진 것과 같은 모정, 그 달라붙는 듯한 그리고 차분하고 깊은 모정은 두 번 다시 느낄 수가 없었습니다.

그렇습니다! 어떠한 눈도 타는 듯한 상념을 담고 가만히 나를 쏘아보던 그녀의 눈을 대신할 수는 없었습니다. 내 가슴에 매달린 어떤 여자의 가슴에도 아샤와 같은 기쁨에 찬, 온몸이 저리도록 달콤한 대답을 한 적은 없었습니다.

집도 자식도 없는 고독한 운명을 타고난 나는 목숨이 길어 쓸쓸한 세월을 보내고 있습니다만, 그러나 그녀의 편지와 시들어버린 제라늄 꽃, 그때 그녀가 창에서 내게 던져준 그 제라늄 가지를 마치 잃어버려서는 안 될 것이기라도 한 것처럼 소중히 지니고 있습니다. 그 꽃은 지금도 약간씩 향기를 풍기고 있습니다만, 그것을 내게 던져준 손, 단 한 번 이 입술을 갖다댈 수 있었던 그 손은 어쩜 이미 오래전에 무덤 속에서 썩어버렸는지도 모릅니다.

아니, 여기 있는 나 역시—나를 좀 보십시오. 대관절 내게, 그 행복한 마음을 쥐어뜯던 나날들이, 날개라도 돋친 듯했던 희망과 동경이 과연 무엇을 남겼단 말입니까. 하잘것없는 꽃의 미미한 향기조차도 인간의 모든 슬픔을 몸소 체험하고, 당사자인 인간보다도 긴 수명을 유지하는 데 말입니다.

1857년

베진 초원

　맑게 갠 날씨가 오래 계속된 다음이라야 볼 수 있는, 푸른 하늘이 유
난히 돋보이는 7월의 어느 날이었다. 이른 아침부터 하늘은 맑았다.
아침 노을은 불붙듯이 이글이글 타오르는 것이 아니라, 부드러운 붉은
빛으로 넘쳐흐른다. 태양 또한 가뭄이 든 여름날처럼 작열하는 불덩이
를 연상케 하지도 않거니와 폭풍이 오기 전처럼 흐릿한 자홍색으로 빛
나지도 않는다. 다만 엷고 명랑한 빛을 발하면서 가늘고 긴 구름 뒤에
서 서서히 헤엄쳐 나와 반짝반짝 빛나고는, 다시 연보랏빛 안개 속으
로 숨어버리고 만다. 이런 날만이 지닌 특징 있는 날씨였다. 그러자 길
게 옆으로 뻗친 구름 위 가장자리가 넘실넘실 춤을 추며 반짝이기 시
작한다. 그 섬광은 가공된 은빛과도 흡사하다. 그러나 곧 다시 춤추는
듯한 햇살이 넘쳐흐른다.

이윽고 즐거우면서도 장엄하게, 마치 하늘로 치솟듯이 거대한 발광체가 힘있게 떠오른다. 대낮이 되면 으레 둥근 뭉게구름이 여기저기 높이 떠 있게 마련이다. 중심은 금빛 도는 회색이지만 가장자리는 흰빛으로 눈부시게 빛난다. 끝없이 넘실거리는 넓은 강가에 점점이 흩어진 섬처럼 깊고 맑은 푸른 물에 둘러싸인 채 움직일 생각조차 하지 않는다. 다만 아득히 먼 지평선 근처에서는 구름들이 움직이며 몰려들어서, 이미 그 사이에서 푸르름을 찾아볼 수는 없다. 그러나 구름 자체가 하늘처럼 푸른빛을 띠고 있다. 태양의 온기와 햇살이 그 구름장을 꿰뚫고 있기 때문이다.

지평선 위의 하늘은 투명한 연보랏빛을 띤 채 하루 종일 변하지 않는다. 그 주위도 마찬가지다. 어디서도 비구름을 찾아볼 수 없으며, 소나기가 내릴 것 같지도 않다. 가끔 어디선가 푸르스름한 줄기가 위에서 아래로 내리뻗칠 때가 있으나, 그것도 간신히 느낄 수 있을 정도의 빗방울을 뿌려줄 뿐이다. 해질녘이 되면 이러한 구름들도 자취를 감추고 만다. 연기처럼 헝클어진 거무튀튀한 마지막 구름은 저물어가는 햇빛을 받아 장밋빛으로 물든다.

하늘로 떠오를 때와 마찬가지로 조용히 해가 저문 서쪽 하늘에는 잠시 동안 진홍빛의 저녁 노을이 어두워져 가는 대지를 붉게 물들여 준다. 그러자 조심스레 운반된 촛불 같은 저녁별이 수줍은 듯이 떨며 조용히 하나 둘씩 반짝이기 시작한다. 이런 날에는 모든 빛깔이 부드럽고 밝으면서도 선명하지는 않고, 어딘지 모르게 마음을 설레게 하는 상냥한 느낌을 주는 것이다. 또한 이런 날에는 몹시 더울 때도 있어서 비탈진 들판에서 무럭무럭 김이 피어오르기도 하지만, 바람이 불어서 쌓였던 무더위를 쫓아버리고 만다. 그러자 회오리바람이—일정한 날씨가 계속된다는 확실한 징조다—길고 흰 기둥처럼 솟구쳐올라서, 밭을 지나 한길 위를 맴돌며 지나간다. 메마르고 맑은 공중에는 약쑥이며, 수확한 보리며, 메밀 등의 냄새가 풍긴다. 밤이 되기 한 시간 전까지도 습기라곤 조금도 느낄 수가 없다. 농민들이 곡식을 수확하기에는 더 이상 좋은 날씨가 없는, 그야말로 안성맞춤의 날씨인 것이다.

바로 이런 날에 나는 툴라 주(州)의 체른에서 멧닭 사냥을 한 적이 있었다. 날짐승도 많이 발견되고 사냥의 성과도 좋았기 때문에, 노획물로 가득 찬 불치(총으로 잡은 새나 짐승) 주머니는 묵직하게 나의 어깨를 파고들었다. 그러나 벌써 석양의 붉은빛은 어둑어둑해지고 있었다. 이미 해가 저문 후였으므로 햇빛은 없었으나, 그래도 아직 햇빛의 반사 기운으로 환했다. 싸늘한 그림자가 점점 넓게 하늘에 퍼지자 비로소 나는 집으로 돌아갈 채비를 했다. 기다란 관목 숲을 종종걸음으로 가로질러 언덕배기로 올라갔다. 그런데 오른쪽에 조그만 참나무 숲이 있고 멀리 흰 교회가 바라보이는 낯익은 평원이 있어야 할 텐데, 내 기대와는 달리 전혀 알 수 없는 생소한 풍경이 눈앞에 펼쳐진 것이다. 발밑에는 좁다란 계곡이 길게 이어졌고, 맞은편에는 울창한 백양나무 숲이 병풍을 두른 듯 높이 솟아 있었다. 나는 어리둥절한 기분으로 걸음을 멈춘 채 주위를 둘러보았다. '저런! 아주 엉뚱한 곳으로 나왔군.

너무 오른쪽으로 왔나 보다.'

　나 자신의 뜻하지 않는 실수에 놀라면서 나는 급히 언덕을 내려갔다. 그러자 이번에는 축축하고 불쾌한 습기가 나를 둘러쌌다. 마치 움속에라도 들어온 듯한 기분이었다. 골짜기 밑바닥에는 습기에 젖은 키가 큰 풀들이 상보를 깔아놓은 듯 희뜩희뜩 무성하게 자라고 있어서, 어쩐지 그 속을 걷는다는 것조차 무시무시하게 느껴졌다. 나는 바삐 맞은편 언덕으로 올라가서는 백양나무 숲을 따라 왼쪽으로 방향을 잡으며 걸어갔다. 박쥐들이 희뿌연 하늘에 신비롭게 원을 그리며 꿈속에 잠긴 나무 위를 날아다니기 시작했다. 날이 저문 것을 뒤늦게 알았는지 매 한 마리가 둥지를 향해 바삐 서두르며 하늘 높이 날아갔다. '이제 저 숲 밖까지 가면 곧 길이 나오겠지. 1베르스타쯤이나 길을 돌았군!' 하고 나는 생각했다.

　나는 간신히 숲가에까지는 도달했으나, 그곳에도 역시 길 같은 것은 없었다. 풀을 베다 남은 듯한 나직한 덤불 숲이 광활하게 눈앞에 펼쳐지고, 저 멀리 막막한 들판이 보일 뿐이었다. 나는 다시 걸음을 멈추었다. '이건 도대체 어떻게 된 일일까? 도대체 나는 어디에 있는 것일까?' 나는 낮에 걸었던 길을 기억 속에서 천천히 더듬기 시작했다.

　"아! 이건 파리힌의 숲이다!"

　마침내 나는 이렇게 소리쳤다.

　'틀림없어! 저기 보이는 것이 신제 예보의 숲이 틀림없다. 그런데 어떻게 여기까지 오게 됐을까? 이렇게 멀리까지…… 이상한 일이군! 이

제부터 다시 오른쪽으로 길을 잡아야겠다.'

나는 여러 가지 생각을 하며 계속 걸었다. 관목 숲을 지나 오른쪽으로 걸음을 재촉했다. 그러는 사이에 어느덧 비구름처럼 밤이 다가와서 점점 짙게 퍼져나갔다. 어둠은 밤의 습기와 함께 여기저기서 솟아오를 뿐 아니라, 하늘에서 쏟아지는 비 같기도 했다. 나는 풀이 우거진 어느 좁은 길에 다다랐다. 한번도 사람의 발길이 닿은 적이 없는 듯한 깨끗한 길이다. 나는 조심스레 앞을 내다보며 길을 따라 걸음을 옮겼다. 얼마 가지 않아 주위는 완전히 어두워지고 고요해졌으며, 가끔 메추라기 울음소리가 들려왔다. 작은 새 한 마리가 힘없이 날개를 퍼덕이며 소리 없이 나직이 날다가 나에게 부딪힐 뻔하고는, 소스라치게 놀라며 방향을 바꿔 어둠 속으로 사라졌다. 나는 덤불 숲을 빠져나와 들판에 나 있는 샛길을 따라 계속해서 걸었다.

이젠 멀리 보이는 물체를 분간하기조차 어려울 정도로 깜깜해졌다. 주위의 들판이 어슴푸레 보일 뿐 그 앞에는 음침한 암흑이 거대한 덩어리를 이루며 뭉게뭉게 솟아올라서 시시각각 내 앞으로 다가오는 것이었다. 발소리가 얼어붙은 듯 움직일 줄 모르는 공기 속에서 둔탁하게 울려퍼졌다. 빛을 잃었던 하늘이 서서히 다시 푸르러졌다. 그러나 그것은 이미 밤의 푸르름인 것이다. 조그만 별들이 수없이 반짝이며 밤하늘의 푸르름 속에서 바르르 떨고 있었다.

내가 숲이라고 생각했던 곳은 어둡고 둥그런 언덕이었다.

"도대체 여기가 어딜까?"

나는 혼자 중얼거리고는, 세 번째로 걸음을 멈추고 개에게 물어보기라도 하는 듯 노란 반점이 있는 영국종 사냥개 지안카를 바라보았다. 네 발 달린 짐승 가운데서도 가장 영리하다는 이 개도 다만 꼬리를 흔들며 피곤한 눈을 끔벅거릴 뿐, 별다른 방법을 내놓지는 못했다. 나는 개에게까지 부끄러운 생각이 들어서 용기를 내서는 나갈 길을 발견하기라도 한 듯이 성큼성큼 무턱대고 앞으로 걸어가기 시작했다. 언덕을 돌자 그다지 깊지 않게 팬 낮은 지대가 나타났다. 그 주위는 온통 밭갈이가 되어 있었다. 나는 갑자기 이상한 생각에 휩싸였다. 이 우묵한 낮은 지대는 가장자리가 비스듬히 경사져서 마치 큰 솥과도 같았다. 그 밑바닥에는 몇 개의 크고 흰 돌이 우뚝우뚝 솟아—마치 그 돌은 밀담을 하려고 이곳으로 기어 내려온 것 같기도 했다—있었다. 그만큼 이 낮은 지대는 귀먹은 벙어리처럼 고요했던 것이다.

또한 위에는 평평한 하늘이 음침하게 내리덮었으므로, 나는 심장까지도 움츠러드는 기분이었다. 무엇인지 조그만 들짐승이 돌 틈바구니에서 힘없이 구슬프게 울어댔다. 나는 서둘러 언덕 위로 되돌아갔다. 그때까지만 해도 나는 집으로 돌아갈 길을 찾으리라는 희망을 잃지 않고 있었는데, 이젠 완전히 길을 잃어버렸다고 단념하고 말았다. 그래서 완전히 어둠에 잠겨버리고 만 주위의 지형을 알아보려고도 하지 않고, 다만 별을 따라 목적도 없이 되는 대로 걸었다.

나는 한 발 한 발 간신히 발을 옮겨놓으면서 30분 정도 계속해서 걸었다. 난생 처음으로 이렇게 막막한 곳을 헤매는 것 같았다. 불빛 하나

보이지 않고 개미 소리 하나 들리지 않았다. 완만하게 경사진 언덕이 연이어 나타나고, 들판은 끝없이 멀리 퍼져나가고, 덤불은 마치 갑자기 땅에서 솟아오르기라도 한 듯 불쑥 코앞에 나타나곤 했다.

나는 쉬지 않고 걸었으나, 나중엔 너무 피곤하여 날이 샐 때까지 어디 좀 누워야겠다는 생각이 들었다. 바로 그때였다. 나는 뜻밖에 무시무시한 절벽 위에 서 있는 자신을 발견했던 것이다.

나는 앞으로 내디뎠던 발을 흠칫 뒤로 물렀다. 어슴푸레 내다보이는 밤의 적막을 통해서 멀리 발밑으로 펼쳐진 넓은 평야가 눈에 들어왔다. 넓은 강이 반원형으로 굽이쳐 흐르면서 점점 멀어지고, 강물의 강철빛 물결이 때때로 우둔한 빛으로 반사되면서 강의 흐름을 알려주고 있었다.

내가 서 있는 언덕은 깎아 세운 듯한 낭떠러지였기 때문에, 그 거대한 윤곽이 푸르스름하고 공허한 하늘을 배경으로 뚜렷이 보였다. 바로 나의 발밑, 절벽과 평원이 맞닿은 구석에 움직이지 않는 검은 거울처럼 강물이 괴어 있고, 그 옆 낭떠러지 바로 밑에는 두 개의 모닥불이 빨간 불길을 뿜어내고 있었다. 그 주위에서 사람들이 움직이는 것이 보이고, 그 움직임에 따라 그림자가 흔들리고 있었다. 가끔 곱슬머리의 앞부분이 반쯤 밝게 비쳐지기도 했다.

나는 마침내 어디를 헤맸는가를 알게 되었다. 이 초원은 우리 고장에서 베진 초원이라고 불리는 유명한 곳이었다. 뒤늦게 위치를 알아냈으나 집에 돌아갈 생각은 할 수도 없었다. 캄캄한 밤중이기도 했거니와 지칠 대로 지친 다리가 말을 듣지 않았던 것이다. 나는 모닥불이 있는 곳으로 내려가기로 마음먹었다. 언뜻 보기에 가축 상인인 듯한 그들 일행과 함께 날이 새기를 기다리기로 결심한 것이었다.

나는 무사히 아래로 내려갔으나, 마지막 잡은 가지를 미처 놓기도 전에 갑자기 두 마리의 털북숭이 개가 심술궂게 짖어대며 내게로 달려왔다. 모닥불 주위에서 어린애의 낭랑한 목소리가 울리고, 두서넛의 사내아이가 황급히 땅에서 일어났다. 나는 그들이 묻는 소리에 대답하며 소리를 질렀다. 아이들은 내 옆으로 달려와서 곧 개들을 진정시켰다. 두 마리의 개는 내가 데리고 있는 지안카가 나타나자 무척 놀란 것 같았다. 나는 그들 옆으로 다가갔다.

모닥불 주위에 앉아 있는 사람들을 가축 상인이라고 짐작한 것은 나의 잘못이었다. 그들은 말떼를 지키고 있는 이웃 마을 농사꾼의 아이들이었다. 우리 고장에서는 무더운 여름밤에 말을 우리에 가두지 않고 풀어 기르는 습관이 있었다. 낮에는 파리가 귀찮게 굴기 때문이다. 저녁때 말을 몰고 나와서 동이 틀 무렵 돌아가는 것이 농사꾼 아이들에게는 둘도 없는 즐거움이었다. 그들은 맨머리에 낡은 반코트를 입고 가장 날쌘 말 등에 앉아서 즐겁게 소리치고 함성을 지르며, 손발을 흔들기도 하고 껑충 뛰어오르기도 하면서 말을 몰았다. 뿌연 먼지가 노란 기둥처럼 일어나며 한길을 따라 흘러간다. 다정한 말발굽 소리가 멀리까지 울려퍼지고, 말은 귀를 쫑긋 세우고 달려간다. 선두에는 헝클어진 갈기에 우엉 열매를 단 밤색 말이 꼬리를 높이 치켜들고 쉴새

없이 발을 바꾸며 쏜살같이 달려가는 것이다.

나는 반가운 표정을 지으며 그들에게 다가가 길을 잃었다고 말하고 그들 옆에 얌전히 앉았다. 그들은 어디서 왔느냐고 물어보곤 잠시 침묵을 지킨 채 내게 자리를 비켜주었다. 우리는 얼마 동안 이야기를 주고받았다. 나는 말이 잎을 다 뜯어먹은 관목 밑에 몸을 누이고 주위를 둘러보기 시작했다. 그것은 정말 아름다운 정경이었다. 모닥불 옆에는 둥그렇고 불그레한 빛이 반사되어 어둠을 의지한 채 금방 꺼지기라도 할 듯 가물가물 떨고 있었다. 이따금씩 불길이 확 타올라서 광권(光圈) 밖으로 반사를 던져준다. 가느다란 불빛의 혀는 앙상한 버들치를 삼켜버리고는 곧 자취도 없이 사라져버린다.

그러자 날카롭고 기다란 그림자가 순식간에 불빛 속으로 파고들면서 바로 모닥불이 있는 곳까지 공격해 온다. 어둠이 불빛과 싸우고 있는 것이다. 가끔 불길이 약해지고 광권이 좁혀지면, 어둠 속으로부터 하얀 얼룩점이 박힌 밤색 말머리며, 새하얀 말머리가 불쑥 기어나와서는 재빠르게 풀을 씹으면서 흐리멍덩한 눈초리로 우리를 바라본다. 그러나 금방 다시 고개를 떨어뜨리고 어둠 속으로 숨어버리고 만다. 다만 말이 풀을 씹는 소리와 콧바람 소리가 들려올 뿐이다.

모닥불이 비치는 연못에서는 어둠 속에서 하는 일을 분간하기 어려웠다. 그래서 바로 옆에 있는 물건까지도 검은 장막을 드리운 것처럼 잘 보이지 않는다. 그러나 멀리 떨어진 지평선 근처의 숲이나 언덕은 기다란 반점처럼 희미하게 보였다. 캄캄하지만 맑게 갠 밤하늘은 자신의 신비로운 아름다움을 지닌 채 우리 머리 위에 끝없이 높이 장엄하게 펼쳐져 있다. 러시아의 여름밤 공기, 말할 수 없이 상쾌한 밤 냄새를 들이마시면 가슴이 달콤하게 조여드는 듯한 심정이 된다. 주위에서는 아무런 소음도 들려오지 않는다. 다만 가까운 강에서 첨벙첨벙 큰 물고기가 뛰는 소리와 강가의 갈대가 밀려오는 물결에 흔들리며 살랑살랑 속삭이는 소리, 모닥불이 타닥타닥 소리를 내며 조용히 타고 있을 뿐이다.

아이들은 모닥불 주위에 앉아 있었다. 내게 달려들던 두 마리의 개 역시 그 옆에 앉아 있었다. 개들은 아직까지도 내가 옆에 있는 것이 못마땅한 듯이 졸린 눈을 가늘게 뜬 채 흘깃흘깃 모닥불을 곁눈질하고, 때때로 유난히 거만한 표정을 지으면서 으르렁대기도 한다. 처음 얼마 동안은 으르렁대기만 했으나, 나중에는 자기 마음대로 할 수 없는 것이 안타까운 듯 가느다란 소리로 낑낑거리는 것이었다. 소년들은 모두 다섯 명—페챠, 파블루샤, 일류샤, 코스챠, 바냐—이었다.(그들의 대화에서 나는 이 소년들의 이름을 알게 되었다. 이제 독자들에게 이 소년들을 차례차례 소개하기로 하겠다.)

먼저 제일 손위인 페챠는 열서너 살쯤 되어 보였다. 균형 잡힌 몸매에 얼굴은 좀 작았지만, 아름답고 섬세한 윤곽을 가진 소년이었다. 아맛빛 머리는 곱슬곱슬하고 눈은 빛났으나, 항상 미소를 머금고 있는 표정은 즐겁게도 보이고 좀 어설프게 보이기도 했다. 여러 가지로 짐작해 보건대, 그는 유복한 집안에서 자란 아이 같았고, 말을 몰고 들에

나온 것도 생활을 돕기 위해서가 아니라 단지 재미 삼아 나온 것 같았다. 그는 가장자리가 노란 알록달록한 무명 셔츠를 입고 있었는데, 조그만 새 외투는 소매를 걸치지 않은 채 그의 가냘픈 어깨에 살짝 얹혀 있었다. 푸른 혁대에는 조그만 머리 빗 하나가 매달려 있고, 목이 짧은 장화는 아버지한테서 물려받은 것이 아니라 자기 것임이 분명해 보였다.

두 번째로 파블루샤라는 소년은 헝클어진 검은 머리카락에 잿빛 눈을 하고 있으며, 광대뼈가 넓고 창백한 얼굴에는 마마 자국이 있었다. 입은 큰 편이나 윤곽은 뚜렷했고, 머리는 흔히 말하는 광주리처럼 크고, 작달막한 키에 정말 볼품이 없었다. 이 소년은 어디로 보나 용모가 깨끗하지는 못했다. 그렇지만 나는 그 애가 무척 마음에 들었다. 영리하면서도 정직해 보였으며, 목소리에는 힘이 넘쳐흘렀다. 그의 옷차림도 남에게 자랑할 만한 게 못 되었다. 몸에 걸치고 있는 것은 거친 대마(大麻)로 만든 셔츠와 누덕누덕 기운 바지뿐이었다.

세 번째 소년 일류샤는 아주 못생긴 편으로, 매부리코에 눈에는 총기가 없고 얼굴은 길게 늘어난 것 같았다. 다시 말해서 모든 것이 어딘지 모자라고 병적인 불안함을 보여주고 있었다. 굳게 다문 입술은 좀처럼 움직이지 않고 찌푸린 눈썹도 퍼지는 법이 없었다. 마치 불이 눈부셔서 언제나 실눈을 뜨고 있는 것 같았다. 거의 흰빛에 가까운 노란 머리카락은 항상 귀밑까지 끌어내리고 있는 페르트 모자 밑으로 비죽 튀어나와 있었다. 그는 새 짚신을 신고 발감개를 했으며, 허리를 세 바퀴나 감은 두꺼운 노끈은 깨끗한 검은색 옷을 간단하게 졸라매고 있었다. 그와 파블루샤는 열두 살을 넘지 않은 것 같았다.

네 번째 소년 코스챠는 열 살쯤 되어 보였는데, 생각에 잠긴 듯하면서도 수심에 찬 눈초리가 나의 호기심을 끌었다. 바짝 여윈 조그마한 얼굴은 주근깨투성이고 다람쥐처럼 아래턱이 날카로워 보였다. 입술은 간신히 눈에 보이는 정도로 얇았으나, 그 대신 빛이 넘쳐흐르는 크고 검은 눈은 신비로운 인상을 주었다. 분명히 그 눈은 무슨 말인가를 하고 싶어하는 듯이 보였으나, 적어도 자기 혀로는 마음속의 감정을 표현해 낼 수가 없을 것 같았다. 작은 키에 몸이 약해 보이고, 옷차림도 매우 허술했다.

마지막 소년 바냐는 처음에는 내 눈에 띄지도 않았다. 그는 너절너절한 거적 밑에 조용히 몸을 구부린 채 땅바닥에 누워 있었다. 이따금 아맛빛 곱슬머리를 거적 밖으로 내밀 뿐이었다. 이 소년은 기껏해야 일곱 살 정도밖에 안 되어 보였다.

이렇게 나는 조금 떨어진 관목 밑에 누워서 아이들의 모습을 바라보고 있었다. 한쪽 모닥불 위에는 조그만 냄비가 얹혀져 있고, 그 안에서 감자가 익어가고 있었다. 파블루샤는 무릎을 꿇은 채 끓는 물 속의 감자를 나뭇가지로 찔러보고 있었다. 페챠는 외투 자락을 펼치고 턱을 괸 채 누워 있었다. 일류샤는 코스챠와 나란히 앉아 있었지만 여전히 눈을 가늘게 뜨고 있었고, 코스챠는 약간 머리를 숙이고 어딘지 먼 곳을 바라보고 있었다. 바냐는 거적을 뒤집어쓴 채 움직이지 않았다. 나는 일부러 자는 척했다. 아이들은 다시 이야기를 하기 시작했다.

처음에는 내일 할 일과 말에 대한 이야기들을 하며 이것저것 지껄이고 있었으나, 갑자기 페챠가 일류샤 쪽을 바라보며 아까 하던 이야기를 계속하려는 듯이 이렇게 물었다.

"그래, 정말 넌 귀신을 보았니?"

"아냐, 보진 못했어. 사실 그건 볼 수도 없어."

일류샤는 쉰 목소리로 나직하게 대답했지만, 그 목소리는 그의 얼굴 표정과 너무나도 잘 어울렸다.

"난 소리를 들었을 뿐이야. 그것도 나 혼자만 들은 게 아니지."

"도대체 귀신이 어디에 있단 말이니?"

"낡은 제지 공장에 있어."

"그럼 넌 공장에 다니니?"

"물론이지. 난 형 아브쥬시카하고 제지 공장에서 일하고 있어."

"아, 넌 공장 직공이었구나!"

"그래, 그런데 어떻게 귀신 소릴 들었다는 거야."

페챠가 입을 열었다.

"내 말을 좀 들어봐. 나는 형 아브쥬시카와 표트르 미헤예브스키, 이바시카 코소이와 '붉은 언덕'에서 온 또 한 사람의 이바시카, 이바시카 수호루코브이 그리고 거기 있던 다른 애들과 함께 공장에 있게 됐어. 모두 열 명 가량의 당번이 제지 공장에서 밤을 새우게 된 거야. 그렇다고 언제나 공장에서 자는 것은 아니야. 그날 따라 감독 나자로프가 '너희들 오늘 밤엔 집에 갈 필요가 없다. 내일 할 일이 태산 같으니 집에 가지 않는 것이 좋을 거야.' 라면서 붙잡아둔 거야. 하는 수 없이 남아서 모두 함께 드러누워 있노라니 아브쥬시카가 이런 말을 하지 않겠어? '얘들아, 귀신이 나타나면 어떡하지?' 그런데 아브쥬시카가 미처 말을 끝맺기도 전에 누군가가 갑자기 우리 머리 위를 걸어가기 시작했어. 우린 아래층에 누워 있었는데, 그자는 위층에서 물방아 쪽으로 걸어가고 있는 거야. 가만히 귀를 기울여 들어보니, 그놈이 걸음을 옮길 때마다 판자가 휘며 삐걱거리는 소리가 났어. 우리 머리 위를 다 지나가자, 갑자기 물이 쏴아 흘러내리더니 물방아가 덜컹거리며 돌기 시작하는 거였어. 수문은 굳게 닫혀져 있었는데 말야. 우리는 도대체 누가 수문을 열고 물을 떨어뜨렸을까 이상하게 생각했지만, 물방아는 잠시 빙글빙글 돌고는 뚝 멈춰버렸어. 그러고 나서 조금 있다가 2층에서 다시 발소리가 들리더니 이번에는 층계를 따라 내려오는 것이 아니겠니? 이렇게 천천히 말야. 층계가 유령의 발밑에서 우지직거리는 소리를 냈어. 그 소리가 드디어 우리 방문 앞까지 가까이 들리더니 잠시 후 갑자기 문이 활짝 열려버렸어. 모두 깜짝 놀라서 문을 바라보았지만, 아무것도 보이지 않았어. 그런데 또 갑자기 물통 옆에 있던 그 물주걱이 움직이며 위로 들려지는가 했더니 물통 속에 담겨지고, 마치 누가 흔들기라도 하듯이 공중에 뜬 채 좌우로 왔다갔다하다가 다시 제자리로 돌아갔어. 다음엔 또 다른 물통의 갈고리가 못에서 벗겨졌다가는 다시 못 위에 걸렸어. 그러고는 이번엔 누군가가 문 옆으로 와서 갑자기 기침을 하기 시작하는 거야. 마치 양의 울음소리처럼 큰소리로 말야. 우린 모두 한덩어리가 되어 서로의 몸 밑으로 마구 파고들었지. 정말 얼마나 무서웠는지 몰라!"

"저런!"

파벨(파블루샤의 본명)이 말했다.

"그런데 왜 기침을 했을까?"

"모르겠어. 아마 습기 때문일지도 모르지."

잠시 모두들 말이 없었다.

"어때, 감자가 다 익었니?"

페챠가 물었다. 파벨이 감자를 쿡쿡 찔러보았다.

"아니, 아직 덜 익었어. 저것 봐, 물고기가 뛰는구나."

강 쪽을 바라보며 파벨이 말했다.

"아마 꼬치고기일 거야. 아, 저기 별똥이 떨어졌다."

아이들 모두 별똥이 떨어진 곳을 향해 고개를 돌렸다.

"그럼 이번엔 내가 이야기할게."

코스챠가 가냘픈 목소리로 잠깐 동안의 침묵을 깨고 말했다.

"요전에 우리 아버지가 들려준 이야긴데 잘 들어봐."

"그래 어서 해봐."

페챠는 마치 형님 같은 표정으로 말했다.

"너희들, 가브릴라를 알고 있지? 동네 목수 말이야."

"그래, 알아."

"그렇다면 그 사람이 왜 늘 우울하고 말이 없는지 그 이유를 알고 있니? 거기엔 이런 이유가 있다더라. 아버지 말씀에 의하면, 어느 날 그는 호두를 주우러 숲으로 갔다는 거야. 그런데 숲에서 그만 길을 잃어버렸대. 한참을 이리저리 헤매다가 엉뚱한 곳으로 들어갔나 봐. 걷고 또 걸어도 도저히 길을 찾을 수 없었지. 그러는 사이에 벌써 밤이 되어서 그는 날이 샐 때까지 기다리기로 하고 어느 나무 밑에 앉아 있었는데, 앉자마자 곧 잠이 들어버렸던 거야. 그렇게 한참을 자고 있는데 갑자기 누군가가 자기를 부르더라는 거야. 눈을 떠보니 아무도 없더래. 그래서 잘못 들었나 하고는 다시 잠들려고 하는데 또 누가 부르는 거야. 다시 눈을 떠보니, 바로 앞에 있는 나뭇가지 위에 루살카(물의 요정)가 앉아서 몸을 흔들면서 목수를 부르고 있지 않겠어? 게다가 숨이 막힐 정도로 큰소리로 웃기까지 하면서 말이야. 그런데 달빛이 마치 대낮처럼 밝아서 무엇이든지 환히 보이더라는 거야. 루살카는 여전히 목수를 부르고 있었는데, 온몸이 투명하듯 새하얘서 나뭇가지에 앉아 있는 모습이 마치 잉어나 뱅어, 아니면 붕어처럼 은빛으로 빛나더래. 목수는 제정신이 아니었었나 봐. 그런데도 루살카는 여전히 깔깔거리고 손짓을 하며 가브릴라를 부르더래. 얼빠진 목수는 자리에서 일어나 루살카 가까이 다가가려고 하는데 아마 그 때 하느님이 지혜를 주셨는지 그는 재빨리 가슴에 성호를 그었대. 그런데 성호를 긋는 것이 무척 힘이 들었다는 거야. 손이 마치 돌처럼 무거워 말을 안 듣더래. 어때, 굉장하지? 간신히 성호를 긋자, 그제야 루살카는 웃음을 멈추고 별안간 엉엉 울더래. 요정은 울면서 자신의 머리카락으로 눈물을 닦고 있었는데, 그 머리털이 또한 대마처럼 새파랗더래. 가브릴라는 유심히 그 모습을 바라보다가, '야, 물귀신아. 넌 왜 우는 거야?'라고 물었더니, 물의 요정은 '당신이 성호만 긋지 않았던들, 당신은 나하고 영원히 재미있게 살 수 있었을 거예요. 그런데 당신이 성호를 그었기 때문에 재미있게 지낼 수가 없게 되었잖아요. 나는 그것이 슬퍼서 울고 있는 거예요. 하지만 저 혼자만 슬퍼하진 않겠어요. 당신 역시 영원히 슬픔에 빠지게 만들 테니까요.'라고 대답하고는 어디론가 가버리고 말았대. 잠시 후 목수도 숲을 빠져나올 수 있었대. 그런데 그 후부터 지금까지 목수는 언제나 침울한 얼굴을 하고 있다는 거야."

"그랬구나……."

페챠는 잠시 침묵을 지키고 나서 이렇게 말했다.

"하지만 어떻게 그런 산귀신 같은 것이 그리스도교 신자의 영혼을 괴롭힐 수 있을까. 어쨌든 가브릴라가 귀신의 말을 듣지 않은 건 사실 아냐?"

"아, 그리고 말야."

코스챠가 말했다.

"가브릴라의 말에 의하면 루살카의 목소리는 매우 가냘프고 슬퍼서, 마치 두꺼비의 울음소리 같다는 거야."

"네 아버지가 그런 말씀을 다 하셨어?"

페챠가 말했다.

"그래, 난 선반에 누워서 끝까지 들었어."

"이상한 일이야! 어째서 침울하게 지내야 할까? 그러고 보면 물의 요정은 목수가 마음에 들었던 모양이지? 그래서 불렀을 거야."

"그래, 마음에 들었을 테지."

일류샤가 맞장구를 쳤다.

"물론이지! 물귀신들은 모두 그런 수법을 쓴다니까."

"그럼 여기에도 물의 요정이 있을지 모르겠다."

페챠가 말했다.

"아니야."

코스챠가 대답했다.

"여기처럼 이렇게 깨끗하고 넓은 덴 없는 법이야. 하긴 강이 옆에 있으니 혹시 모르지."

모두 잠시 입을 다물었다. 그때 갑자기 어디선가 멀리서 신음하는 듯한 소리가 길게 끌면서 울려왔다. 그것은 가끔 깊은 고요함 속에서 일어나곤 하는 신비로운 밤의 소리였다. 그 소리는 위로 올라가서 잠시 공중에 머물렀다가는 조용히 퍼지면서 사라지는 것이었다. 귀를 기울여 들어봐도 아무 소리도 들리지 않지만, 그래도 여전히 이상한 메아리가 울려오는 것이다. 그것은 마치 누군가가 머나먼 지평선 바로 아래에서 길게 고함을 지르면 다른 사람이 산림 속에서 날카롭고 가느다란 웃음소리로 대답하는 것 같기도 하고, 가냘픈 메아리가 강 위를 달려가는 것 같기도 했다. 아이들은 서로 마주보고 부르르 몸을 떨었다.

"우리에겐 하느님이 계셔!"

일류샤가 속삭였다.

"에잇, 겁쟁이들!"

파벨이 외쳤다.

"뭘 떨고 있어? 봐, 감자가 다 익었다."

아이들은 모두 냄비에 둘러앉아 김이 무럭무럭 나는 감자를 먹기 시작했다. 그러나 바냐만은 옴짝달싹하지 않았다.

"아니, 넌 왜 안 먹어?"

파벨이 의아하다는 듯 물었다. 그래도 바냐는 거적 밑에서 나오려고 하지 않았다. 그러는 사이 냄비는 눈 깜짝할 사이에 텅 비고 말았다.

"애들아, 너희들 아니?"

일류샤가 말을 꺼냈다.

"며칠 전 바르나츠이에서 있었던 일 말이야."

"둑에서 생긴 사건 말이지?"

페챠가 안다는 듯 되물었다.

"그래, 그래. 그 무너진 둑에서 일어났던 일 말이야. 거긴 정말로 도깨비가 나올 정도로 음침하고 으스스한 곳이야. 사방에는 웅덩이와 골짜기투성이고, 골짜기 앞에는 언제나 뱀이 들끓고 있어."

"무슨 일이 있었는데? 얘기해 봐……."

"이런 일이 있었단다. 페챠, 넌 아마 모를 테지만, 거기엔 물에 빠져 죽은 사람의 무덤이 있어. 아주 오래전에 빠져 죽은 사람이래. 그 때만 해도 꽤 깊었나 봐. 지금도 그 무덤이 보이긴 하지만, 거의 없어지고 흙이 조금 덮여 있을 뿐이야. 그런데 며칠 전에 말야, 저택의 관리인이 사냥개지기 예르밀을 불러서 '예르밀, 우체국에 다녀와라.' 하고 말했대. 예르밀은 언제나 우체국에 갔다오는 것이 일이었지. 자기가 관리하고 있던 개가 모두 죽었기 때문이야. 어떻게 된 셈인지 그 사람 손에만 가면 개가 배겨나질 못한다는 거야. 그렇지만 그는 실력있는 개지기였지. 솜씨도 대단했고. 어쨌든 예르밀은 말을 타고 우체국으로 떠났어. 그런데 시내에 머무르면서 술을 마신 탓에 돌아올 때는 제법 취해 있었다는 거야. 밤이긴 해도 주위는 달빛 때문에 환했지. 예르밀은 둑을 건너가게 됐어. 길이 둑으로 나 있었기 때문이지. 그런데 예르밀이 둑을 건너가려니까 물에 빠진 사람의 무덤 위에 조그만 양이 보이지 않겠어? 예쁘장하고 털이 곱슬곱슬한 흰 새끼 양 한 마리가 무덤 위를 걷고 있었던 거야. 그때 예르밀은 '저놈을 잡아야지, 내가 안 잡아도 다른 사람 손에 잡히고 말 테니.' 이렇게 생각하고 말에서 내려 새끼 양을 두 손으로 안아 올렸대. 그랬더니 새끼 양은 반항하지 않고 가만있더라는 거야. 예르밀이 그 양을 안고 말이 있는 데로 오니 말은 투레질을 하며 그를 피하고 자꾸만 목을 흔들더래. 그래도 간신히 말을 달래서 새끼 양을 안은 채 말을 타고 갔다지 뭐야. 예르밀은 양을 가슴에 안고 뿌듯한 마음으로 길을 가다가 잠시 양을 내려다보았더니, 글쎄 양도 물끄러미 예르밀의 얼굴을 바라보고 있더라는 거야. 개지기 예르밀은 기분이 좋지 않았대. '새끼 양이 사람의 얼굴을 바라보다니 도대체 모를 일이군.' 예르밀은 이렇게 생각했지만, 별로 관심을 기울이지 않고 털을 쓰다듬어주면서 '바샤, 바샤(러시아 말로 양을 부르는 소리).' 하니까 새끼 양이 갑자기 이를 드러내고, 똑같이 '바샤, 바샤.' 하더라는 거야."

일류샤가 이 마지막 말을 마치자마자 갑자기 두 마리의 개가 벌떡 일어나더니 사납게 짖어대면서 어둠 속으로 달려갔다. 아이들은 모두 깜짝 놀랐다. 바냐도 거적 밑에서 벌떡 일어나 앉았다. 파벨은 크게 소리를 지르며 개를 뒤쫓아갔다. 개 짖는 소리가 순식간에 멀어졌다. 이윽고 겁에 질린 듯한 말들이 우왕좌왕 뛰어다니는 소리가 들려왔다. 파벨은 큰 소리로 "세르이! 쥬치카!" 하고 개를 불렀다. 잠시 후 개 짖는 소리가 멎고 파벨의 목소리만이 멀리서 들려올 뿐이었다.

그로부터 잠시 시간이 흘렀다. 아이들은 무슨 일인지 궁금하다는 듯이 어리둥절한 눈초리로 서로의 모습을 더듬고 있었다. 그때 갑자기 말이 달려오는 소리가 나더니, 이내 모닥불 옆에서 멈춰 섰다. 파벨은 말갈기에 손을 대고 사뿐히 말에서 뛰어내렸다. 두 마리의 개도 역시 모닥불 앞으로 달려와서 빨간 혓바닥을 내밀고 헐떡이며 털썩 주저앉았다.

"무슨 일이야? 도대체 뭔데?"

아이들이 동시에 물었다.

"아무것도 아냐."

파벨은 가볍게 손을 흔들며 말했다.

"개들이 무슨 냄새를 맡았나 봐. 난 승냥인 줄 알았지."

그는 가슴 가득히 숨을 몰아쉬며 침착한 목소리로 이렇게 덧붙이는 것이었다.

나는 나도 모르게 파벨의 그러한 모습에 반하고 말았다. 이 순간 그의 모습은 정말 아름다웠다. 그 못생긴 얼굴은 황급히 말을 달린 탓으로 생기가 넘쳐흐르고, 가슴은 사내다운 용감한 의지와 꿋꿋한 결단성으로 불타고 있었다. 손에 막대기 하나 없이, 더구나 밤중에 단신으로 조금도 주저함 없이 늑대를 쫓으려고 말을 몰았던 것이다.

'정말 훌륭한 아이로군!'

나는 그를 보며 생각했다.

"너희들은 늑대를 본 적이 있니?"

겁 많은 코스챠가 물었다.

"그런 건 여기 얼마든지 있어." 하고 파벨이 대답했다.

"하지만 그놈들이 날뛰는 건 겨울뿐이야."

그는 다시 모닥불 앞에 등을 구부리고 앉았다. 땅에 앉아서 그는 텁수룩한 개의 목에 손을 얹었다. 그러자 개는 기쁘고 자랑스러운 표정으로 파벨의 옆모습을 바라보며, 언제까지나 목을 움직이려 하지 않고 가만히 웅크리고 앉아 있었다.

바냐는 다시 거적 밑으로 기어 들어갔다.

"그런데 일류샤, 네가 한 말은 정말 무시무시하구나."

페챠가 말문을 열었다. 그는 유복한 농민의 아들답게 분위기에 맞게 장단을 맞출 줄 알고 있었다. 그러면서도 혹시 품위를 잃지 않을까 두려운 듯이 그다지 말을 많이 하지는 않았다.

"아까 개가 짖어댄 것도 도깨비의 장난인가 봐. 그래, 나도 들은 말이지만 거긴 도깨비가 나오는 곳이라지 않아?"

"바르나츠이 말이니? 그래! 거긴 정말 도깨비가 나오고도 남을 거야! 거기선 벌써 여러 번 옛 주인—돌아가신 전 주인—을 본 사람 이 있다는 거야. 트로피무치 영감도 언젠가 한번 만난 적이 있대. 그가 '이반 이바누치 나리, 땅에서 무엇을 찾고 계십니까?' 하고 물으니……."

"그 영감이 그렇게 물었대?"

페챠가 깜짝 놀라며 말을 가로챘다.

"그래, 그렇게 물었다는 거야."

"그렇다면 트로피무치 영감은 정말 용감한 사람이구나. 그래, 나리가 뭐라고 말하더라니?"

"절단초(切斷草 : 자물쇠를 여는 능력을 가졌다는 풀)를 찾고 있다고 말했는데, 그 '절단초'라고 말하는 목소리가 아주 나지막하게 구르는 소리로 들리더래. '도대체 절단초를 찾아서 뭘 하시렵니까? 이반 이바누치 나리.' 하고 다시 물으니까 '무덤이 자꾸 나를 누르고 있어. 트로피무치. 너무 짓누르기 때문에 답답해서 밖으로 빠져나오려고 하는 거야.'라고 하더래."

"저런!"

페챠가 가볍게 몸을 떨면서 말했다.

"좀더 살고 싶은 모양이지? 거 참, 이상하구나!"

코스챠가 대꾸했다.

"난 만성절(萬聖節)이 아니면 죽은 사람을 보지 못하는 줄 알았는데……."

"죽은 사람은 아무때라도 볼 수 있는 거야."

일류샤가 자신 있는 어조로 말했다. 지금까지 지켜본 바에 의하면 이 아이는 누구보다도 마을의 전설에 대해 잘 알고 있는 것 같았다.

"하지만 만성절에는 살아 있는 사람도 그 해에 죽을 사람을 볼 수 있어. 밤에 교회의 현관에 앉아서 물끄러미 한길 쪽을 바라보고 있기만 하면 되는 거야. 그 해에 죽을 사람이라면 반드시 교회 옆 한길을 지나치게 마련이거든. 울리야나 노파도 작년에 교회 현관에 갔었다는 거야."

"그래서 누구를 보았대?"

코스챠가 호기심 어린 표정으로 물었다.

"물론이지. 처음엔 무척 오랫동안 앉아서 기다렸는데, 아무도 보이지 않고 말소리도 들리지 않더래. 다만 어디선가 개 짖는 소리만 들리더라는 거야. 그런데 갑자기 셔츠 바람의 사내아이가 한길에 나타나더래. 자세히 보니 이바시카 페도세프였다는 거야."

"올 봄에 죽은 아이 말이니?"

페챠가 눈을 동그랗게 뜨며 물었다.

"그래, 그 이바시카 말이야. 고개를 푹 숙이고 터덜터덜 걸어오고 있었대. 그래도 울리야나는 누구라는 걸 금세 알 수 있었나 봐. 그런 데 다시 한길을 보니, 이번엔 노파가 걸어오더라는 거야. 울리야나가 자세히 바라보니, 하느님 맙소사! 길을 걸어오고 있는 노파는 바로 자기 자신이더래. 바로 울리야나 자신 말이야."

"아니, 그런 일이 있을 수 있을까?"

페챠가 의심스럽다는 듯이 말했다.

"정말이야. 울리야나 자신이었대."

"그럼 어떻게 된 거야? 울리야나는 아직 죽지 않았잖아."

"그야, 아직 일년이 다 지나지 않았으니까. 그러나 지금은 송장이나 다름없이 지내고 있잖아."

아이들은 다시 입을 다물었다. 파벨은 나뭇가지를 한줌 불에다 던졌다. 나뭇가지는 확 타오르는 불길 속에서 새까맣게 그을어갔다. 탁탁 소리를 내면서 꺼멓게 타버린 나뭇가지 끝이 고개를 들고 꿈틀거리기 시작했다. 불빛의 반사는 경련하듯이 떨면서 사방으로 퍼졌는데, 특히 위로 많이 그랬다. 갑자기 어디서 왔는지 흰 비둘기 한 마리가 반사되는 불빛 속으로 날아들었다. 비둘기는 타는 듯한 불빛을 온몸 가득히 받으면서 잠시 한 곳에서 빙글빙글 맴돌다가 날개를 퍼덕이며 사라졌다.

"아마, 자기 둥지에서 빠져나온 모양이지."

파벨이 말했다.

"이제 뭔가에 부딪힐 때까지 날아다닐 거야. 그리고 부딪힌 그곳에서 밤을 새울 거야."

"얘, 파벨!"

코스챠가 말했다.

"아까 그 비둘기는 정직한 사람의 혼이 하늘로 올라가는 것이 아닐까?"

파벨은 또 한줌의 나뭇가지를 불에 던졌다.

"……아마 그럴는지도 모르지."

한참 후에 그는 이렇게 말했다.

"그런데 파벨."

페챠가 또다시 입을 열었다.

"너의 샬라모모 마을에서도 하늘의 전조(前兆 : 농민들이 일식을 일컫는 말)가 보였니?"

"해가 보이지 않았던 것 말이지? 물론 보였다마다."

"너희들도 무척 놀랐지?"

"뭐, 놀란 건 우리만이 아냐. 그전부터 징조가 있을 거라고 말해 오던 주인 나리도 막상 날이 어두워지니까 먼저 겁을 집어먹더라고. 이건 사실이야. 그리고 하녀 방에 있던 식모 할머니는 해가 없어지기 시작하자, 별안간 부젓가락으로 병이란 병을 모조리 때려 깨뜨리고는 난로 속에 처박았다는 거야. '말세가 왔는데 누가 이런 걸 먹는단 말이

262

냐.' 하면서 말이야. 그래서 수프가 막 쏟아지는 등 난리가 아니었어. 그때 우리 마을엔 또 이런 소문도 돌았어. 하얀 늑대가 마을을 돌아다니면서 사람을 잡아먹는다느니, 독수리와 매 같은 사나운 날짐승이 덮친다느니, 무서운 트리시카의 모습이 나타난다느니 하는 소문들 말이야."

"그 트리시카라는 게 뭔데?"

코스챠가 물었다.

"그것도 모르니?"

일류샤는 흥분해서 말을 받았다.

"트리시카를 모르다니, 도대체 넌 어디서 왔니? 너희 동네 사람들은 우물 안의 개구리와 다름없이 아무것도 모르는가 보구나! 트리시카라는 건 말야, 언젠가 한번은 이 세상에 나타날 괴물로 굉장히 이상한 놈이지. 그래서 손으로 잡을 수도 없거니와 손을 댈 수도 없대. 정말 이상한 괴물이지. 이를테면 그리스도교 신자들이 그놈을 잡으려고 참나무 몽둥이를 들고 에워싸면 괴물은 곧 사람들의 눈을 멀게 한대. 아무것도 보이지 않으니 괴물을 잡기 위해 에워쌌던 사람들은 도리어 자기 동료들을 때리게 되지. 감옥 속에 가두어도 그 괴물은 물이 먹고 싶다고 주걱 같은 것을 갖다달라고 해. 그러고는 그 주걱 속으로 기어 들어가서 흔적도 없이 사라지고 만대. 쇠사슬로 묶어도 그놈이 손바닥만 치면 당장 풀려나고 만다는 거야. 이런 트리시카가 마을과 거리를 돌아다니는 거지. 그놈은 아주 장난을 좋아해서 그리스도교 신자들을 아주 곤란하게 만들기 일쑤야. 그래도 사람들은 어떻게 할 도리가 없어. 그저 당하고 있을 뿐이야. 그야말로 교활한 괴물이라고 할 수 있지."

"정말."

파벨은 참착한 어조로 다시 말을 이었다.

"결국 우리 마을에선 그놈을 기다리고 있었던 거야. 노인들은 하늘의 전조가 시작되는 즉시 트리시카가 온다고 했어. 드디어 하늘의 전조가 시작됐어. 마을 사람들은 모두 한길과 들판으로 뛰쳐나가서 다음에 일어날 일을 기다렸지. 너희들도 알겠지만 우리 마을은 훤히 트인 넓은 곳에 있잖아. 그래, 모두들 마을 쪽을 바라보고 있는데 갑자기 이웃 마을 쪽에서 이상하게 생긴 사람 하나가 산비탈을 내려오는 거야. 이렇게 무서운 머리를 한 사람을 보는 순간……, 모두들 '야아, 트리시카가 온다! 트리시카가 온다!' 고 비명을 지르며 제각기 도망들을 쳤지. 촌장은 도랑 속으로 기어 들어가고, 촌장 마누라는 대문 옆에서 어쩔 줄을 모르고 소리만 질렀지. 얼마나 큰소리로 외쳤는지 마당에 있던 개까지 놀라서 쇠사슬을 끊고 울타리를 넘어 숲으로 도망갔어. 쿠지카의 아버지 도로폐치는 귀리밭에 들어가 앉아서는 메추라기처럼 우는 흉내를 내면서, '설마 사람을 죽이는 악마라도 메추라기는 죽이지 않을 테지.' 하고 울었지. 이런 식으로 마을은 온통 쑥대밭이 되고 말았어. 그런데 어처구니없게도 이상한 사내는 바로 우리 마을에 사는 비빌라였단다. 나무 항아리를 새로 사가지고 오는 길에 그걸 머리에 쓰고 왔던 거야."

아이들은 모두 한바탕 깔깔거리며 웃어댔다. 그리고 다시 한동안 침묵이 흘렀다. 나는 주위를 둘러보았다. 몸을 짓누르는 듯한 장중한 밤이 주위를 지배하고 있다. 늦저녁의 습기 찬 냉기는 한밤중이 되자 건조하고 훈훈해졌다. 이 훈훈한 공기는 잠들어 있는 들판 위에 오랫동안 머물러 있었다.

동이 틀 무렵이었지만 새의 속삭임 소리가 들리고, 이슬이 내리기까지는 아직 시간이 많이 남아 있었다. 하늘에는 달도 이미 사라지고 없었다. 달이 늦게 뜨는 시기였다. 헤아릴 수 없이 많은 은빛 별들은 끊임없이 반짝이면서 조용히 은하수 쪽으로 흘러가는 것처럼 느껴졌다. 그 별들을 바라보고 있노라면 쉬지 않고 움직이고 있는 지구의 움직임이 희미하게나마 느껴지는 듯했다. 그런데 갑자기 이상하면서도 병적인 외침이 두 번쯤 계속해서 강 쪽에서 들려왔다. 그러다 잠시 후엔 좀 더 멀리서 들려왔다.

코스챠는 겁먹은 표정을 지으며 몸을 부르르 떨었다.

"저건 무슨 소릴까?"

"저건 황새가 우는 소리야."

파벨이 침착한 어조로 대답했다.

"황새?"

코스챠가 되풀이 말했다.

"그러면 파벨, 내가 어젯밤에 들은 소리는 무슨 소리일까?"

그는 잠시 말이 없다가 이렇게 속삭였다.

"너는 아마 알 거야……."

"무슨 소릴 들었는데?"

"난 어젯밤 돌산에서 샤시키노로 가던 중이었는데, 처음엔 마을의 호두나무 숲을 지나고 다음에는 초원을 걸어갔어. 저 골짜기 속에 있는 가파르게 구부러진 길 말야. 거기엔 여름에도 마르지 않는 물구덩이가 있잖아? 너도 알겠지만, 거기엔 또 갈대가 빽빽이 우거져 있지. 내가 그 물구덩이 옆을 지나려니까 갑자기 물구덩이 속에서 누군가의 신음 소리가 들려오는 거야. 아주 애원하듯이 슬프게 '우— 우—우— 우—' 하고 말야. 난 오싹 소름이 끼쳤어. 생각해 봐. 시간도 늦은데다가 그렇게 소름 끼치는 신음을 내니 말야. 정말 울고 싶은 심정이었어. 그런데 그건 무슨 소리였을까?"

"재작년 여름, 그 물구덩이에다 도둑놈들이 산림지기 아킴을 빠뜨려 죽였지."

파벨은 아무렇지도 않은 듯 말했다.

"그래서 그의 넋이 울고 있었는지도 몰라."

"아, 정말 그럴지도 모르겠다."

언제나 커다란 눈을 부릅뜨는 코스챠가 맞장구를 치며 말했다.

"난 그 물구덩이에서 아킴이 빠져 죽었다는 걸 몰랐어. 그것만 알았어도 그렇게 무섭지는 않았을 텐데."

"아니면 조그만 개구리였을지도 모르지."

파벨이 말을 이었다.

"그렇게 처량하게 우는 개구리가 가끔 있거든."

"개구리라고? 아냐, 분명 개구리는 아니었어. 개구리는 그렇게 울지 않아."

그때 강 위에서 황새가 다시 울었다.

"에잇, 제기랄!"

코스챠가 얼떨결에 내뱉었다.

"마치 숲귀신이 우는 것 같다."

"숲귀신은 울지 않아. 그놈은 벙어리인걸."

일류샤가 말을 받았다.

"숲귀신은 손바닥을 치고, 나뭇가지만 꺾을 뿐이야. 그 이상은 아무 짓도 하지 못해."

"그럼 네가 그 귀신을 보기라도 했단 말이니?"

페챠가 비웃듯이 그의 말을 가로챘다.

"아니, 보진 못했어. 그걸 보면 어떡하라고. 하지만 본 사람들이 있어. 바로 얼마 전에 우리 마을에 있는 농부가 귀신에게 홀려서 산 속을 헤맸다는 거야. 똑같은 장소를 뱅글뱅글 돌았다지 뭐야. 결국 날이 밝아서야 간신히 집에 돌아올 수 있었대."

"그럼 그 사람은 귀신을 봤겠구나?"

"보고말고. 그 사람 말에 의하면 굉장히 크고 시커먼 놈인데, 온몸을 가리고 나무 뒤에 숨어서 잘 알아볼 수 없었대. 마치 달빛을 피하려는 듯이 몸을 감추고는 커다란 눈을 끔뻑끔뻑하더라는 거야."

"야, 그만둬!"

페챠가 가볍게 몸부림을 치더니 어깨를 움츠리면서 외쳤다.

"후유!"

"도대체 무엇 때문에 그런 놈들이 세상에 나다닐까?"

파벨이 말했다.

"정말 모를 일이야!"

"그런 식으로 말하지 마. 엿들을지도 모르니까."

일류샤가 핀잔을 주었다. 다시 무거운 침묵이 감돌았다.

"저것 봐. 저것 좀 봐."

갑자기 바냐의 귀여운 목소리가 허공에 울려퍼졌다.

"저 별들을 좀 봐. 마치 꿀벌들이 무엇을 찾고 있는 것 같지 않아?"

바냐는 생기가 도는 얼굴을 거적 위로 내밀고 조그만 주먹으로 턱을 괴고는, 크고 투명한 눈을 위로 쳐들었다. 다른 소년들의 눈도 하늘로 향하더니 잠시 동안 눈길을 내리지 않았다.

"얘, 바냐."

페챠가 다정하게 말했다.

"네 누나 아뉴트카는 잘 있니?"

"응, 잘 있어."

바냐는 좀 어설프게 대답했다.

"우리 집에 놀러 오라고 해. 왜 오지 않는 거야?"

"나도 몰라."

"꼭 놀러 오라고 해, 알았지?"

"그럴게."

"내가 선물 줄 게 있다고 그래."

"나한텐 안 줄래?"

"너도 줄게."

바냐는 한숨을 지었다.

"아니, 난 괜찮아. 나보다 누나한테나 줘. 우리 누난 정말 좋은 사람이니까."

바냐는 다시 머리를 아래로 떨어뜨렸다. 파벨은 일어서서 빈 냄비를 손에 들었다.

"너 어디 가니?"

페챠가 물었다.

"강에 물 뜨러 가는 거야. 물이 마시고 싶어서."

파벨이 일어나자 개들도 일어나서 그의 뒤를 따랐다.

"조심해라. 강에 빠지지 않게!"

일류샤가 뒤에서 소리쳤다.

"걱정하지 마! 얼마나 조심하는데."

"물론 조심하겠지. 하지만 이 주변에서는 무슨 일이 일어날지도 몰라. 몸을 구부리고 물을 길으려고 할 때 물귀신이 파벨의 손을 잡고 물속으로 끌고 들어갈지도 모르거든. 나중에 사람들은 조그만 애가 물에 빠졌다고들 하겠지만…… 사실은 물에 빠진 것이 아니란 말야. 애들아, 파벨이 갈대 속으로 들어갔어."

그는 열심히 귀를 기울이며 이렇게 덧붙였다. 사실 일류샤의 말대로 갈대 숲을 헤치는 소리가 들려왔다.

"그런데 그게 사실인가?"

코스챠가 물었다.

"그 바보 아쿨리나가 정신이 돈 것은 물 속에 빠진 다음부터라던데?"

"그래, 그때부터래. 요즈음은 말이 아니야! 그래도 그전엔 꽤 예뻤다는데. 물귀신이 그 애를 그렇게 형편없이 만들어놓았어. 아마 물귀신은 그렇게 빨리 아쿨리나가 구조되리라곤 생각하지 못했나 봐. 그러기에 강 밑에서 그 앨 놀게 만들었지."

나도 아이들이 말하는 아쿨리나를 여러 번 만난 적이 있다. 아쿨리나는 누더기 옷을 걸치고 다니는 앙상하게 야윈 처녀애다. 석탄처럼 새까만 얼굴에 흐리멍덩한 눈을 하고, 언제나 이를 드러내고 한길 한복판에 서서는 몇 시간씩이나 발을 구르곤 한다. 뼈만 앙상하게 남은 두 손으로 가슴을 꽉 누르고 몸을 천천히 좌우로 흔들며, 제자리걸음을 하는 모습은 마치 우리 속에 갇힌 야수와도 흡사하다. 그녀는 사람들이 무슨 말을 해도 알아듣지 못하고 가끔 발작적인 웃음을 터뜨릴 뿐이다.

"소문에 의하면."

코스챠가 말을 이었다.

"아쿨리나가 물에 빠진 것은 애인에게 속았기 때문이라던데?"

"그래, 그 때문이래."

"혹시 바샤를 알고 있니?"

코스챠가 슬픈 어조로 물었다.

"어떤 바샤 말이니?"

페챠가 되물었다.

"물에 빠져 죽은 바샤 말이야. 그 애 역시 이 강에서 빠져 죽었어. 정말 좋은 애였는데…… 정말 좋은 애였어! 그의 어머니 페클리스타는 그 애를 얼마나 귀여워했는지 몰라. 여름에 다른 애들하고 함께 바샤가 강에 목욕하러 갈 때면, 그 애 어머니는 그야말로 야단법석이었어. 딴 어머니들은 빨래통을 들고 그 옆을 아무렇지도 않게 지나가지만, 바샤의 어머니만은 빨래통을 내려놓고 '이리 와, 이리 와. 우리 바샤 착하지? 자, 이리 와, 바샤!' 하고 부르곤 했어. 그런데 어떻게 빠졌는지는 아무도 몰라. 바샤는 강가에서 놀고 어머니도 그 옆에서 건초를 베고 있었는데, 갑자기 물 속에서 거품 이는 소리가 들리더라는 거야. 어머니가 보았을 땐 이미 바샤의 모자만 물 위에 둥둥 떠 있을 뿐이었대. 그때부터 페클리스타는 정신이 나간 거지. 아들이 빠져 죽은 곳에 와서는 누워서 노래까지 부르는 거야. 너도 생각나지? 바샤가 늘 부르던 노래 말이야. 그의 어머니도 바로 그 노래를 부르면서 우는 거야. 그러면서 애타게 하느님을 원망하는 거지……."

"아, 저기 파벨이 돌아온다!"

파벨은 물이 가득 든 냄비를 들고 모닥불 곁으로 다가왔다.

"얘들아."

그는 잠시 말이 없다가 입을 열었다.

"참, 이상해."

"뭐가?"

코스챠가 성급히 물었다.

"바샤의 목소릴 들었어."

파벨의 느닷없는 소리에 모두 부르르 몸을 떨었다.

"무슨 말을 하는 거야!"

코스챠가 돌아가지 않는 혀로 말했다.

"정말이야. 내가 물을 뜨려고 몸을 굽히는데 갑자기 바샤가 나를 부르는 거야. 마치 물 속에서 '파블루샤, 얘, 파블루샤. 이리 들어와.' 라고 하는 것 같았어. 나는 깜짝 놀라 뒤로 물러났지. 그래도 물은 떴어."

"아니, 저런 저런!"

아이들은 성호를 그으면서 말했다.

"그건 물귀신이 너를 부른 거야."

페챠가 뭔가를 아는 듯이 덧붙였다.

"우린 방금 그 애, 바샤 이야기를 하고 있던 중이었어."

"아, 이건 좋지 않은 징조야."

일류샤가 느릿느릿 말했다.

"뭐 괜찮을 거야, 내버려둬!"

파벨은 결단성 있게 말하고는 다시 자리에 앉았다.

"사람의 운명은 어쩔 수 없는 거야."

아이들은 모두 말이 없었다. 아마 파벨의 말이 모두에게 깊은 감명을 준 것 같았다. 그들은 잠자리에 들 준비를 하는 듯 모닥불 앞에 드러눕기 시작했다.

"저건 무슨 소릴까?"

갑자기 코스챠가 머리를 들어 양옆을 살피면서 물었다.

"저건 도요새들이 날면서 우는 거야."

파벨이 대답했다.

"어디로 가는 걸까?"

"겨울이 없는 나라로 가겠지."

"정말 그런 나라가 있을까?"

"있고말고. 저 머나먼 따뜻한 바다 저쪽에 있대."

코스챠는 한숨을 내쉬고 눈을 감았다. 내가 아이들하고 있은 지도 어느덧 세 시간이 지나고 있었다. 마침내 달이 떴다. 그러나 너무나 작고 가는 하현달이었으므로 눈에 잘 띄지는 않았다. 너무나 가늘어 달이 없는 것 같은 밤이지만 역시 장엄하기는 마찬가지였다.

그러나 조금 전만 해도 하늘 높이 반짝이던 무수한 별들은 어느새 지평선 너머로 기울고 있었다. 주위의 만물은 동이 틀 무렵에 흔히 볼 수 있는 정적에 휩싸인 채 죽은 듯이 고요했다. 세상의 모든 것은 새벽녘의 깊은 꿈속에 고요히 잠들고 있었던 것이다. 주위의 공기에서는 이미 전과 같은 강한 향기는 맡을 수 없었다. 다시 공중에 습기가 퍼져 가는 듯이 느껴졌다.

여름밤은 짧기도 하다! 아이들의 이야기도 모닥불과 함께 꺼져갔다. 개들도 졸기 시작했다. 희미하게 반짝이며 흘러내리는 별빛을 통해 바라보니 말도 머리를 숙인 채 잠이 든 듯했다. 스르르 눈이 감기더니, 나도 어느새 잠들고 말았다.

상쾌한 바람이 내 얼굴을 스쳤다. 눈을 떠보니 날이 새고 있었다. 아직 아침 노을은 없었으나, 동쪽 하늘이 희끄무레 밝아오고 있었다. 나는 희미하게나마 주위의 모든 것을 알아볼 수 있었다. 창백한 회색 하늘은 점점 밝아오고 싸늘한 빛을 띤 채 푸르렀다. 완전히 사라진 별도 있고 아직 희미하게 반짝이는 별도 있었다. 대지는 습기에 차고 나뭇잎은 이슬을 머금고 있었으며, 어디선가 활기 있는 음향과 목소리가 들려왔다. 습기 찬 아침 바람이 대지 위를 서성거리며 이리저리 불어다니기 시작했다. 나의 몸도 가볍고 즐거운 몸부림으로 바람에 대답했다.

나는 자리에서 벌떡 일어나 소년들이 있는 곳으로 다가갔다. 아이들은 꺼져가는 모닥불 주위에서 죽은 듯이 자고 있었다. 다만 파벨만이 반쯤 몸을 일으키고 물끄러미 나를 바라보았다.

나는 파벨에게 머리를 끄덕여 보이고, 김이 무럭무럭 나는 강변을 따라 집으로 발길을 돌렸다. 내가 2베르스타도 채 가지 못했을 때 이미 나의 주위에는 이슬 젖은 넓은 초원에도, 눈앞에 보이는 푸른 언덕에도, 모든 숲이란 숲에도, 내 뒤에 길게 뻗은 먼지투성이 한길에도, 주홍빛으로 빛나는 덤불 위에도, 엷어져 가는 안개 속에서 수줍은 듯이 푸른빛을 띤 시내에도 맨 처음에는 밝은 주홍빛으로, 다음에는 붉은빛과 황금빛으로 찬란하게 빛나는 햇살이 분류(奔流)처럼 쏟아져 내리고 있었다.

모든 것이 움직이기 시작하고, 눈을 뜨고, 노래부르고, 속삭이고, 말하기 시작한다. 굵직한 이슬방울이 햇살에 반사되어 다이아몬드처럼 여기저기에서 반짝거린다. 상쾌한 아침 공기에 씻겨진 듯한 깨끗하고 맑은 종소리가 맞은편에서 울려온다. 갑자기 마음껏 휴식을 취해 생기가 가득한 한 무리의 말들이 낯익은 소년들에게 쫓기면서 쏜살같이 내 곁을 지나간다.

유감스러운 일이지만, 나는 여기서 그 해에 파벨이 죽었다는 이야기를 덧붙이지 않을 수 없다. 물에 빠져 죽은 것이 아니라, 말에서 떨어져 죽은 것이다. 정말 가엾고 안타까운 일이다. 너무나도 멋지고 근사한 소년이었는데…….

사랑의 개가(凱歌)

1

16세기 중엽, 이탈리아의 페라라―그 당시 이 도시는 문학과 예술의 보호자인 유명한 공후(公候)들의 통치하에 번영하고 있었다―에는 파비이와 무츠이라고 불리는 두 청년이 살고 있었다. 나이가 비슷한데다가 가까운 친척간인 그들은 지금까지 한번도 헤어진 적이 없었다. 진정한 우정이 어릴 때부터 두 사람의 관계를 유지해 주었다. 그리고 똑같은 운명이 그 우정을 한층 더 굳게 만들어주었던 것이다. 두 사람은 모두 명문 집안에서 태어났기 때문에 남의 구속이라는 것을 모르는 자유스러운 분위기에서 자랐다. 게다가 그들에게는 가족이라는 연줄이 없었고 취미도 비슷했다. 무츠이는 음악을 공부하고 파비이는 그림을 그렸다.

그래서 두 청년은 궁전(宮殿), 사회, 도시에서 상대할 사람이 없을 정도로 뛰어난 인재로 온 페라라 시민의 사랑을 독차지했다. 두 청년은 모두 균형 잡힌 미남자로 부족함이 없었지만 용모만은 서로 달랐다. 파비이는 후리후리한 키에 얼굴이 희고, 머리카락은 아맛빛이었으며 파란 눈을 가지고 있었다.

그러나 무츠이는 반대로, 거무스름한 얼굴에 까만 머리카락 그리고 암갈색 눈을 가지고 있었는데, 파비이에게서 볼 수 있는 즐거움이 없었고, 상냥한 미소도 지을 줄 몰랐다. 게다가 가느다란 눈꺼풀을 뒤덮을 듯한 짙은 눈썹은, 깨끗하고 넓은 이마에 가느다란 반원을 그린 파비이의 금빛 눈썹과 비교가 되었다.

이야기를 할 때도 무츠이는 그다지 활기가 없었다. 그렇지만 두 청년은 기사도의 겸손과 호사(豪奢)로움을 지니고 있었던 탓에 도시 귀부인들의 사랑을 한몸에 받고 있었다.

한편 도시의 또 다른 곳에서는 발레리야라고 불리는 한 처녀가 살고 있었다. 그 처녀는 교회에 갈 때만 외출하고, 대제(大祭)가 오면 산책을 할 정도로 무척 고독한 생활을 좋아하는 여자였다. 그래서 사람들의 눈에 띄는 일은 거의 없었으나, 사람들 사이에서는 그 처녀가 이 도시에서 최고 미인 중 한 사람이라는 소문이 떠돌고 있었다.

발레리야는 어머니와 단둘이 살고 있었는데, 그녀의 어머니는 과부로 부자는 아니었지만 명문가 출신이었다. 발레리야는 그녀의 무남독

녀였다.

발레리야를 만나는 사람이면 누구든지 자기도 모르는 사이 놀라움에 사로잡혀 문득 부러운 존경심을 일으키곤 했다. 그러나 그녀 자신은 자신의 아름다움을 조금도 마음에 두지 않는 겸손한 처녀였다. 물론 어떤 사람은 그녀의 얼굴빛이 약간 창백하다고 느꼈다. 언제나 살며시 내리깐 그녀의 시선은 내성적인 성격이라기보다도 어떤 두려움을 말해 주는 듯싶었다. 가끔 그녀의 입술이 방긋 웃을 때가 있지만 그것도 살짝 짓는 웃음일 뿐이었고, 그녀의 목소리를 실제로 들은 사람은 아무도 없었다. 하지만 그녀의 목소리가 아름답다는 소문은 사실처럼 떠돌고 있었다.

이른 아침, 도시의 모든 사람들이 아직 고요히 잠들어 있을 때, 그녀는 자물쇠를 채운 방에 홀로 앉아서 하프를 타며 옛 노래를 부르는 것을 낙으로 삼고 있었다. 발레리야의 얼굴은 창백했으나 그녀의 몸에서는 건강미가 넘쳐흘렀다. 그래서 노인들까지도 그녀를 보면, "아아, 사람의 손이 닿지 않은 꽃봉오리, 이것을 꺾는 젊은이는 그 얼마나 행복하랴!"라며 감탄을 하곤 했다.

2

파비이와 무츠이가 처음으로 발레리야를 본 것은 호화로운 대제전

때였다. 이 제전은 유명한 루크레츠이 보르지아의 아들인, 당시 페라라의 공후인 에르코르의 명(命)에 의해서 베풀어진 것이었다. 그 제전은 프랑스의 왕 루이 12세의 왕녀인 에르코르 공후 부인의 초대를 받은, 멀리 파리에서 온 유명한 귀족들을 환영하기 위한 자리였다. 팔라지에 의해서 페라라 대광장에는 화려한 귀부인석이 마련되었는데, 발레리야는 어머니와 나란히 그 가운데에 자리잡고 있었다. 파비이와 무츠이는 바로 그날 그 자리에서 똑같이 발레리야에게 한눈에 반하고 말았다.

두 청년은 서로 무슨 일이든지 감추는 일이 없었으므로, 곧 상대의 마음속에 어떤 일이 일어나고 있는지를 알 수 있었다. 그래서 두 청년은 발레리야를 함께 사귀도록 하고, 만일 그녀가 두 사람 중 누구든 하나를 택한다면 다른 한 사람은 이의 없이 그 선택에 따르기로 약속을 했다.

몇 주일이 지난 후, 두 청년은 정당한 방법으로 얻은 좋은 기회를 이용해서 과부의 집에 들어갈 수 있었다. 발레리야의 어머니가 그들에게 딸을 방문해도 좋다고 허락했던 것이다. 그때부터 그들은 매일같이 발레리야를 만나 서로 이야기를 주고받았다. 두 청년의 가슴속에 한번 타오르기 시작한 불길은 날이 갈수록 점점 더해 갈 뿐 식을 줄을 몰랐다.

그러나 발레리야는 두 사람 가운데 어느 한쪽에만 관심을 보이지 않았고, 그들의 방문을 꺼려하는 것 같지도 않았다. 그녀는 무츠이와 함께 음악을 즐기기는 했으나, 파비이하고 더 많은 이야기를 주고받았다. 다시 말해서 파비이에게는 더 많은 이야기를 털어놓을 수 있었던 것이다.

마침내 두 청년은 각자의 최후의 운명을 알아보기로 결심하고 발레리야에게 편지를 보냈다. 그 편지에는 누구에게 청혼할 것인지 하루빨리 대답해 주기를 부탁한다고 쓰여 있었다. 발레리야는 그 편지를 어머니에게 보여주고, 자기는 어디까지나 처녀로 살고 싶다고 말했다. 그러나 어머니께서 반드시 시집을 가야 한다고 말씀하신다면 누구든지 어머니의 마음에 드는 사람과 결혼하겠다고 덧붙였다.

마음이 어진 발레리야의 어머니는 사랑하는 딸과 헤어져야 한다는 생각에 잠시 눈물을 흘렸다. 그렇다고 해서 구혼자들을 거절할 만한 구실도 없었다. 그것은 두 청년 모두 사윗감으로는 좀처럼 구하기 힘든 인물들이라고 생각했기 때문이었다. 그러면서도 마음 한편으로는 파비이를 좋아해서, 그 청년이라면 발레리야도 무척 마음에 들어할 것이라고 생각했다. 결국 어머니는 파비이를 선택했고, 발레리야도 어머니의 의견에 흔쾌히 동의했다.

이튿날 파비이는 그 기쁜 소식을 받았고, 무츠이는 약속에 따라 그 선택에 따르지 않을 수 없었다.

무츠이는 약속대로 했다. 하지만 그는 경쟁자의 승리를 눈앞에서 보면서 그 증인으로 남아 있을 수는 없었다. 그는 서둘러 대부분의 재산을 정리해 수천 두카트(옛날 이탈리아에서 사용되던 금화)를 만들어서 먼 동쪽 나라를 향해 기나긴 여정에 올랐다. 무츠이는 파비이하고 헤어지면서, 정열의 마지막 흔적이 사라졌다고 느끼기 전까지는 절대로 귀국하지 않겠다고 맹세했다.

어릴 때부터 청년이 될 때까지 한번도 떨어진 적이 없는 친구와 헤어진다는 것은 파비이에게도 여간 고통스러운 일이 아니었다. 그렇지만 바로 앞으로 다가온 행복에 대한 즐거운 기대감은 순식간에 모든 다른 감정을 집어삼키고 말았다. 그는 사랑의 기쁨 속에 온몸을 내맡겼던 것이다.

얼마 후 파비이는 발레리야와 결혼했다. 그리고 결혼을 했을 때, 그는 비로소 자기 손에 들어온 보물의 가치를 깨닫게 되었다. 파비이는 페라라에서 가까운 곳에 녹음이 우거진 정원으로 둘러싸인 훌륭한 별장을 가지고 있었다. 그는 아내와 장모를 데리고 그곳으로 거처를 옮겼다. 그때가 그들에게 있어서는 가장 즐거운 시간이었다.

신혼 생활의 빛나는 광채 속에서 발레리야는 많은 미덕들을 발휘했다. 파비이는 저명한 화가가 되었다. 단순한 그림 애호가가 아닌 떳떳한 화단의 중진이 된 것이다. 발레리야의 어머니는 이 행복한 한 쌍의 부부를 보고 무척 기뻐하며 하느님께 감사드렸다.

어느새 4년이란 세월이 달콤한 꿈처럼 흘러갔다. 행복하기만 한 이들 부부에게 한 가지 부족한 것이 있다면, 그것은 그들 사이에 자식이 없다는 것이었다. 그러나 그들은 희망을 버리지 않았다.

그런데 결혼 4년째의 막바지에 이르러 이번에는 정말 커다란 슬픔이 그들에게 닥쳐오고 말았다. 그것은 발레리야의 어머니가 며칠 동안 앓다가 그만 세상을 떠나고 말았던 것이다. 발레리야는 하염없이 울었다. 그녀는 한동안 이 불행에 익숙해질 수가 없었다. 그러나 한 해가 지나자 생활은 다시 그전의 모습으로 되돌아와서 예전처럼 밝은 웃음을 찾을 수 있었다.

그런데 어느 아름다운 여름날 저녁, 무츠이는 아무에게도 알리지 않고 살며시 페라라로 돌아왔다.

3

페라라를 떠나 있던 5년 동안, 무츠이의 소식에 대해 아는 사람은 아무도 없었다. 마치 땅 위에서 사라지기라도 한 듯 그에 대한 소식은 끊어져버리고 말았다. 그래서 파비이는 페라라의 어느 거리에서 옛 친구를 만났을 때, 처음에는 놀라고 나중엔 너무 기쁜 나머지 하마터면 고함을 지를 뻔했다. 그는 즉시 무츠이를 자기 별장으로 초대했다. 별장 정원에는 별관이 따로 있었는데, 파비이는 무츠이에게 별관을 숙소로 쓰도록 했다. 무츠이는 친구의 호의를 받아들여 그날로 자기 하인을 데리고 거처를 그곳으로 옮겼다. 그의 하인은 말레이인 벙어리로—벙어리이긴 했지만 귀머거리는 아니었다. 게다가 그의 또렷또렷한 눈초리로 보아서 무척 영리한 사람인 듯싶었다—그의 혀는 잘려 있었다.

무츠이는 수십 개의 트렁크를 가지고 왔는데, 그 속에는 여러 해 여행하는 동안 수집한 가지각색의 보물로 가득 차 있었다. 발레리야도 무츠이의 귀국을 기뻐했으며, 무츠이의 태도는 매우 침착했다. 그리고 어느 모로 보나 파비이와의 약속을 지킨 듯이 보였다.

그는 낮 동안 말레이인 하인과 함께 별관에서 가지고 온 진기한 물건들을 정돈했다. 양탄자, 비단, 찻잔, 접시, 에나멜 칠을 한 쟁반, 진주와 보석을 박은 금은 장식품, 호박(琥珀)과 상아로 조각된 상자, 반짝반짝 빛나는 병, 향료, 약, 짐승의 가죽, 이상한 깃털 외에도 도무지 사용법을 알 수 없는 신비로운 것들이 많았다.

금은 보석 가운데는 진주 목걸이가 있었는데, 그것은 어느 날 무츠이가 멋지고 신기한 재주를 보여준 데 대한 감사의 표시로 페르시아 왕이 선물한 목걸이라고 자랑했다. 무츠이는 손수 그 목걸이를 발레리야의 목에 걸게 해달라고 그녀에게 청했다. 목걸이는 묵직하면서도 그 어떤 이상한 온기가 스며 있는 듯했다. 이윽고 그 목걸이는 발레리야의 목에 걸려졌다.

점심을 마치고 저녁 무렵 별장 테라스의 계수나무 그늘에 앉아서 무츠이는 자기의 여행담을 들려주기 시작했다. 그는 자기가 본 먼 나라들이며, 구름을 찌를 듯이 높은 산, 물 없는 사막, 바다와 같은 큰 강들에 대해 말하고 나서 대규모의 건축물과 대사원들, 천년 묵은 고목(古木), 무지갯빛과 새 이야기 등 자기가 방문했던 모든 도시와 민족을 하나하나 확인해 가며 설명해 주었다. 그 이름을 듣는 것만으로도 어떤 동화의 신비로운 세계를 연상케 했다.

무츠이는 동방에 있는 여러 나라들에 대해 잘 알고 있었다. 페르시아와 아라비아에서는 다른 어떤 동물보다도 말을 가장 귀엽고 훌륭한 것으로 여기며, 인도의 내륙 지방으로 들어가니 거기서는 사람이 커다란 나무와 비슷했고, 그 다음 중국과 티베트의 경계 지역에 도달하니 그곳에선 달라이라마라고 불리는 생불(生佛)이 눈을 감고 묵상하고 있는 인간의 모습으로 지상에 살고 있다는 것이었다. 어쨌든 들으면 들을수록 신기한 이야기들뿐이었다. 파비이와 발레리야는 얼빠진 사람처럼 그의 말을 듣고 있었다.

무츠이의 외모는 별로 변한 것 같지 않았다. 다만 어릴 때부터 거무스레하던 얼굴이 강한 햇빛에 탄 탓인지 한층 더 검어지고 눈이 예전보다 움푹 들어간 것처럼 보였으나, 단 한 가지 그의 얼굴 표정만은 완전히 달라져 있었다. 빈틈없이 긴장되고 장중한 표정은 여러 가지 위험에 맞닥뜨린 이야기—그중에서도 캄캄한 밤에 호랑이의 으르렁대는 소리에 놀라고, 낮에는 한적한 산길에서 악신(惡神)의 희생물로 삼기 위해 길 가는 나그네를 노리고 있는 산적을 만났다는—를 할 때에도 놀라는 기색이라고는 조금도 없었다. 목소리는 나직하면서도 단조로웠고, 손놀림을 비롯해서 온몸의 동작까지도 이탈리아 민족 특유의 모습을 찾아볼 수 없었다.

무츠이는 온순하고 민첩한 말레이인 하인의 도움으로, 인도의 바라문(婆羅門)한테서 배운 몇 가지 요술을 그들에게 보여주었다. 한 가지

예를 들면, 그는 미리 자기 몸을 휘장으로 가리는가 했더니 어느 새 곧게 세운 대나무 지팡이에 손끝으로 가볍게 의지하면서 공중에 책상다리를 하고 앉아 있었다. 파비이도 놀랐지만, 발레리야의 놀라움은 이루 말할 수 없었다. '아니, 혹시 저분은 마법사가 된 것이 아닐까?' 그녀는 마음속으로 이렇게 생각했던 것이다.

그리고 무츠이가 가느다란 퉁소를 불면서 뚜껑이 달린 광주리 속에서 기른 뱀을 불러냈을 때 그리고 그 뱀이 혀를 날름거리며 얼룩진 천 밑에서 까맣고 납작한 머리를 도사렸을 때 발레리야는 너무 무서워서 그 기분 나쁜 뱀을 치워달라고 무츠이에게 애원했다.

저녁 식사 후 무츠이는 목이 긴 둥근 병에서 시라스의 술을 파비이 부부에게 대접했다. 술은 유달리 향기롭고 짙었으며 푸르스름한 금빛으로 빛나고 있었다. 게다가 자그마한 벽옥(碧玉)으로 만든 잔에 부어서인지 더욱 이채로운 빛을 발하고 있었다.

술맛은 유럽의 술과 달리 몹시 달고 향기가 진해서 천천히 몇 모금만 마셔도 온몸에 확 달라붙는 듯한 느낌을 주었다. 첫 잔을 간단하게 비우자 무츠이는 파비이와 발레리야에게 다시 한 잔씩을 더 권하고 자기도 마셨다. 그때 무츠이는 발레리야의 잔으로 몸을 숙이고 손가락을 떨면서 뭐라고 중얼거렸다. 발레리야도 그런 사실을 알고는 있었으나 대체로 그의 태도와 행동이 그전과는 너무나 달랐으므로 그녀는 그다지 마음에 두지 않았다. 단지 '저분은 인도에서 어떤 새로운 종교를 받아들인 것이 아닐까, 그렇지 않으면 그곳 풍속이 저런 것일까?' 하고 막연히 생각했을 따름이었다. 잠시 동안 아무 말이 없다가 발레리야가 무츠이에게 물었다.

"당신은 여행 도중에도 계속 음악을 하셨나요?"

무츠이는 대답 대신, 말레이인에게 인도의 바이올린을 가져오라고 말했다. 바이올린은 요즘 것과 다름이 없었다. 단지 현이 네 개가 아니라 세 개였고, 위에는 푸릇푸릇한 뱀 가죽이 덮여 있었으며, 거기에 삼으로 만든 가늘고 긴 반원의 활이 달려 있었다. 그리고 그 끝에 뾰족한 보석이 반짝이고 있었다.

무츠이는 먼저 몇 곡의 슬픈 노래를 연주했다. 그의 말에 의하면 그 곡들은 민요라고 하는 것이었는데, 이탈리아인의 귀에는 이상하기보다는 오히려 조잡한 느낌을 주었다. 금속으로 만든 현의 음향은 나직하고 구슬펐다. 그러나 무츠이가 마지막 노래를 시작했을 때, 그 음향은 갑자기 높아져서 힘차게 울리기 시작했다. 힘있게 활을 움직일 때마다 그 밑에서 타는 듯한 정열의 곡조가 흘러나왔다. 그것이 마치 바이올린 거죽을 덮고 있는 뱀처럼 아름다운 굴곡을 보여주어 분위기를 한결 더해 주는 것이었다.

파비이와 발레리야도 가슴이 벅차서 눈에 눈물이 괴었다. 그만큼 그 멜로디는 정열과 환희에 불타고 있었다. 그러나 무츠이는 아래로 몸을 굽혀 바이올린에 머리를 갖다붙인 채 볼은 점점 창백해지고 양쪽 눈썹은 일자로 굳게 굳어졌다. 그의 표정은 긴장될 대로 긴장되어 한층 더 엄숙해 보였다. 활 끝의 보석은 그 신기한 음악의 불길에 타오르기라도 하듯 시종 광선 모양의 불꽃으로 반짝이고 있었다.

무츠이는 연주를 끝마치고도 계속해서 바이올린을 턱과 어깨 사이로 힘있게 틀어놓고 여운을 남기다 한참 후 활을 쥐고 있던 손을 내렸다.

"그건 무슨 노랜가? 무슨 곡을 연주한 건가?" 하고 파비이가 물었다. 발레리야도 어안이 벙벙해서 아무 말도 하지 않았지만, 그녀의 모습 역시 남편과 똑같은 내용을 물어보고 싶어하는 것 같았다. 무츠이는 바이올린을 책상 위에 놓고 가볍게 머리를 흔들더니 잔잔한 미소를 지으면서 말했다.

"이거 말인가? 이 곡은…… 스리랑카에서 한번 들은 적이 있지. 그곳에선 이 노래가 행복하고 만족스런 사랑의 노래라고 해서 많이 부른다네."

"한 번 더 들려주게."

"안 돼, 이건 반복할 수 없는 거야. 밤이 늦었네. 발레리야 님께서도 주무셔야 할 거고, 나도 잘 때가 됐어. 몹시 고단하군."

이날 하루 동안 무츠이가 발레리야를 대하는 태도는 다만 옛 친구로서 어디까지나 정중한 것이었다. 그렇지만 헤어질 때 그는 발레리야의 손을 힘있게 붙잡고 얼굴이 맞닿을 정도로 가까이 다가가 그녀의 얼굴을 뚫어질 듯 바라보았다. 그리고 그녀의 손바닥을 손가락으로 꼭 눌렀다. 그때 발레리야는 얼굴을 들 수 없었지만, 확 타오르는 볼 근처에서 무츠이의 시선을 느꼈다. 그녀는 아무 말 없이 손을 빼냈고, 무츠이가 밖으로 나갔을 때 그녀는 그가 걸어나간 문 쪽을 바라보았다. 그녀는 그전에 무츠이가 얼마나 무서웠는지를 상상해 보았다. 그리고 지금도 그녀는 그를 믿을 수 없었다.

무츠이는 자기 숙소로 돌아가고, 파비이 부부는 그들의 침실로 들어갔다.

4

발레리야는 한참 동안 잠들 수가 없었다. 온몸의 피가 괴로움 속에 잔잔히 물결치고 머릿속은 종이라도 치는 것처럼 가볍게 흔들렸다. 이것은 발레리야가 추측했던 대로 이상한 술 때문이기도 했지만, 무츠이의 이야기와 바이올린 연주가 그 원인인 듯싶었다. 결국 그녀는 새벽녘에야 잠이 들었는데, 곧 이상한 꿈을 꾸었다.

그녀는 먼저 자기가 나직한 천장이 있는 널찍한 방안에 들어와 있다는 것을 느꼈다. 그녀는 지금까지 한번도 이런 방을 본 적이 없었다. 사방의 벽은 금빛 풀이 자란 가느다란 청색 타일로 싸여 있었고, 우아하게 조각된 석고 기둥은 대리석 천장을 웅장하게 떠받치고 있었다. 그 천장과 기둥은 어렴풋이 투명해 보였다. 연한 분홍빛은 모든 사물을 동일한 신비로움으로 물들게 하면서 사방에서 비치고 있었다. 거울같이 매끄러운 마루 한복판의 폭 좁은 양탄자 위에는 비단 방석이 놓여 있었고, 방 구석구석에는 괴물을 상징하는 커다란 향로가 가느다란 연기를 내뿜고 있었다. 어디를 보아도 창문은 없었다. 벨벳 커튼을 드리운 문은 움푹 들어간 벽 위에서 말없이 검은빛을 발하고 있었다.

그런데 갑자기 커튼이 살랑살랑 미끄러지며 움직이더니, 살며시 무츠이가 들어오는 것이 아닌가. 그는 인사를 하고 두 손을 벌리며 빙긋이 웃었다. 이윽고 그의 무쇠 같은 두 손은 발레리야의 몸을 얼싸안으며 메마른 입술로 그녀의 몸을 더듬었다. 그녀는 방석 위로 쓰러졌다.

무서운 악몽에 사로잡혀 고통스러운 신음을 하다가 발레리야는 간신히 눈을 떴다. 그녀는 자기의 몸이 어디에 있는지, 무슨 일이 일어났는지 도통 알 수가 없어서 침대에서 반쯤 몸을 일으킨 후 천천히 사방을 둘러보았다. 그녀의 온몸에 오싹 소름이 끼쳤다. 파비이는 그녀의 옆에 나란히 누워 있었다. 그는 잠들어 있었지만 그의 얼굴은 때마침 창문으로 스며드는 둥글고 환한 달빛을 받아 죽은 사람처럼 창백해 보였다. 아니, 오히려 죽은 사람의 얼굴보다 더 창백했다. 갑자기 무서운 생각이 든 발레리야는 남편을 깨웠다.

"왜 그러오?"

잠에서 깬 파비이가 깜짝 놀라 물었다.

"저…… 무서운 꿈을 꾸었어요."

부들부들 몸을 떨며 발레리야가 중얼거렸다.

바로 그때, 별관 쪽에서 힘찬 멜로디가 들려왔다. 그리고 두 사람 은 이내 만족스러운 사랑의 개가(凱歌)라고 하면서 무츠이가 연주하던 그 곡이 틀림없다는 것을 알았다.

파비이는 이상하다는 듯 발레리야를 바라보았다. 발레리야는 눈을 감고 얼굴을 돌렸다. 두 사람은 숨을 죽인 채 연주가 끝날 때까지 가만히 듣고 있었다. 마지막 소리가 끊어졌을 때, 달은 구름 속으로 스며들어 방안이 갑자기 어두워졌다. 두 부부는 말없이 베개 위에 누웠다. 그리고 누가 언제 잠들었는지 모르게 스르르 잠들어버렸다.

5

다음날 날이 밝자 무츠이는 아침 식사를 하러 왔다. 그는 무척 만족스러운 표정으로 발레리야에게도 즐겁게 인사를 건넸다. 발레리야는 말을 더듬으며 짤막하게 그의 인사에 대답하고는 살짝 무츠이를 훔쳐보았다. 그의 만족스러운 듯한 즐거운 얼굴이며 날카롭고 호기심에 찬 눈초리가 그녀에겐 어쩐지 무섭게 느껴졌다. 무츠이가 다시 이야기를 시작하려 했으나 파비이가 곧 그의 말을 가로챘다.

"잠자리가 바뀌어서 잠이 잘 오지 않았나 보지? 나는 처와 함께 어젯밤 자네가 연주하는 노래를 들었다네."

"그래? 자네도 듣고 있었나? 그러나 그전에 한잠 자다가 이상한 꿈을 꾸었다네."

꿈이라는 말에 발레리야는 솔깃하여 귀를 기울였다.

"어떤 꿈이었나?"

파비이가 물었다.

"이런 꿈이었다네."

무츠이는 발레리야를 물끄러미 바라보며 말을 이었다.

"먼저 내가 천장이 낮은 동양식으로 꾸며진 넓은 방에 들어갔다네. 조각된 기둥이 웅장한 천장을 떠받들고, 벽은 타일로 싸여진 채 창문도 등불도 없었지만 장밋빛 광선이 방 전체에 넘쳐흘러서, 그 방은 마치 투명석으로 만든 것 같았어. 방 구석구석에는 중국의 향로가 놓여 있고, 마루 위에는 비단 방석이 폭 좁은 양탄자 위에 놓여 있었어. 나는 커튼이 드리워진 문을 통해 들어갔지. 그러자 다른 문에서 갑자기 어떤 부인이 나를 향해 걸어오지 않겠나. 그 부인은 한때 내가 사랑하던 여자로 매우 미인이었어. 나도 예전의 사랑의 감정이 불타올랐을 정도였다네."

말을 마친 무츠이는 의미심장하게 입을 다물었다. 발레리야는 숨이 가빠지면서 옴짝달싹하지 못하고 점점 파랗게 질려갈 뿐이었다. 그녀의 호흡은 시간이 흐를수록 더욱 거칠어졌다.

"그때."

무츠이는 말을 이었다.

"바로 그때 잠이 깨서 그 곡을 연주한 거라네."

"그 부인이 누군가?"

파비이가 흠칫 놀라며 물었다.

"그 부인이 누구냐고? 어느 인도인의 마누라야. 나는 그 부인과 델리 시(市)에서 처음 만났지. 그런데 그 여자는 이미 이 세상 사람이 아니야. 죽고 말았다네."

"그러면 남편은?"

파비이는 날카로운 목소리로 이렇게 물었다.

"소문에 의하면 남편도 역시 죽었다더군. 두 사람 다 너무 빨리 죽었어."

"이상한데! 내 처도 어젯밤 이상한 꿈을 꾸었다네."

그때 무츠이가 뚫어질 듯 발레리야를 바라보았다.

"아직 꿈 얘기를 듣지는 못했지만……."

파비이가 덧붙였다.

그러나 발레리야는 이미 자리에서 일어나 밖으로 나가고 있었다. 무츠이도 아침 식사를 끝내고 페라라까지 가야 할 일이 있어서 밤에야 돌아오겠다는 말을 남기고 총총히 나가버렸다.

6

무츠이가 돌아오기 몇 주일 전, 파비이는 성녀(聖女) 체칠리야의 형상으로 아내의 초상화를 그리기 시작했다. 그의 그림 그리는 솜씨는 그동안 많은 진전이 있었다. 레오나르도 다 빈치의 문하생이며 유명한 화가인 루이니가 자주 찾아와서 많이 도와주었기 때문이다. 또한 대스승의 교훈을 파비이에게 전달하여 주기도 했다.

초상화는 거의 완성되어 가고 있었으나 다만 얼굴 몇 군데를 아직 완성하지 못한 채 남아 있을 뿐이었다. 이 그림만 완성되는 날이면 파비이는 정당하게 자기의 재능을 자랑할 수 있으리라 무척 기대하고 있었다.

파비이는 무츠이를 페라라로 떠나 보내고, 자기 화실로 걸음을 옮겼다. 평소 그곳에는 발레리야가 먼저 자리를 잡고 언제나 파비이를 기다리고 있었다. 그런데 오늘 따라 발레리야가 보이지 않았다. 큰소리로 불러보았으나 역시 대답이 없었다.

파비이는 갑자기 이상한 불안감에 사로잡혀 발레리야를 찾기 시작했다. 발레리야는 집에도 없었다. 파비이는 정원으로 뛰쳐나갔다. 그러고는 멀리 떨어진 가로수 길에서 발레리야를 찾아냈다.

그녀는 머리카락을 가슴 위로 늘어뜨린 채 두 손을 열십자로 무릎 위에 올려놓고 벤치에 앉아 있었다. 그녀의 뒤에는 비웃음으로 얼굴을 찡그린 험상궂은 형상의 대리석 괴물이 암녹색의 기파리스(녹색 식물의 일종) 속에서 튀어나와, 찌그러진 입술을 갈대 피리에 갖다대고 있었다.

발레리야는 남편을 보고 무척 기쁜 표정을 지었다. 그리고 남편의 장황한 질문에는 대답하지 않고, 머리가 좀 아프기는 하지만 아무렇지도 않다며 화실로 가고 싶다고 말했다.

파비이는 그녀를 화실로 데려가 앉힌 다음 붓을 들었다. 그러나 유감스럽게도 자기가 원하는 얼굴을 완성할 수가 없었다. 그것은 그녀의 얼굴이 창백하고 피곤해 보였기 때문만은 아니었다. 그가 예전에 마음에 들었던 얼굴, 즉 그로 하여금 성녀 체칠리야의 모습으로 표현해 보겠다는 마음을 불러일으켰던 그 깨끗하고 거룩한 표정을 오늘은 발레리야에게서 찾아볼 수 없었던 것이다.

그는 결국 붓을 내려놓고 그림을 그릴 기분이 나지 않는다는 것과 발레리야도 안색이 좋지 않은 것 같으니 잠시 자리에 누워서 휴식을 취하는 편이 나을 것이라고 그녀에게 말했다. 그러고는 그리던 초상화를 벽에 조심스럽게 세워놓았다. 발레리야는 좀 쉬는 게 좋겠다는 남편의 말에 자신도 머리가 아프다는 말을 되풀이하고 침실로 사라졌다.

발레리야가 사라지자 파비이는 혼자 화실에 남았다. 그는 자기 자신도 모르게 이상한 동요를 느꼈다. 파비이는 자진해서 무츠이를 자기 집에 머물게 했지만, 지금에 와서는 그것이 오히려 화근이 된 듯했다. 그는 질투하고 있는 것이 아니었다. 어떻게 발레리야에게 질투할 수 있으랴. 그러나 그는 자기의 친구가 예전의 무츠이가 아니라는 것을 직감적으로 느낄 수 있었다.

무츠이가 머나먼 나라에서 가지고 온 여러 가지 신기한 것, 모든 요술, 가곡, 이상한 술, 벙어리 말레이인, 게다가 무츠이의 의복이며 머리카락, 호흡을 통해 내뿜는 향기 등 이 모든 것이 파비이의 마음에 의혹이라기보다는 오히려 불안한 감정을 불러일으켰다.

그리고 어째서 그 말레이인은 책상 뒤에서 일하면서도 그렇게 불쾌한 눈초리로 자기를 노려보는지 이상한 감정이 느껴졌다. 물론 다른 사람은 그가 이탈리아어를 이해한다고 생각하는지도 모르리라. 무츠이가 말하는 바에 의하면, 이 말레이인은 혀를 대가로 해서 막대한 희생을 치렀으며, 그 때문에 지금은 대단한 힘을 가지고 있다는 것이다. 그렇지만 어떤 힘으로, 또 어떻게 그는 혀를 대가로 그것을 얻을 수 있었을까.

'그 점이 매우 이상한 일이다! 정말 모를 일이다!' 파비이로서는 도무지 알 수가 없었다.

파비이는 아내의 침실로 갔다. 발레리야는 옷을 입은 채로 침대에 누워 있었지만 자고 있지는 않았다. 파비이의 발소리를 듣고 그녀는 몸서리를 쳤으나, 곧 정원에서 만났을 때와 같이 기쁜 표정을 지었다. 파비이는 발레리야의 머리맡에 앉아서 그녀의 손을 잡은 채 잠시 아무 말 없이 있다가 이렇게 물었다.

"어젯밤의 꿈이 당신을 몹시 놀라게 했겠구려. 그래 그 꿈이 무츠이가 얘기한 것과 같은 것이었소?"

파비이의 갑작스런 질문에 발레리야는 얼굴을 붉히며 황급히 말했다.

"오, 아니에요! 아니에요! 제가 본 것은……."

"……?"

"어떤 이상한 괴물이 저를 잡아먹으려고 한 것이었어요."

"괴물이라니? 그게 혹시 사람의 탈을 쓰고 있지 않았소?"

파비이가 다시 물었다.

"아니에요, 짐승…… 짐승이었어요."

발레리야는 이렇게 대답하고, 갑자기 돌아누워서 빨갛게 된 얼굴을 베개 속에 파묻었다. 파비이는 잠시 동안 아내의 손을 잡고 있다가 말없이 그 손을 자기 입술에 갖다대고는 밖으로 나갔다.

파비이와 발레리야 부부는 석연치 않은 기분으로 그날 하루를 보냈다. 그들 머리 위에는 갑자기 무엇인지 검고 무거운 것이 걸려 있는 것처럼 느껴졌다. 그렇지만 그것이 무엇인지 그들은 알 수가 없었다. 그들은 서로 떨어지고 싶지 않았다. 마치 어떤 위험이 그들을 위협이라도 하듯이.

그러나 그들은 무슨 말을 해야 할지 갈피를 잡을 수 없었다. 파비이는 초상화를 다시 그리려다 생각을 바꿔 요즈음 페라라에서 출판되어 벌써 이탈리아 전역을 휩쓴 아리오스토의 서사시를 읽어보려고 했으나 눈에 들어오지 않았다.

무츠이는 저녁 식사를 할 무렵 집으로 돌아왔다.

7

무츠이는 변함없이 침착하고 만족스러워 보였다. 그러나 말은 그다지 많지 않았다. 그는 파비이에게 옛 친구들의 소식이며, 독일 원정이며, 카를 대제의 일들을 물어보았다. 그리고 신임 법황(法皇)을 알현하기 위해서 로마로 가고 싶다고도 했다. 무츠이는 또다시 시라스의 술을 발레리야에게 권했지만 그녀가 거절하자, "이젠 필요가 없군." 하고 혼잣말로 중얼거렸다. 파비이는 발레리야와 함께 침실로 돌아와서 잠시 후 잠들었다. 한참을 뒤척이다가 잠이 들었는데, 어느 순간 눈을 떠보니 자기 옆에서 자고 있던 발레리야가 없다는 것을 알았다. 파비이는 황급히 몸을 일으켰다. 바로 그 순간, 잠옷 바람인 발레리야가 정원쪽에서 걸어오는 것이 보였다.

조금 전만 해도 보슬비가 내릴 것처럼 날씨가 흐렸으나, 이미 달이 환히 비추고 있었다. 발레리야는 눈을 내리뜨고, 죽은 듯이 움직이지 않는 얼굴에 이상한 공포의 빛을 띠면서 침대로 다가왔다. 그녀는 앞으로 손을 내밀어 침대를 더듬고는 털썩 침대에 누운 채 말이 없었다. 파비이는 그녀에게 한두 마디 질문을 던졌으나 아무 반응이 없었다. 아마 잠이 든 듯싶었다. 파비이는 그녀를 만져보았다. 그녀의 잠옷이며 머리카락은 비에 젖어 있었고, 발바닥에는 모래가 묻어 있었다. 깜짝 놀란 파비이는 벌떡 일어나 반쯤 열린 문을 박차고 정원으로 달려나갔다. 밝은 달빛이 만물을 비추고 있었다.

파비이는 사방을 둘러보았다. 그 순간 파비이는 좁다란 모래 길 위에 두 사람의 발자국이 남아 있는 것을 발견했다. 한 사람의 것은 맨발이었다. 그 발자국을 따라가 보니 그곳은 별관과 본관의 중간이 되는 재스민이 우거진 정자였다. 파비이는 어리둥절해서 걸음을 멈추었다. 그러자 갑자기 어젯밤 들려온 것과 같은 곡이 다시 들려오는 것이었다.

파비이는 몸을 부르르 떨며 별관으로 뛰어 들어갔다. 무츠이는 방 한복판에 서서 바이올린을 연주하고 있었다. 파비이는 그에게 달려들며 말했다.

"자네, 정원에 나갔었지? 그랬었지? 자네 옷이 비에 젖어 있어."

"아니…… 모르겠는데…… 나가지 않은 것 같은데……."

뜻하지 않은 파비이의 방문과 그가 흥분한 것에 놀란 무츠이가 더듬거리며 대답했다.

파비이는 그의 한쪽 손을 잡으면서 다그쳤다.

"왜 자넨 그 곡을 다시 연주하는 거지? 또 그 꿈을 꾸었나?"

"……."

무츠이는 여전히 놀라움에 사로잡혀 파비이를 바라볼 뿐 아무 말이 없었다.

"자, 어서 대답해 !"

"달은 방패처럼 둥글고…… 강은 별처럼 반짝이노라…… 친구는 눈 뜨고 적은 잠잔다. 독수리는 병아리를 할퀸다…… 살려다오!"

무츠이는 마치 실성한 사람처럼 느릿느릿 중얼거렸다. 파비이는 두어 걸음 물러서서 무츠이를 뚫어질 듯 바라보며 생각에 잠겼다. 그러고는 무언가 생각난 듯 황급히 침실로 돌아왔다.

발레리야는 머리카락을 어깨 위로 늘어뜨리고, 힘없이 두 손을 벌리고서 악몽을 꾸는지 신음하며 자고 있었다. 파비이는 창백한 얼굴의 그녀를 깨웠다. 파비이의 모습을 본 발레리야는 남편의 가슴에 몸을 던지고 있는 힘껏 파비이의 목을 끌어안았다. 그녀는 온몸을 부들부들 떨고 있었다.

"아니, 당신 왜 그러오! 무슨 일이라도 있었소?"

파비이는 그녀의 마음을 안정시키려고 아내를 꼭 껴안으며 거듭 되풀이해서 물었다. 그러나 그녀는 파비이의 가슴에 안긴 채 점점 정신을 잃어가는 것이었다.

"아아, 굉장히 무서운 꿈을 꾸었어요."

그녀는 파비이의 가슴에 얼굴을 파묻으며 중얼거렸다. 파비이는 그녀에게 물어보고 싶은 말이 많았다. 그러나 그녀는 여전히 덜덜 떨고 있을 뿐 더 이상 말이 없었다.

발레리야가 파비이의 품에 안겨서 잠든 때는 이미 여명에 유리창이 빨갛게 물들기 시작할 무렵이었다.

8

이튿날, 무츠이는 아침부터 어디로 갔는지 보이지 않았다. 발레리야는 이웃 수도원에 다녀오겠다고 남편에게 말했다. 그 수도원에는 그녀의 교부(教父)이자 예전부터 그녀가 무한히 존경하고 있는 매우 근엄한 노사제가 살고 있었다.

"아니 왜 갑자기 수도원에 가겠다는 거지?"

파비이의 물음에 그녀는 이 기회에 모든 것을 사제에게 고백하고, 요즈음 이상한 일들 때문에 고통을 받고 있는 마음의 무거운 짐을 털어놓고 싶기 때문이라고 말했다. 파비이는 아내의 수척한 얼굴과 목멘 소리를 듣고는 쾌히 아내의 의견에 따라주었다. 특히 존경하는 교부 로렌초라면 그녀에게 유익한 말을 해줄 것이고, 또 그녀의 의심을 풀어줄 수 있을 것이라고 믿었기 때문이었다. 발레리야는 하인 넷을 데리고 수도원으로 떠났다.

혼자 집에 남은 파비이는 발레리야가 돌아올 때까지 정원을 거닐면서 그녀에게 무슨 일이 있었는지 침착하게 생각해 보았다. 그러고 있노라니 공포감이 밀려오는 한편 분노가 치밀어올랐다. 그는 여러 번 별관에 들렀으나 무츠이는 돌아오지 않고 있었다. 그러나 말레이인 하인은 우상이라도 섬기는 듯 비굴하게 머리를 조아리고 있었는데—파비이에게는 그렇게밖에 생각되지 않았다—청동빛 얼굴에 능글맞은 조소를 띠면서 멀리서 파비이를 노려보고 있었다.

수도원에서 교부를 만난 발레리야는 그동안 있었던 일을 부끄럽다기보다는 오히려 공포에 떨면서 숨기지 않고 교부에게 고백했다. 교부는 주의 깊게 발레리야의 얘기를 듣고는 그녀의 죄를 용서하고 그녀를 축복해 주었다. 그러나 교부는 '마법, 요술 따위는 그대로 내버려둘 수 없다.' 고 생각하고 발레리야와 함께 그녀의 집으로 돌아왔다.

파비이는 갑작스럽게 나타난 교부를 보자 어쩔 줄을 몰라했다. 그러나 경험 많은 노사제는 파비이의 그런 행동에 개의치 않고 자신의 의견을 말해 주었다. 파비이와 단둘이 되어서도 그는 발레리야가 고백한 비밀을 이야기하지는 않았지만, 되도록이면 별관의 손님을 멀리하라는 충고를 해주었다. 그 손님의 이야기며 노래, 그 밖의 여러 가지 행동 때문에 발레리야가 마음속으로 혼란을 일으키고 있다는 것이었다.

게다가 노사제의 생각에 의하면, 무츠이는 이전부터 신앙심이 깊지 못한데다가 오랫동안 기독교의 빛을 받지 못하는 여러 나라를 돌아다녀서 가지각색의 이단사설(異端邪設)의 병독(病毒)을 가져올 수도 있고, 마법이나 도(道)를 닦았을지도 모른다는 것이었다. 그래서 오랜 우정을 끊기는 힘들겠지만 현명하게 일을 처리하기 위해서는 이번 기회에 꼭 헤어져야 한다고 말해 주었다.

파비이는 존경하는 교부의 의견에 동의하고 발레리야도 남편으로부터 교부의 충고를 듣고 무척 기뻤다. 이윽고 로렌초 사제는 이들 부부로부터 수도원과 가난한 사람들을 위한 많은 선물과 진심에서 우러나오는 축복을 받으면서 별장을 떠났다.

파비이는 저녁 식사가 끝나면 곧 무츠이에게 자신의 집에서 떠나달라고 이야기하려 했으나, 무츠이는 식사가 다 끝나고 잠잘 시간이 되어도 돌아오지 않았다. 파비이는 하는 수 없이 그 이야기를 내일 하기로 미루고 침실로 들어갔다.

9

발레리야는 눕자마자 잠들었으나 파비이는 쉽게 잠을 이룰 수가 없었다. 지금까지 보고 느낀 모든 일이 고요한 밤의 정적과 함께 생생하게 떠올랐기 때문이다. 그는 아직까지 대답을 얻을 수 없었던 여러 가지 문제를 다시 끈기 있게 자신에게 물어보고 있었다.

'무츠이는 정말 마법사가 된 것일까? 그가 벌써 발레리야를 해친 것은 아닐까? 그녀는 앓고 있다. 그런데 어떤 병일까?'

파비이는 계속 질문을 던졌으나 확실한 답이 나오지 않았다.

파비이가 머리를 괸 채 거친 호흡을 억제하며 깊은 사색에 잠겨 있는 사이에, 달은 다시금 맑게 갠 하늘 위로 떠올랐다. 그리고 달빛과 함께 반투명의 유리창을 통해서 가벼운 숨결이 별관 쪽에서 흘러 들어오고 있었다. 파비이에게는 그렇게 느껴졌다. 게다가 시끄러운 정열의 속삭임까지 들려오는 것이 아닌가.

바로 그 순간, 파비이는 발레리야가 조금씩 움직이는 것을 보고 오싹 소름이 끼쳤다. 자세히 바라보니, 발레리야는 반쯤 몸을 일으키고는 먼저 오른쪽 다리를, 다음엔 왼쪽 다리를 침대에서 내려놓았다. 그러고는 몽유병자와 같이 흐리멍덩한 눈으로 멍청히 앞을 바라보면서, 두 손을 뻗은 채 정원으로 통하는 문을 향해 걸어가고 있었다. 파비이는 재빨리 침실의 다른 문으로 뛰어나가 집 모퉁이를 돌아서 정원으로 나가는 문을 밖에서 잠가버렸다. 그리고 그가 간신히 자물쇠를 채우고 나니, 누군가가 안에서 문을 열려고 애쓰는 기척이 느껴졌다. 안에서는 계속 문을 떼밀더니 나중엔 떨리는 신음 소리까지 들려왔다. '그런데 무츠이는 아직 돌아오지 않았을까?' 문득 생각이 여기에 미치자, 파비이는 황급히 별관으로 달려갔다. 별관에 도착한 그는 너무나 깜짝 놀라고 말았다.

달빛 가득한 정원 길을, 역시 몽유병자와 같이 두 손을 앞으로 뻗은 채 흐리멍덩한 눈을 한 무츠이가 파비이를 향해 어슬렁어슬렁 걸어오는 것이 아닌가. 파비이는 무츠이 쪽으로 달려갔으나, 무츠이는 파비이를 알아보지 못하고 계속해서 한 걸음 두 걸음 절도 있게 걸음을 옮기고 있었다. 그의 움직이지 않는 얼굴은 말레이인과 같이 달빛을 받아 웃고 있었다. 파비이는 소리쳐 그의 이름을 부르려 했으나 그 순간, 본관 침실에서 유리창 깨지는 소리가 들렸다. 파비이는 흠칫 놀라며 뒤돌아보았다.

침실의 유리창은 아래에서 위까지 활짝 열려 있었다. 그리고 발레리야가 문지방을 넘어서서 창틀 위에 서 있었다. 그녀의 손은 마치 무츠이를 부르고 있는 듯했고, 온몸은 무츠이에게 끌려가고 있었다. 말할 수 없는 분노의 불길이 파비이의 가슴을 뒤흔들어 놓았다.

"이 저주받을 마술사 녀석!"

파비이는 미친 듯이 외쳤다. 그러고는 한 손으로는 무츠이의 목덜미를 잡고 다른 손으로는 허리춤에서 단검을 빼어들고는 무츠이의 옆구리를 찔렀다.

무츠이는 찢어질 듯한 비명을 지르며 손바닥으로 상처를 누르고는 비틀거리며 별관 쪽으로 되돌아갔다. 무츠이는 아픔을 전혀 느끼지 못하는지 여전히 흐리멍덩한 얼굴을 하고 있었다. 그런데 무츠이를 찌른 바로 그 순간, 발레리야도 역시 고통스러운 듯 처참한 비명을 지르며 나뭇단처럼 털썩 땅 위에 쓰러지는 것이었다.

파비이는 달려가서 그녀를 일으켜 안고는 침대로 옮겼다. 그녀는 그때까지도 여전히 정신이 없는 것 같았다. 발레리야는 침대에 누워서 한참 동안 움직이지 않다가 잠시 후 눈을 떴다. 그녀는 피할 수 없는 죽음의 그림자에서 벗어나 방금 깨어난 사람처럼 반색하며 거칠게 한숨을 내쉬었다. 이윽고 남편을 알아본 그녀는 언제나처럼 두 손으로 그의 목을 얼싸안으며 남편의 가슴에 안겼다.

"여보, 여보……."

차츰 그녀의 팔에 힘이 없어지고 머리는 뒤로 늘어졌다. 그리고 행복한 미소를 머금고는 말하는 것이었다.

"덕분에 안심했어요. 하지만 무척 피곤하군요. 너무나 무서운 꿈을 꾸었어요."

그리고 그녀는 다시 깊은 잠에 빠지고 말았다. 그러나 그것은 이미 괴로운 꿈이 아니었다.

10

파비이는 침대맡에 앉아서 파리하게 야윈, 그러나 지금은 안도의 빛이 감도는 발레리야의 얼굴을 물끄러미 바라보며 지금까지 무슨 일이 일어났는가를 생각하기 시작했다.

'무츠이를 어떻게 처치해야 할 것인가? 그리고 무엇을 해야 할 것인가? 만일 무츠이가 죽었다면…… 칼날이 얼마나 깊이 들어갔는가를 생각하면 그것은 의심할 여지가 없었다. 만일 무츠이를 죽였다면, 그것은 도저히 숨길 수 없는 일이다! 공후와 재판관에게 알리지 않으면 안 된다. 그렇지만 이 일을 어떻게 설명할 것인가. 이렇게 괴이한 사건을 어디서부터 어떻게 이야기할 것인가? 파비이라는 놈이 자기 집에서 자기의 친척이자 둘도 없는 친구를 죽였다! 무엇 때문에? 어떤 동기에서?……라고 신문하리라. 그러나 만일 무츠이가 죽지 않았다면?

어쨌든 파비이는 무츠이의 생사 여부를 확인하지 않고서는 그대로 있을 수가 없었다. 파비이는 발레리야가 자고 있는 것을 확인하고 가만히 안락의자에서 일어나 별관으로 향했다. 별관 안은 고요했다. 다만 한 개의 창문에서 불빛이 흘러나올 뿐이었다.

파비이는 조마조마한 마음으로 바깥문을 열고—문에는 피 묻은 손자국이 있었고, 모래가 깔린 길에는 핏방울이 검게 빛나고 있었다—안으로 들어갔다. 그는 캄캄한 첫 번째 방 앞을 지나다가, 그만 소스라치게 놀라 걸음을 멈추고 말았다.

방 한복판에 있는 페르시아산 양탄자 위에 양단 베개에 머리를 얹은 무츠이가 검정 테두리가 둘러진 폭 넓은 빨간 숄을 덮고 누워 있었던 것이다. 눈은 내리뜨고 눈 주변은 파랗게 변한 채 황랍처럼 샛노란 얼굴은 천장을 향하고 있었다. 게다가 숨소리마저 들리지 않아 마치 죽은 사람 같았다.

그런데 그의 발 옆에는 역시 빨간 숄로 몸을 감싼 말레이인이 무릎을 꿇고 앉아 있었다. 말레이인 하인은 양치류(羊齒類)와 비슷한 알지 못할 식물의 가지를 왼손에 들고 몸을 약간 앞으로 숙인 채 열심히 자기의 주인을 바라보고 있었다. 마루에 놓인 자그마한 등잔불은 파르스름한 불길로 간신히 방안을 비추고 있었으나, 불길은 잔잔하고 연기도 나지 않았다.

말레이인은 파비이가 들어서자, 별로 움직이는 기색도 없이 흘긋 쳐다보았을 뿐 다시 무츠이에게로 시선을 돌렸다. 너무나 무표정한 그의 모습에 파비이는 소름이 끼쳤다. 그는 이따금씩 가지를 올렸다 내렸다 하면서 그것을 공중에서 흔들었다. 굳게 다문 그의 입술이 조금씩 열리면서 마치 소리 없는 이야기를 중얼거리듯 실룩거렸다. 말레이인과 누워 있는 무츠이 사이에는 파비이가 친구를 찌른 단검이 놓여 있었다.

말레이인은 피 묻은 칼날을 식물의 가지로 한번 내리쳤다. 그리고 1분 정도가 지났다. 그리고 또 1분……. 파비이는 조급해졌다. 그래서 말레이인에게 다가가서 몸을 굽히고 나지막한 소리로 물었다.

"죽었나?"

말레이인은 머리를 아래위로 끄덕이고는 숄 밑에서 오른손을 꺼내더니 마치 명령이라도 하듯이 문을 향해 손가락을 가리켰다. 파비이는 물어볼 말이 많았으나, 말레이인은 다시 손을 들어 나가라는 시늉을 반복했다. 그래서 파비이는 한편 놀랍기도 하고, 화가 치밀기도 했지만 그의 명령대로 밖으로 나왔다.

발레리야는 침실에서 여전히 곤하게 잠을 자고 있었다. 그녀의 얼굴은 한층 더 생기 있는 빛이 감돌고 있었다. 파비이는 옷을 입은 채 창틀에 턱을 괴고 앉아 다시 생각에 잠겼다. 훤히 밝은 아침 하늘에 떠오르기 시작한 태양이 그를 비췄지만, 파비이는 꼼짝 않고 그곳에 앉아 여러 가지 생각에 잠겼다. 발레리야도 그때까지 잠에서 깨어나지 않고 있었다.

11

파비이는 발레리야가 일어나기를 기다렸다가 함께 페라라를 떠나리라 생각하고 있었다. 그때 갑자기 침실의 문을 두드리는 가벼운 노크 소리가 들려왔다. 정신을 차리고 나가보니 별장 관리인인 안토니오 노인이었다.

"나리, 방금 말레이인이 와서 무츠이 나리께서 매우 아프시기 때문에 일단 간단한 가재도구만 갖고 시내로 옮기고 싶다고 합니다. 그래서 짐을 나르기 위해 인부를 보내달라고 하는데…… 정오에는 짐 실을 말과 사람이 탈 말, 몇 사람의 안내인을 보내달랍니다. 나리 의향은 어떠신지요?"

"말레이인이 그렇게 말하던가?"

파비이는 고개를 갸웃거리며 물었다.

"그가 어떻게 말을 할 수 있나? 그는 벙어린데."

"이 종이를 보십시오, 나리! 이탈리아어로 쓰여 있는데, 하나도 틀린 데가 없습니다."

"자네…… 무츠이가 앓는다고 했지?"

"네, 대단히 중환이신 모양입니다. 그래서 바깥출입도 할 수 없다더군요."

"의사를 데리러 보냈나?"

"아뇨, 말레이인 말이 의사는 안 된다고 합니다."

"그래, 이게 그 말레이인이 쓴 건가?"

파비이는 노인이 가지고 온 종이를 받아들며 물었다.

"네, 그렇습니다."

파비이는 종이와 하늘을 번갈아 보며 한동안 말이 없었다.

"그럼 도와주도록 하게."

파비이는 고개를 갸웃거리며 나가는 안토니오의 뒷모습을 바라보았다. 무츠이가 죽지 않았다는 사실에 파비이는 기뻐해야 좋을지 슬퍼

해야 좋을지 갈피를 잡을 수 없었다.

'앓는다니? 바로 몇 시간 전만 해도 말레이인은 분명히 무츠이가 죽었다고 하지 않았던가.'

파비이가 침실로 돌아왔을 때 발레리야는 막 잠에서 깬 상태였다. 두 사람은 의미심장한 눈길로 서로를 한참 동안 바라보았다.

"그분은 안 계신가요?"

발레리야는 한참만에 이렇게 물었다.

"안 계세요? 여보…… 그분은 떠나셨나요?"

그녀는 남편에게 거듭 되물었다. 파비이는 눈을 지그시 감으며 대답했다.

"아니, 아직 이곳에 있다오. 하지만 오늘 떠날 거요."

"앞으로 영원히 그분을 만날 일은 없을 테죠?"

"그렇소, 언제까지나!"

"다시는 그런 꿈도 꾸지 않겠지요?"

"그럴 거요!"

파비이는 확신에 찬 목소리로 대답했다. 발레리야는 기쁜 나머지 깊은 한숨을 몰아쉬었다. 행복한 미소가 그녀의 입가에 다시 떠올랐다. 그녀는 남편에게 두 손을 내밀었다.

"우리도 이제부터는 그분에 대해서 절대 말하지 않기로 해요. 그리고 전 그분이 떠날 때까지는 이 방에서 나가지 않을 거예요. 제 몸종을 이리 보내주세요. 아, 잠깐만! 여보, 저것 말인데요……."

그녀는 화장대 위에 놓여 있는 무츠이에게서 받은 진주 목걸이를 가리켰다.

"그것을 가장 깊은 우물 속에 던져버리세요! 빨리요. 그리고 여보, 저를 안아줘요. 전 당신의 발레리야예요."

발레리야는 눈시울을 적시며 애절하게 말했다. 파비이는 아내가 시키는 대로 진주 목걸이—그에게는 진주가 투명해 보이지 않았다—를 깊은 우물에 버렸다.

파비이는 멀리서 별관 쪽을 바라보며 정원을 산책했다. 별관은 분주해 보였다. 짐을 나르는 하인도 있고, 말에 마차를 다는 사람도 있었다. 그러나 그들 속에서 말레이인의 모습은 찾아볼 수 없었다.

파비이는 한 번 더 별관 안의 상태를 살펴보고 싶어졌다. 그는 문득 정자 뒤에 비밀 문이 있다는 것을 상기하고, 그 문을 거치면 오늘 아침 무츠이가 누워 있던 방으로 들어갈 수 있으리라 생각했다.

파비이는 살금살금 문 쪽으로 걸어갔다. 다행히 문은 잠겨 있지 않았다. 그는 묵직한 커튼을 젖히고 겁에 질린 시선으로 정면을 바라보았다.

12

무츠이는 양탄자 위에 누워 있지 않았다. 그는 값비싼 옷을 입고 안락의자에 앉아 있었다. 그러나 파비이가 처음 보았을 때와 같이 무츠이는 송장이나 다름없었다. 얼굴에는 여전히 핏기가 없었고, 돌처럼 무거운 머리를 안락의자 뒤로 젖히고, 손바닥이 위로 가도록 뻗은 노르스름한 두 손은 무릎 위에서 움직이지 않았다. 가슴도 웅크린 채 꼼짝하지 않았다.

안락의자 주위로 마른 풀이 흩어져 있는 마루 위에는 액체가 든 몇 개의 납작한 잔이 놓여 있었다. 그 안에서는 지독히 독한, 숨이 막힐 듯한 냄새가 풍기고 있었다. 모든 잔마다 그 주위에는 자그마한 구릿빛 뱀이 때때로 금빛 눈을 반짝이면서 똬리를 틀고 있었다. 그리고 무츠이 바로 앞에는 두어 걸음 가량 간격을 두고 말레이인이 우뚝 서 있었다.

그는 알록달록한 양단 겉옷에 뱀 꼬리로 허리를 묶고, 머리에는 뿌리가 돋친 관(冠) 모양의 높다란 모자를 쓰고 있었다. 그는 정중히 꿇어 엎드려 기도를 드리는가 하면, 다시 온몸을 꼿꼿이 일으켜서 발꿈치로 서기도 하고, 혹은 알맞게 손을 벌려 열심히 무츠이를 향해서 움직이기도 했다. 그러고는 위협을 하는지 명령을 하는지, 눈썹을 찌푸리고 발을 동동 구르기도 했다. 그 모습은 흡사 하려는 일이 원하는 대로 안 되어서 신경질을 낼 때와 비슷했다. 이와 같은 모든 동작은 대단한 노력과 고통이 필요한 것 같았다.

말레이인의 호흡은 점점 거칠어지고 얼굴에선 땀이 억수같이 흘러내렸다. 어느 한순간 그는 장승처럼 얼어붙더니, 가슴 가득 공기를 들이마시고 이맛살을 찌푸리며 말고삐라도 쥔 듯이 힘있게 움켜잡은 손을 천천히 자기 쪽으로 끌어당겼다.

순간 파비이는 깜짝 놀라고 말았다. 무츠이의 머리가 천천히 안락의자에서 떠나 말레이인의 손이 움직이는 대로 끌려오는 것이 아닌가. 말레이인이 손을 내려놓자 무츠이의 머리는 덜컥 뒤로 나자빠졌다. 그리고 말레이인이 그 동작을 반복하자 무츠이의 머리도 따라 움직이는 것이었다.

그러는 사이에 잔 속의 검은 액체는 끓어올랐으며, 잔 그 자체도 가냘픈 소리를 내며 울리기 시작했다. 그리고 구릿빛 뱀들은 잔 주위에서 구불구불 물결쳤다. 너무나 끔찍한 장면이었다. 잠시 후 말레이인이 한 걸음 앞으로 나서서 눈을 크게 부릅뜨고는 무츠이의 머리를 흔들어댔다. 그러자 죽은 것 같았던 무츠이의 눈꺼풀이 바르르 떨리면서 서서히 열리더니 그 밑에서 납처럼 흐리멍덩한 눈동자가 나타났다.

말레이인의 얼굴은 개선장군처럼 능글맞은 웃음으로 빛났다. 그는 입을 커다랗게 벌리고 길게 끄는 신음 소리를 간신히 목구멍 속에서 끊어버렸다. 동시에 무츠이의 입술도 같이 열렸다. 그리고 짐승 같은 말레이인의 외침에 따라 무츠이의 입에서는 희미한 신음 소리가 흘러나왔다.

파비이는 더 이상 참을 수가 없었다. 그 어떤 악마의 저주 속에 휩쓸린 듯한 느낌을 받았던 것이다. 그래서 파비이도 같이 고함을 지르고는 뒤도 돌아보지 않고 성호를 그으면서 쏜살같이 집으로 도망쳐왔다.

13

세 시간쯤 후, 안토니오가 와서 모든 준비가 끝나고 짐도 정리되어서 무츠이가 떠날 채비를 하고 있다고 알려주었다. 파비이는 노인에게 아무 말도 하지 않고 테라스로 나왔다. 짐을 실은 몇 마리의 말이 별관 앞에 모여 있었고, 바로 현관 옆에는 건장한 검정 말이 두 사람을 태울 만한 넓은 안장을 얹은 채 기다리고 서 있었다. 거기에는 또한 머리에 아무것도 쓰지 않은 몇 명의 하인들과 무장을 한 안내인도 서 있었다.

이윽고 별관의 문이 열리고 평복으로 갈아입은 무츠이가 말레이인의 부축을 받으며 걸어나왔다. 그의 얼굴은 죽은 사람처럼 창백해 보였다. 그리고 손도 송장처럼 힘없이 늘어져 있었다. 그러나 그는 걸음을 옮겼다. 사실이었다! 전혀 움직이지 못할 것 같은 무츠이가 걸음만은 정상적으로 걸었던 것이다. 더욱이 그는 말에 올라 몸을 똑바로 세웠을 뿐만 아니라 손을 더듬어서 말고삐를 잡기도 했다. 말레이인은 그의 발을 발판에 괴고 자기는 그의 뒤로 뛰어올라 무츠이의 허리를 안았다.

이윽고 행렬이 움직이기 시작했다. 말들이 걸음을 옮겨 바로 집 앞을 돌아가려 할 때, 파비이는 무츠이의 까만 얼굴에서 두 개의 하얀 반점이 번쩍이는 것을 보았다. 그것은 틀림없이 무츠이가 그에게 눈동자를 돌린 것이리라.

말레이인이 파비이에게 인사를 했다. 그러나 여전히 비웃는 듯한 태도였다. 발레리야의 방문은 굳게 닫혀 있었다. 그러나 창문 뒤에 서서 지켜보고 있었는지도 모른다.

14

발레리야는 점심때 식당으로 왔다. 그녀는 아주 안정되고 명랑해 보였다. 아직도 피곤하다고 불평을 늘어놓았지만, 그녀에게는 어제까지 있었던 불안의 그림자를 찾아볼 수 없었다. 예전에 줄곧 느끼던 놀라움과 공포심도 없었다.

무츠이가 떠난 다음날, 파비이가 다시 발레리야의 초상화를 그리기 시작했을 때, 그는 그녀의 모습에서 다시 예전의 그 순결한 표정을 발견할 수 있었다. 그는 한동안 그 모습을 잃어버려서 얼마나 괴로워했던가. 그런데 지금은 붓도 저절로 캔버스를 따라 가볍고 자연스럽게 달리는 것이었다.

두 사람은 다시 예전의 생활로 되돌아왔다. 무츠이는 그들에게 있어서 이 세상에 존재하지 않았던 사람처럼 여겨졌다. 파비이도 발레리야도 무츠이에 대해서는 아무것도 상기하지 않기로 약속을 했다. 그리고 그의 미래의 운명에 대해서도 결코 묻지 않기로 했다. 또한 무츠이의 운명은 다른 모든 사람들에게도 비밀로 남아 있었다. 무츠이는 땅 속으로 들어간 듯이 소멸되고 만 것이다.

그러던 어느 날, 파비이는 그날 밤에 일어났던 숙명적인 사건을 발레리야에게 이야기해야겠다고 느꼈다. 그때 그녀도 남편의 의향을 알아챘는지 숨을 죽이고 마치 무슨 충격적인 이야기를 기다리는 듯 눈을 가늘게 뜨는 것이었다. 그런 모습을 본 파비이는 가슴이 아팠다. 그래서 그녀의 심정을 이해하고는 결국 그때의 그 충격적인 얘기를 하지 못했다.

어느 아름다운 가을밤, 파비이는 성녀 체칠리야의 초상화를 완성했고, 발레리야는 오르간 앞에 앉아 있었다. 그녀의 손가락이 건반 위로 미끄러졌다. 그런데 문득, 자기도 모르게 그녀의 두 손은 언젠가 무츠이가 들려주었던 '사랑의 개가'를 연주하고 있었다. 그리고 그 순간 그녀는 결혼 후 처음으로 새롭게 눈뜨기 시작한 생명의 고동을 마음속으로 느꼈다.

그녀는 몸부림을 치며 오르간을 치던 손을 멈추었다.

'내가 왜 이럴까? 아니, 그렇다면……'

여기에서 옛 기록은 끝나 있다.

작가와 작품 해설

이반 세르게예비치 투르게네프의 생애와 작품 세계

이반 세르게예비치 투르게네프(Ivan sergeevich Turgenev)는 1818년 오룔 주(州)에서 지주의 아들로 태어났다. 아버지는 기병 장교였으나 몰락한 귀족 출신의 난봉꾼이었다. 어머니는 1천여 명의 농노를 거느린 부유한 대지주로 완고하고 독선적인 성격의 소유자였다. 이들 부부의 결혼 생활은 불화가 끊이지 않았다.

투르게네프는 부유한 환경에서 자랐지만 부모의 불행한 결혼 생활때문에 따뜻한 가정의 품에 안기지 못하는 고독한 마음을 자연과 문학을 사랑하는 것으로 풀었다.

1827년 가족과 함께 모스크바로 이주한 투르게네프는 1833년 모스크바 대학 문학부에 입학했으나 그 이듬해 페테르부르크 대학의 철학부 언어학과로 옮겨 19세 때인 1837년에 이 대학을 졸업했다. 이후 베를린 대학으로 유학, 철학을 공부하고 1841년에 귀국한다.

그는 학창 시절 시를 쓰고 셰익스피어, 바이런 등의 작품을 번역했으며 푸슈킨, 레르몬토프의 작품을 탐독하는 등 문학에 대한 남다른 열정을 보였다. 당시 러시아의 젊은 지식인인 바쿠닌, 그라노프스키 등과의 친교를 통해 그들의 진보적인 사상에 적지 않은 영향을 받기도 했다.

투르게네프는 1843년 서사시 『파라샤』를 발표함으로써 문단에 데뷔했다. 1852년, 그의 여러 작품을 모아 엮은 『사냥꾼의 일기』가 호평을 받으면서 작가로서의 위치를 굳혔다.

투르게네프는 1843년에 프랑스 출신의 여가수 폴리나 비아르도를 만나게 되는데, 투르게네프는 그녀와 평생 동안 관계를 지속한다. 그는 이 무렵 폴리나의 매력에 이끌려 파리로 떠나게 되고, 이때부터 그는 인생의 대부분을 조국 러시아를 떠나 국외에서 지낸다.

1850년 어머니의 죽음으로 막대한 유산을 상속받아 대지주가 된 투르게네프는 그의 소유지 내의 농노를 해방시키고 당국의 미움을 받게 된다. 또한 고골리에게 바치는 추도문이 문제되어 체포된 후 고향에서 일년간 연금 생활을 한다.

중편소설 『무무』(1852), 『무용자의 일기』(1850) 등이 이때 쓰여졌다. 1856년 최초의 장편소설 『루딘』을 간행, 작가로서의 지위를 더욱 확고

하게 다진 그는 1862년에는 대작 『아버지와 아들』을 발표, 문단에 큰 반향을 불러일으켰다.

1883년 파리에서 척추암으로 일생을 마친 투르게네프는, 그의 유언에 따라 페테르부르크의 보르코보 묘지에 안장되었다. 투르게네프의 작품 세계는 철학적인 사색의 깊이와 사회 개량주의자로서의 자유주의 사상, 자연에 대한 섬세한 묘사, 러시아 민중에 대한 사랑과 휴머니즘적인 색채로 당시 지식인의 양심을 대표했다. 또한 그는 러시아 최대의 미문가(美文家)로 평가되며 톨스토이, 도스토예프스키와 함께 러시아의 3대 문호로 손꼽힌다.

작품 줄거리 및 해설

『첫사랑』은 자전적 중편소설로 그의 대표작이다.

작품의 내용은 '나'라는 주인공이 소년 시절에 '지나이다'라는 연상의 여인을 사랑하게 되고, 주인공의 아버지가 뜻밖의 라이벌로 등장하면서 이야기가 진행된다.

이 작품은 이성에 눈뜨게 된 소년의 사랑에 대한 순수한 동경과 마음속의 갈등을 완벽에 가까운 아름답고 사실적인 묘사로 그려내고 있다.

첫사랑의 여인이 바로 자기 아버지의 애인이었다는 것 때문에 '나'

는 고민하게 되고 갈등을 경험한다. 여기서 첫사랑은 소년이 어른이 되면서 필연적으로 겪게 되는 아픔과 고통인데, 이런 경험을 통해 소년은 정신적으로 성장해 간다.

결국 작가는 사랑이란 맹목적인 힘으로 인간을 지배하고 인간에게 행복보다는 슬픔과 상처를 주지만, 인간이 성장하는 데 반드시 필요한 것임을 강조한다.

작가 연보

1818년	11월 9일, 오룔 주(州) 스파스코예 루토비노보에 있는 어머니의 영지에서 출생.
1827년(9세)	투르게네프 일가 모스크바로 이사.
1833년(15세)	9월, 모스크바 대학 문학부 입학.
1834년(16세)	페테르부르크 대학 철학부 언어학과로 옮김.
1837년(19세)	페테르부르크 대학 졸업.
1838년(20세)	베를린 대학으로 유학.
1841년(23세)	5월, 베를린 대학 과정을 마친 후 귀국. 모스크바의 내무성에서 근무.
1842년(24세)	페테르부르크 대학에서 철학박사 학위 받음.
1843년(25세)	시 형식의 소설 『파라샤(Parasha)』 발표. 프랑스 출신의 여가수 폴리나 비아르도를 알게 됨.
1847년(29세)	7월까지는 독일에, 그 이후에는 프랑스에 체류. 시 서평과 함께 단편 『호리와칼리니치』 발표.
1848년(30세)	『시골 의사』, 『죽음』 발표. 파리에서 2월 혁명 목격.
1850년(32세)	6월 귀국, 어머니 사망. 상속지 내의 농노를 해방시킴. 중편소설 『무용자의 일기』 발표.
1871년(33세)	2월, 단편 『베진 초원』 발표. 10월, 고골리 방문.

1852년(34세)	3월, 《모스크바 통신》에 고골리 추도문을 게재. 그 때문에 4월 체포, 5월 스파스코예로 유형. 『사냥꾼 일기』 간행, 『무무(Mumu)』 발표.
1856년(38세)	최초의 장편소설 『루딘(Rudin)』을 《현대인》에 발표.
1859년(41세)	1월, 『귀족의 보금자리』 발표.
1860년(42세)	2월, 장편 『그 전날 밤』 발표. 4월, 중편 『첫사랑』을 《독서 문고》에 발표.
1862년(44세)	장편소설 『아버지와 아들』을 《러시아 통신》에 발표, 러시아 문단에 큰 반향을 불러일으킴.
1867년(49세)	4월, 『연기』 발표.
1869년(51세)	사라예프 판 『투르게네프 저작집』 간행. 단편 『불행한 여자』, 『벨린스키의 추억』 발표.
1872년(54세)	플로베르 등과 친교. 『처녀지』 집필에 전념.
1877년(59세)	1월, 『처녀지』 1부 발표. 2월, 『처녀지』 2부 발표. 동시에 『처녀지』를 프랑스어로 간행.
1879년(61세)	『산문시』 집필. 옥스퍼드 대학에서 법학 박사학위 받음.
1880년(62세)	6월, 모스크바에서 있은 푸슈킨 동상 제막식에 참석차 귀국. 도스토예프스키와 함께 푸슈킨에 대해 강연함. 『사랑의 개가』 발표.
1883년(65세)	9월 3일, 파리에서 척추암으로 사망하여 러시아로

유해 운반. 10월 9일, 페테르부르크의 보르코보 묘
지에 안장.